ハヤカワ文庫JA
〈JA1268〉

プロメテウス・トラップ

福田和代

早川書房
7946

目次

プロメテウス・トラップ

登場人物

能條良明（プロメテ）……………………天才ハッカー。現在は腕の
いい在宅プログラマ
村岡俊夫…………………………………能條に仕事を持ち込んだ男
ポール・ラドクリフ（パンドラ）……能條のＭＩＴ時代の同級生。
元天才少年
アンジェラ・ホーン……………………ロジカル社社長
呉美琴（ウー・メイチン）……………能條の下宿のオーナー
呉童（ウー・シャオトン）……………メイチンの弟
ハン・レン（レンレン）………………謎の学生下宿人
チャン……………………………………下宿の向かいに住む元軍人
ジェイムズ・ブロディ…………………『グラン・ブルー』の開発
者。大学教授
ジェフリー・カート……………………ネットマスター社の代表

プロメテウス・トラップ

能條良明《のうじょうよしあき》は、たまりかねてそのへんに落ちていたダイレクト・メールを引っつかみ、バタバタと首すじを扇いだ。

——暑い。暑すぎる。

都内は連日、熱帯夜が続いている。岐阜では四十度を超える気温が三日続いたらしい。流れた汗が目に入り、唸りながら手の甲で汗をぬぐった。

お盆休みとやらで、エアコンの修理は三日後でないと来ない。こんなタイミングで、急ぎの仕事が飛びこんでくるなんて——まったく、ついていない。

ノートパソコンの冷却ファンも、死にものぐるいで回転している。

ようやく書き上げたプログラムを、指示書とともにメールで送信すると、両手を上げて伸びをした。

明け方五時。ブラインドのすきまから、淡い光が射しこみはじめたところだ。

飛びこみの急な依頼で、納期を今朝までと切られたうえに、ネットワーク・プロトコルの専門知識が必要な案件だったので、知人に丸投げするわけにもいかなかった。納期は短かったが、能條にとっては難しくはない。むしろたいくつな仕事だった。依頼人の要求どおりに、「誰が読んでも理解できるプログラム」を書こうとすると、かえって手間がかかるだけだ。頬をなでると、伸びかけたひげが手のひらにざらついた。デスクにころがったスマートフォンのディスプレイには、げっそりした表情の、うさんくさいおっさんが映りこんでいる。ようやく立ち上がると、冷蔵庫から缶ビールを取りだして、ひとくち飲んだ。冷えたビールが、はらわたに染みる。生き返る、という感想は決して大げさではない。

窓を開けて外を眺めた。築三十年、七階建ての冴えないマンションは、新築の高層マンション群に囲まれ見下ろされている。姿を現したばかりの八月の太陽が、もうマンションの東側をあぶりはじめていた。これ以上暑くなる前に、酔っ払って寝てしまうに限る。

軽やかな電子音が鳴った。パソコンの画面に、吹き出しのようなものが現れた。英語の文章が、次々に現れる。

『仕事終わった？　おしゃべり《チャット》しない？』

能條はビール片手に席に戻った。チャット——文字で会話するためのソフトウェアが開いている。メッセージの相手は「パンドラ《PANDORA》」と名乗っている。ただし、現実には米国にいる金髪青年で、女性ではない。

「俺はいまから寝る」

片手で器用にタイプすると、がっかりしたらしいパンドラが絵文字で失意の表情を書きこんだ。

『たいくつなんだよ』

「おやすみ」

いつまでたっても子どもみたいなやつだ。まあ、相手はある意味で子どものようなものだった。初めて会った十五年前は、たったの十四歳。スキップにスキップを重ねて大学に入学した天才児と呼ばれていた。十五年たって、なりは大人になったようだが、精神はまったく成長していない。十四歳の天才少年のままだ。

おまけに、パンドラ本人がメールで書いてよこすところによると、天才転じて日本でいう引きこもりのオタク青年になってしまったらしい。アニメだ漫画だとしょっちゅう能條に話しかけてくるヒマ人だった。

本名はポール・ラドクリフ。メールのやりとりを始めてからは、いつもパンドラと名乗っている。女性名を名乗って、女の子でもひっかけるつもりではないかと能條は邪推しているが、本人は今のところ二次元の女性にしか興味がないようだ。

『ノージョー、そろそろ仕事にも飽きただろ』

パンドラは能條の気を引こうと、続けざまに書きこんだ。

『NASAはどう？　ディープ・スペース・ネットワークに侵入してヒーロー《HERO》になろう！』

HEROという文字を見て、能條は鼻の頭にしわを寄せて笑った。

「ひとりでやってろ」

つれなく答える。パンドラは、ブーイングの絵文字を盛大にならべた。

『ぜったいあいつら、宇宙人と交信してるくせに隠してるんだぜ。ねえノージョー、なにか面白いことはないかなあ。世の中がひっくりかえるような――』

能條は強制的にソフトウェアを終了させ、パソコンの電源を切った。

時差十七時間のロスアンゼルスにいるというパンドラは、いま午後一時ごろだろう。向こうは元気いっぱいだろうが、こっちはくたくただ。

おまけに、「世の中がひっくりかえるような」騒ぎは、もうこりごりだった。NASAのディープ・スペースが、どれほど堅固で侵入しがたく、魅力的なシステムだったとしてもだ。ついでに言うなら、パンドラが見抜いているように、能條が現在の仕事にどれだけ飽き飽きしていたとしても。まあいい。仕事など、手軽で実入りが良いに越したことはない。

今の能條は、腕のいい在宅プログラマとして、ささやかな収入を得るまっとうな社会人だ。

（もう、おっさんだからな）

残ったビールを飲み干した。妙に苦い味がした。

その夜、男に会った。

たまに通う歌舞伎町のショット・バーのカウンターだ。この店には盆も正月もない。

「ミント・ジュレップを」

やや女性的な感じがするほど、穏やかで紳士的な声だった。バーテンダーがグラスをすべらせる。隣のスツールに腰をかけた男は、グラスを受け取って能條に微笑みかけた。新鮮なミントの葉をすりつぶし、ウイスキーをベースにした清涼感のあふれるカクテルだ。

「O・ヘンリーの短篇を知っていますか？」

こちらに問いかけているのかどうか、いまひとつ自信が持てない。能條は、あいまいに首を振った。

「『ハーグレイブズの一人二役』。そのなかで、このカクテルが効果的に使われます」

答えかねて、能條は自分のロックグラスを持ち上げるしぐさで逃げた。

男はレンガ色のジャケットに、アイボリーのスラックスという、普通の会社員ではありえない洒落た服装をしていた。バーテンダーの背後にある飾り棚のガラスに、四十過ぎと思われる端整な男の顔が映っている。

薄暗い店内は、十人も座れば満席のカウンターと、四人がけのテーブル席が二組。扉が開き、五人連れの客が大きな声で話しながら入ってきた。ひとりしかいないバーテンダーが、注文を取るためにカウンターを出た隙に、男が能條をひじでつついた。

能條はいらだってたしなめようとした。邪魔な客だ。男がカウンターの上をすべらせてよこした小さな金属片に、そのとき気づいた。黒っぽい表面が、カウンターを照らすスポットライトの明かりを受けて、鈍く光を放った。

ICチップだった。

「あなたなら読めるでしょう。プロメテ」

能條は動揺を表情に出さないようにつとめた。いまさら、自分の過去を知る人間など、いるはずがない。しらばっくれて、男のことは無視しようとした。

「あなたなら読める。十四年前、FBIのシステムに侵入できたあなたなら」

能條は思わずロックグラスを大きく揺らした。琥珀色のシングルモルトウイスキーが、グラスのなかで波打つ。独特のスモーキーな香りが、歯医者の診察室のように鼻につんときた。

「プロメテは――もういない」

「やっと口をきいたね」

男はカクテルを持ち上げ、ふた口ですうっと飲み干した。爽快だが強い酒だ。

「あなたのことだ、能條良明。MIT留学中にFBIのシステムに侵入し、逮捕された」

能條は警戒して黙りこんだ。男の指がグラスのふちを軽くはじいた。

「ただの留学生にしては、あなたはたいした腕前だった。いまだにその道の連中の間で、プロメテの名前は伝説になっている」

危ないな、と能條は背中を這う妖しいけはいを感じて口をゆがめた。プロメテと呼ばれたのも久しぶりなら、自分の本当の腕を知る人間と会うのも久しぶりだ。悪い気はしない。ただ、危険な淵のそばに立たされていることはまちがいがない。

「あんたは誰だ」

男が肩をすくめた。

「ただの商売人ですよ」

「用件があるなら、手短にどうぞ」

能條は冷たくたずねた。

「これだけ」

男が五本の指を立てた。

「さしあげる。暗号化を解いて、チップの中身を読み出してくれたら」

「暗号化？」

ハッカーとしての自分の腕を買いたいということか。それなら指五本で五万円ということはない。五百万とうぬぼれてもいないから、相場は五十万だろう。税務署に申告しないですむ現金がそれだけ手に入るなら、しばらく遊んで暮らせる。

「カネはいらない。やばい話は断る」

冷たく言った。

「読むだけだよ」

男がまた微笑する。危険な匂いがした。見せかけの穏やかさが剝落し、その下の硬質な骨が覗いた。

「危険はない。意外と神経が細いじゃないか」

ＩＣチップの暗号化を解いて、中身を読み出すだけで五十万。たしかに魅力的かもしれないが、問題は中身だ。

「中身はなんだ」

「私も知りたい」

男が内ポケットに手を入れ、二つ折り財布くらいのサイズの黒い機械を取り出した。

「ここに、チップのリーダー・ライターもある」

男が見せたのは、ICチップに書かれた情報の読み書きをする機械だった。

「それで五十万？」

能條は、五十万円も出すほど難しい仕事かという意味でたずねた。

「百万出そう」

金額に不満があると勘違いしたのか、男が値を吊り上げた。

――百万円出してもいい仕事か。

能條は乾いた唇を舐めた。久しぶりの感覚だった。指先がむずむずするようだ。

ハッキングを楽しむのは、自分の知識や知恵の限りを尽くして、誰にも解けないパズルを解くのが好きだからだ。登山家がエベレストに挑むようなものだ。誰にでもできることに興味はない。

理性はやめておけと言っていた。どう考えても話がうますぎる。

男がこちらにしっかりと顔を向け、目を細めた。

「あなたのたいくつしのぎには、ちょうどいいでしょう」

能條は笑いだしそうになった。なにかが身体の中ではじけるようだった。百万円あれば、いままで手が出なかった新しい機器を買いそろえることもできる。

「いいだろう。やってみる」

男が微笑し、茶封筒をすべらせてよこした。

「来週の同じ曜日、同じ時刻にここで渡してほしい。残りの金はそのときに」

渡された茶封筒は、しっかりした厚みがあった。これが全部万札なら、少なくとも数十万円はあるだろう。

男がまた甘くて強いカクテルを頼み、ひと口に飲み干して立ち去った後も、能條は手のひらの中でチップをもてあそんでいた。

たかだか半日ほどの仕事だ。それで百万。悪くない。


ひとり暮らしのマンションに戻ると、コンピュータにチップのリーダー・ライターを取り付け、スイッチを入れた。

エアコンはまだ修理できていない。窓を開け放ち、日中よりはすこしましになった外気を取りこむ。

（くそ暑いな——）

ICとは、インテグレイティッド・サーキット《integrated circuit》の頭文字。集積回路のことだ。スマート・カードという呼び方もされる。小さなチップの中には、記憶装置とそれを管理するCPUが入っている。

ＩＣチップには接触型と非接触型があり、男が渡したのは非接触型だった。非接触型はアンテナを持っていて、チップをリーダーから離した状態で電波のやりとりを行い、データの読みこみと書きこみをすることができる。在庫管理用のＩＣタグに使われたりするタイプだ。ちなみに接触型は表面が金色に輝いていて、金属端子の表面をリーダーに接触させると、データのやりとりが可能になる。クレジット・カードなどに埋めこまれているタイプだった。

能條はチップを調べた。データを書きこむ際に、「鍵」を使って一定のアルゴリズムを通して情報を暗号化している。復号《デコード》には時間がかかるが、なんとかなりそうだ。コンピュータにチップのデータを解読させながら、能條はウイスキーの水割りをつくった。考えてみなければいけないことがある。

——あの男は、彼を「プロメテ」と呼んだ。

能條は昔、米国で刑務所に入っていた。三年間だ。

発端から説明すれば、長い話になる。日本の高校を出た後、能條は米国に留学した。マサチューセッツ工科大学《MIT》で、情報処理を専攻していた。

当時から能條はコンピュータに関してピカ一の腕を誇っていた。

小学生のころ、まだ高価だったパソコンを買い与えられ、学校から飛んで帰ってくると、靴を脱ぎ捨てるのももどかしくパソコンの前に座りこみ、深夜までプログラミングに取り憑かれていた。母親は早くに亡くしたが、父親は裕福な中小企業のオーナー社長で、子どもがすることにあまり口を出さなかった。おかげで高校に入学するころには、流行しはじめたインターネットの世界で通信アプリケーションの開発者としてひそかな有名人になっていた。

ＭＩＴでも状況は大差なく、学校の教授も学生たちも、能條の興味を引く対象ではなかった。パンドラはこのとき同じ教授のクラスにいたのだが、年齢差があったので、深くつきあうこともなかったのだ。ちなみに、能條が今も連絡を取り合っているＭＩＴ時代の同期は、パンドラだけだった。

ある夜、学生寮に戻った能條は、自分のパソコンに何者かが回線を通じて侵入し、データを削除したことに気づいた。今で言うクラッカーだ。能條は俄然張り切り、自分のコンピュータに不法侵入していたクラッカーを突き止めた。警察には突き出さなかった。かわりに、アンダーグラウンドで活躍する彼の仲間を紹介された。

彼らは能條をプロメテウスというハンドルネームで呼んだ。神の火を盗んで、人間に与えたギリシア神話の半神の名前だ。

能條は彼らとハッキングの腕を競うようになり、交通局のシステムを手始めに、公共のシステムに不法に侵入しては自慢するようになった。学校にはほとんど顔を出さず、仲間内の掲示板に名前を残すときには、誇らしげに「プロメテ」と入力した。

あるとき、彼はＦＢＩのシステムに侵入し、危うくシステムを停止しかけ――

（おっと、いけない）

コンピュータが電子音で彼を呼んでいる。能條は我に返った。暗号解読が終わったのだ。

半日もかからない仕事だった。これで百万円の報酬とは、あの男が気の毒なくらいだ。

能條は、ICチップのデータを読み出すコマンドを打ちこんだ。

FBIは機敏で執拗だった。面目を丸つぶれにされかねないハッカーの存在を突き止めて、逮捕した。三年間、能條は刑務所に入ることになった。捕まったハッカーが実刑をくらうのは、見せしめの意味もあるが、実質的には長いブランクを与えることで、技術の進歩についていけなくするためだと能條は考えている。

三年間の刑務所暮らしの末、彼は日本に強制送還された。

それからは冴えない毎日だ。

学校はもちろん退学。海外での犯罪歴を持つ彼を、正社員として雇い入れる会社はなかった。能條は自分の趣味と実益を兼ねて、派遣会社にプログラマとして登録し、働き始めた。

父親は、男手ひとつで育てあげたひとり息子の不始末に落胆したのか、彼が刑務所に入っている間に亡くなっていた。

父親は、精密計測器を販売する会社を経営していた。亡くなる直前には会社の経営も左前になっていたらしく、自宅は借金の抵当に入り、能條に残されたのは、六十パーセントの株式と、わずかな現金のみ。株券は父親の急死後、会社の経営を引き継いだ生え抜きの新社長に譲り渡すことになった。能條の手元には、数年分の年収に匹敵する現金が入ったが、坊ちゃん育ちの能條が、わずかな遺産を食いつぶすのも早かった。

仕事をするうちに技量を買われて、個人的にプログラムの開発を請け負うようになった。

派遣社員として働くよりも時間の自由があるので、近頃はもっぱら請負の仕事ばかりだ。なんとか、ひとりで生活していくだけの収入にはなる。それが現在、能條の全てだった。

パソコンのモニターに、ＩＣチップから読み出されたデータが表示された。

どこかで見たことのある形式のデータだ。まだ若い男性の顔写真。それからテキスト・データがすこし。能條はモニターに顔を近づけて読んだ。氏名、国籍、生年月日、本籍——。

ようやくことの重大さが呑みこめた。

「電子パスポートか……」

9・11米国同時多発テロをきっかけに、国際民間航空機関《ICAO》が中心になってパスポートに生体情報とその認証技術を活用することが検討された。

パスポートの内部にＩＣチップを埋めこみ、顔写真をスキャンして取りこんだ画像データや、指紋の画像、瞳の虹彩パターンなどを記憶させる。偽造パスポート防止を目的とした措置だ。パスポートの顔写真を貼りかえても、チップに保存された情報を書きかえない限りは、本人かどうかの識別がかんたんにできるというわけだった。

米国がビザを免除する要件として、電子パスポートの発行を義務づけたため、米国に牽引される形で各国も電子パスポートの導入を進めてきた。新しく発行される日本のパスポートが、ＩＣチップ付きに変わったのは二〇〇六年からだ。

日本のパスポートには、顔画像と、パスポートに表記されている氏名や住所などの文字情報とが保存されている。

ICチップに収められた情報には、それが政府によって作成されたものであることを証明するための電子署名がなされている。また、パスポートからデータを電子的に盗まれて、悪用されることがないように、データには暗号化が施されていた。つまり、単にICチップを手に入れただけでは、中身を意味のある情報として見ることはできない。

インターネットに接続し、電子パスポートの偽造など、旅券犯罪に関わる法律についての解説を探した。たしか二〇〇六年の電子パスポート発行とほぼ同時に、法改正があったはずだ。

『虚偽申請等による不正取得、自己名義の旅券の譲渡貸与、他人名義の旅券の不正行使等は五年以下の懲役、もしくは三百万円以下の罰金』

『営利目的事犯の加重処罰化、すなわち七年以下の懲役、もしくは五百万円以下の罰金、または併科』

いつのまにか、室内の暑さが気にならなくなっていた。

能條はため息をついた。あの男の要求が、データの読み出しだけで終わるはずがない。また刑務所に逆戻りするのはごめんだった。

「遅かったね」

男はあいかわらず落ち着いた様子で、カウンターのスツールに腰かけていた。

「来ないのかと思いはじめたところだった」

能條は無表情に首を振った。実のところ、来るべきかどうか迷ったのだ。

警察に駆けこむことも、考えないわけではなかった。これ以上、危険な男に関わりあう前に。ただ、米国でとはいえ、三年間も刑務所暮らしをしたことを考えると、警察に通報する気にもなれなかった。

「返すよ」

能條は茶封筒と、リーダー・ライターを男の前に押しやった。封筒の中身は、前金として手渡された現金だった。

「それからこれも。俺には読めなかった。もちろん一円たりとも使っていない」

チップを男の手に渡すと、男が意味ありげな笑みを浮かべた。

「嘘だ。読めたね」

「いや。暗号化のアルゴリズムが複雑すぎて、無理だった」

「読めて、びびっている」

能條は肩をすくめた。言葉を重ねるほど、嘘を見抜かれそうな気がした。

「とにかく、俺はこれ以上あんたと関わりたくない」

「無理だろう。もう十分関わっている」

無言で立ち上がった。この男の言葉通り、接触しただけでも危険だ。

「協力してくれないのなら、マスコミにタレこむよ」

男はそう囁くと、面白そうに瞳を輝かせた。

「プロメテ。アメリカでは伝説的なクラッカー。当時の日本ではあまり関心を払う人はいなかったが、今ならどうかな。あなたは一躍有名になり、ちまたの自称ハッカーどもにヒーローとしてまといつかれ、警察には目をつけられ、身動きがとれなくなる。ちがうかね？」

能條は男が言うような世間の反応をざっととシミュレートした。いまいましいことに、男が言う通りの反響がありそうだった。

「本物のパスポートを使って、堂々と出ていったらどうだ」

「それができるくらいなら、頼まない」

男が苦笑した。

「日本を出ることはできても、向こうに入ったとたんに逮捕されてしまう。あなたと同じだよ。昔、いろいろあってね」

「なんと言われても、ごめんだ。三年間もくらいこんだんだぞ。俺はもう十分、貴重な時間をむだにしている。お断りだ」

男は引きとめなかった。能條は店を出てしばらく歩き、振りかえってあの男の姿がどこにもないことを確認すると、すこしほっとした。思ったより簡単に引き下がったのが意外だった。

マンションに帰ったとたん、自分の甘さを思い知らされた。

鍵はかかっていたが、部屋の中から大きなものが消えていた。ノートパソコンと、大型のサーバーが一台。それから外づけのハードディスク。

スマートフォンが鳴った。急いで耳に当てる。

『わかった？』

あの男の声だった。ということは、あの男は能條の住所や電話番号を手に入れてから、近づいてきたのだ。いったいどこから洩れたのだろう。

「返せ」

『交換だ。ポストに入れたものを見て』

ポストはマンションの共有エリアにある。能條はいったん通話を切り、一階のポストを確認するために階段を駆け降りた。分厚い茶封筒がきゅうくつそうに押しこまれていた。念のために外では封を切らず、自室に戻ってハサミを使っていると、またスマホが鳴りはじめた。まるで彼の行動を近くで監視しているかのようだ。

封筒を逆さに振ると、〝日本国〟と刻印された赤いパスポートが二冊と、ＩＣチップがひとつ、ＩＣチップのリーダー・ライター、それから帯封をした一万円札が入っていた。百万円。一冊めのパスポートに貼られた写真は、あの男のものだった。氏名は村岡俊夫《むらおかとしお》と書かれている。生年月日から計算すると、四十をすこし過ぎたところだ。見たところ本物のパスポートと見分けがつかないが、おそらく盗まれた他人のもので、写真を貼りかえたのだろう。

もう一冊のパスポートには、能條の写真が貼りこまれていた。いつのまに撮影されたのだろう。能條は顔をしかめた。

「肖像権の侵害だ！」

鳴り続けるスマホに出て怒鳴った。

『チップは何度でも書きかえられるものにかえてある。写真をスキャンして画像データとして書きこんでくれればいい』

男の声が言った。

本物のパスポートのICチップは、一度データを書きこむと、上書きできないタイプだ。データを偽造するために、チップを交換したというのだが、どう見ても交換の跡は発見できなかった。プロの仕事だった。

『百万円は、読み出しの成功報酬と、偽造の前金を兼ねている。成功すれば、あと二百万渡す』

「電子パスポートのチップには、政府のデジタル署名が入っている」

『そのくらい、プロメテなら簡単にガードをはずしてコピーできるはず。だから元のチップもひとつ、サンプルとして入れておいただろう』

能條は唇を噛んだ。男の策略にはまってしまっている。このまま、男の言いなりになってパスポートの偽造に手を貸せば、二度と引き返せないことはわかっていた。

しかし——手を貸さなければ、男がなにをするかはわからない。盗まれたパソコンやハードディスクが惜しいわけではない。データはバックアップを取っているし、マシンは新しいものを買えばいい。だが、バーで男が言ったように、もし彼が能條の過去を誰かにリークすれば……。

まちがいなく、いまの平穏な生活が破壊される。

電話の向こうで、男のひそめた息づかいが聞こえる。

「いい手を教えてやるよ」

能條は男のパスポートを照明に当てて透かし見ながら、言った。すごい。よほど腕のいい偽造のプロにでも頼んだのだろうか。どう見ても本物のようだ。

「このパスポートを、強い磁石の近くに一週間くらい置いておくんだ。ICチップのデータが壊れて、読み取り機にかけても読めなくなる。ICチップが故障していても、パスポートの他の情報を確認して問題なければ、出入国にさしつかえはないと外務省のホームページにも明記されている。あんたはどこの国にでも行けるし、三百万を節約できる」

『ICチップの故障がふたり続いても、審査官が気にせずに通すと思うかね』

「ふたり？」

『壊れたチップで通ろうとして、万が一通れなかったらどうする。いいかげんな手段を勧めてもらっては困る。あなたにもいっしょに来てもらうよ。これは保険だ。万一の場合は、道連れだ』

それで能條のパスポートまで入っているのか。能條自身も偽造パスポートで出入国するとなれば、真剣に作業するだろうから。

「わかった」

能條は舌打ちした。

「ただし、聞かせてもらおう。俺自身も危険に身をさらすわけだからな。あんたはいったい、何者だ。どうやって俺の個人情報や過去を知った？」

『海外のブラックマーケットで、あなたの情報が売られていたよ』

男が面白そうに言った。

「なんだと」

『おっと。私に怒っても、どうしようもない。あなたは有名人なんだから、しかたがない。過去の、とつけくわえてもいいけれどね。──私は、どちらかと言えば、国内よりも国外で顔が売れている。色々なものを扱う──いわば闇の商売人、ということにしておこう。少し前に、やばい橋を渡ってね。国際的に指名手配を受けている』

「捕まったら、どうなるんだ」

男は答えず、電話の向こうで深いため息をついた。長い懲役、あるいは終身刑といったところかと、能條は男の様子から推測した。

「ちょっと待て。いま気がついたが、あんたはどの国に入国するつもりだ」

『米国』

「なら無理だ。米国は、入国時に指紋を採取し、顔写真を撮る。二〇〇四年から、テロの影響でそうなったんだ」

『ありがたいことに、私は今まで指紋をとられていない。慎重なタイプでね』

「俺がとられている。昔、ＦＢＩに逮捕されたときにな。別人になりすますのは無理だ」

　男がしばらく考えこむように黙った。

「入国時には指紋をとり、犯罪者やテロリストの指紋データベースと照合しているはずだ。俺の指紋は照合の対象になるはずだし、逮捕された十四年前と姓名が変わっていれば、おかしいと思うだろうな」

『そっちは私がなんとかしよう。向こうには知り合いもいる。担当者を買収させて、十四年前の犯罪者の指紋データを、すりかえさせてもかまわない』

　能條は口笛を吹いた。

「ついでにその知り合いに、あんたの指名手配の情報も変造してもらったらどうだ」

　男がふんと鼻を鳴らした。そこまでは無理だということか。

「いいだろう。あんたの言うように、やってやる。作業に必要だから、パソコンを返してもらうぞ」

『さすがはプロメテ』

　男が満足そうに答えた。

『期限は五日だ。五日後の航空機で、私たちは成田からロスアンゼルスに飛ぶ。パソコンと一緒に、航空券を送るよ』

　能條はちょっと考え、作業に必要な時間を計算した。

「五日あれば充分だな。引き受けるよ。——ただし、ブツの受渡しは、ロスに飛ぶ航空機に乗る直前にさせてもらう」

『どういう意味だね』

「飛行場で待ち合わせて、その場でパスポートと現金を交換だ。でなきゃ、俺はやらない」

『しかし、プロメテ。あなたの腕を疑うわけではないが、もらったパスポートの状態が満足できるものかどうか、私は先に確認したい――入国審査を受ける前にね。わかるだろう』

男の声は、冷たい笑いを含んでいた。疑うわけではないと言いながら、思いきり疑っている。ここは冷静な判断と機敏な対応が必要だ。能條はすばやく考えをめぐらせる。

「あんたの立場なら当然だな。俺はＩＣチップのリーダーとパソコンを持っていく。成田空港内のどこかで、あんたがチップの中身を確認できるようにしておこう。パスポートのチップを試してみて、あんたがこれなら大丈夫だと納得すれば、金をこっちにもらえばいい」

男は電話の向こうで考えこんでいる。

『――なるほど。そのやり方は、私にもメリットがあるようだ。あなたは、後金の二百万円を受け取るために、空港に来ざるをえないから』

「決まりだな」

『ＥＳＴＡ《エスタ》の電子申請は、私のほうでやっておこう。あなたがわざと、米国に入国できないように、妙な申請をするかもしれないからね』

男が笑いながら言った。米国は、ＩＣチップつきのパスポートを持つ日本人には、観光ビザを免除してくれるが、そのかわりＥＳＴＡのオンライン申請を求められる。これまでに日本国内や米国での逮捕歴がないかなどの簡単な質問に答えていくだけだが、たしかに能條がどうしても米国に入国したくなければ、ESTAで妙な回答をするという手もあった。

「そいつはまかせるよ」

通話を切ると、能條はデスクに向かった。

――プロメテも、甘く見られたもんだ。

身体の芯から、どうしようもなく熱くなっていた。


外務省のホームページには、電子パスポートに使用されたICチップが、三センチの距離に近づかない限りはデータの読み出しが行えないこと、暗号化が施されていることなどを理由に、電子情報の悪用を防いでいる旨が記述されている。

翌朝パソコンが宅配便で返却されると、能條はインターネットを検索した。海外で行われた技術実験の記事を読んだ記憶があったのだ。電子パスポートのICチップに保存されたデータを複製し、空港で実際に使用されている読み取り機にかけて、正規のパスポートだと誤認させる。そういうテストを行い、成功したと書かれていた。デフコンでも発表されたはずだった。デフコンというのは、世界中のハッカーが一堂に会するハッカーのコンベンションだ。一九九三年から、毎年七月か八月にラスベガスで開催されている。腕利きハッカーどもが、新しく開発された技術を検証し、セキュリティに関する欠陥の有無を確認する。あるいは、ハッキングの技術を競い合う。一般の人間から見れば怪しげかもしれないが、あくまでも合法的な集会だった。

国内では誤解され混同されていることが多いが、ハッカーという言葉は海外においては、コンピュータに精通した技術者のことを指す。国内でいうハッカー――コンピュータの知識を悪用し、他人のシステムに不法侵入したり、ウイルスをしかけたりする連中のことは、海外ではクラッカーと呼ぶ。

目的の記事を見つけると、能條は関連する記事を探し、しばらくネットの海をさまよった。

「技術的には、クラッキングは可能だ――」

能條が探し出したのは、ドイツのセキュリティ技術者がパスポートの画像データを別のICチップにコピーし、パスポートの読み取り機をみごとにだますことに成功したという記事。それから、コピーする際に、画像データの一部に特殊な情報を追加することによって、読み取り機のシステムをダウンさせたという記事だった。

ハッカーたちの間ではよく知られた手法だったので、能條はその技術者が画像にしかけた罠が手に取るようにわかった。画像データの中に、悪質なプログラムを隠しておくのだ。読み取り機はそれを読みこむ際に、うっかり画像に仕込まれた悪意のプログラムを読み、バッファ・オーバーフローといって、使用してはいけないメモリの領域を使用して、システムダウンするのだった。

ダウンさせることができるということは、読み取り機が持っているシステム自体を書きかえてしまうこともできる可能性があるということだ。コード・インジェクション攻撃と呼ばれる。

（『村岡』のパスポートに、読み取り機の攻撃プログラムを載せた画像データを仕込んだらどうだろう）

能條は頭の中にフローチャートを描こうとした。成田空港での出国審査では、審査官がパスポートを目でチェックするだけだ。ICチップを読みこませることはない。

問題になるのは、ロスでの入国審査だった。入国審査官は、パスポートを機械にかけて、ICチップに書きこまれた情報をモニターに表示させる。

あの男の要求通り、パスポートの情報を書きかえてやるのは、ぞうさもないことだ。

ただし、能條にはそのつもりがない。

あいつを、必ず後悔させてやる。

その気持ちだけで、動いている。

（出国前に『村岡』がパスポートをチェックするときには、『村岡』の写真を表示させる。ロスで入国審査を受けるときには別人の写真を表示させる——）

無理だ。機械はそんなに都合よく動かない。チップの中身を書きかえない限り、読み取り機の動作は変わらない。飛行中にあの男のパスポートのデータを書きかえることはできないだろう。あの男はそれほど能條を信用してもいないし、間抜けでもない。おそらく航空機の中では、パスポートを常に携帯しているにちがいない。能條に書きかえる隙など与えるはずがない。

ディスプレイをにらみながら考えこんでいると、吹き出しがぽんとひらいた。

パンドラだった。

『ひまだよ、ノージョー』

あくびをする絵。あいかわらず能天気な男だ。

「そうだ」

ふと思いついた。能條ひとりでは無理だが、パンドラとふたりなら可能になる手がある。

「パンドラ、日本のアニメは好きだったよな」

『ジャパニーズ・アニメ、いいねえ』

吹き出しにハートマークが飛ぶ。MITの天才坊やが、いい歳をして仕事もせずに、ひたすらアニメや漫画に耽溺する青年になったというのは、どうやら本当らしい。

「明日からちょっと東京に遊びにこないか。航空機のチケット代は俺がもつし、アキバを案内してやるぞ」

明日から来いというのも、我ながら強引だとは思ったが、パンドラは気にしていないようだ。よっぽど暇で、たいくつしているらしい。エクスクラメーション・マークと笑顔の絵文字が、画面に飛びかかった。

『どういう風の吹きまわしだろう。行くよ、面白そうだから』

これでいい。能條は村岡とパンドラを入れた三人での動きを検証しはじめた。これならきっと、うまく行く。

二度と、日本に戻れないかもしれない。

そんな考えが、脳裡をかすめた。

まあいい。能條は唇をゆがめた。そうなればそうなったで、その時のことだ。たいくつに殺されそうになりながら、あくびをかみころしているより、よほど楽しいかもしれない。


ロスアンゼルス行きのＪＬ０６２便の出発時刻は、四時間後に迫っている。

成田空港の和食レストランで、なるべく人目につかないよう隅の席に陣取る。注文したそばを横に押しのけて、能條が鞄から取り出したのは、ＩＣチップの読み取り機とモバイル・パソコンだった。ケーブルでパソコンと読み取り機を接続してある。

「いいか、見ていてくれ」

村岡は細心な男で、チップの読み書きをするリーダー・ライターとは別に、空港で使われているＩＣチップの読み取り機まで用意してきたのだ。

失敗は許さないという、能條へのプレッシャーのようでもあった。

「こっちが俺のパスポートだ」

能條は自分の写真が貼られたパスポートを開いてみせ、読み取り機に載せた。

パソコンの画面に、能條の顔写真と、氏名、生年月日などのＩＣチップに書きこまれた情報が表示される。

入国審査官は、表示された内容とパスポートに記載されている情報を照合し、パスポートが正規のものであるという判断をくだすのだ。もちろん、顔写真は実物とも比較される。すこし進んだシステムを導入している空港なら、顔写真のデータと本人の顔とをコンピュータに照合させ、係員の判断を助けることだろう。

ちなみに能條のパスポートは、他人のパスポートの写真を差しかえて、偽造したものだ。学生時代の事件のせいで、能條も米国にはおそらく入国できない。いまの能條は、村岡が用意した「原口政之《はらぐちまさゆき》」という千葉県出身の三十五歳の男性になりすましていた。渡航歴はないそうだ。本当のパスポートの持ち主は、闇金融から借りた金を返済できず、戸籍もパスポートも売るはめになったのだとか。気の毒な話だが、その状態では当分、海外旅行に出かける必要もないだろう。

「なるほど。正しく表示されているようだね」

『村岡』と名乗る男が、画面をのぞきこむ。村岡も能條も、ボストンバッグをひとつずつ提げただけの、身軽な仕度だった。これからロスアンゼルスに出かけるようには見えない。

「こっちがあんたのパスポートだ。今度は自分で試してみてくれ」

村岡がパスポートを受け取り、読み取り機にかけた。どことなく不安そうに見えた。パソコンの画面が変わり、村岡の顔写真が表示される。氏名、生年月日なども表示されるが、特に問題はない。

「気がすむまで、何度でもどうぞ」

能條は自分のパスポートをウエストポーチにしまいながら言った。村岡は能條の言葉どおり、読み取り機からパスポートを離しては近づけ、画面に表示される内容に異常がないか、確認している。

「──すばらしい。プロメテ」

ようやく得心がいったのか、村岡が頷いてパスポートを自分のポーチにしまった。表情が輝いている。

「あなたのように腕のいい男と、知り合えて良かった」

村岡はボストンバッグに手を入れると、包みを取り出した。大きな茶封筒を、何重にも巻いた包みだ。

「パスポートと交換で渡すと約束していた後金だ。二百万ある。確かめてくれ」

能條は軽く口笛を吹き、包みを受け取った。二百万。前金とあわせて三百万だ。悪くない気分だった。

「この読み取り機は、空港のコインロッカーに預けていこうと思う。もう用がないからな」

「好きにしたまえ」

ざるそばを食べ終わると、店を出た。

パスポートの読み取り機は、紙袋に納めてコインロッカーに入れた。こんなややこしいものを二台も持って、セキュリティ・チェックを通るつもりはない。

成田からロスアンゼルスまでは、約十時間。その間、機内食を食べるか、映画でも観るか、エコノミークラスの窮屈なシートで仮眠するくらいしかやることはない。

能條と村岡が共謀していた物理的な証拠を残したくなかったので、能條は村岡と別にチケットを押さえた。予約した席は離れていたが、乗客がトイレにでも行ったのか、村岡の隣が空いたのをいいことに、食後の酒を持って席を移動した。

「ロスに着いたら、どうするんだ？」

ビールを飲みながら、隣でぼんやりワインを空けている村岡に声をかける。

「しばらくロスにいることになるだろう」

「なにをする気だ？」

その質問には、眉を軽く上げただけで、答えなかった。不安なのか、村岡はパスポートの入ったポーチを、体から離そうとしなかった。予想どおりだ。

「例の、指紋の件はどうなった？」

声を低めて尋ねると、なんでもないことのようにうなずいた。

「大丈夫だ。あなたのデータは、別人のデータとすり替えさせた」

時計を見た。ロスアンゼルス到着まではまだ先が長い。

トイレに立つと、二列前に座った金髪青年が、大きなショルダーバッグを持って先に立ち上がったところだった。そばかすを散らした顔に、あいまいな微笑を浮かべている。

「どうぞ、お先に《アフター・ユー》」

若い男が微笑んで言い、能條は礼を言ってトイレに入った。パンドラだ。やれやれ、秋葉原の誘惑に負けず、無事に乗りこんだらしい。日本に着いてから、秋葉原のメイド喫茶にひとりで入りびたっていたらしいのだ。

　能條がトイレから出てくると、キャビン・アテンダントがなにかを探し回っていた。小学生くらいの男の子が、携帯ゲーム機器で遊んでいるのを見つけると、かがみこんでその隣に座っている親に声をかけた。

「申し訳ありませんが、航空機の電子機器に悪影響を与えておりますので、ゲーム機の電源をお切り願えますか」

　子どもの親が、能條が気の毒になるほど慌てて、ゲーム機を取り上げるのが見えた。パンドラがウインクひとつしてトイレに入った。


　ロスアンゼルス到着は、現地時間の午前十一時二十分。機内ではほんの二、三時間しか眠ることはできなかったが、あまり眠気は感じない。首の後ろがぴんと張り詰めているようだ。

　能條と村岡は、ボストンバッグを棚から下ろして到着機から降り、ターミナルに向かった。LAXこと、ロスアンゼルス国際空港は、年間六千万人以上が利用するという巨大空港だ。ターミナルから到着ロビーに向かうと、各国からの到着機を降りたばかりの乗客が、おおぜい入国カウンターを目指している。白、黒、茶色、黄色。さまざまな肌の色をした乗客たちを見て、能條はいよいよ海外に来たという気分になった。

　村岡はロスに近づくにつれ、無口になっていた。入国審査官の前には、長い列ができている。能條は村岡に手を振った。

「俺はあっちに並ぶよ。空いていそうだから」

村岡が神経質そうに目をしばたたいた。なにかを考えこんでいるような表情だった。

「待て」

「どうした」

「成田でパスポートの内容を確認したときは、あなたが私の直前に自分のパスポートを読み取らせたな、プロメテ」

「そうだな。それが？」

「あれに意味があったんじゃないのか。あなたのパスポートになにかしかけがあるんじゃないのか」

能條は肩をすくめた。

「ばか言うな」

村岡が目を据えて能條をにらむ。

「ずっと、奇妙な気がしていた。プロメテと呼ばれるほどの男が、かんたんに私の脅しに屈したことも不思議だった。あなたのパスポートには、なにか仕掛けがある。だから、事前にパスポートを確認したときには、私のパスポートの前にあなたのパスポートを読み取らせ、入国カウンターでは私と別のカウンターを通ろうとしている。ちがうかね」

「あんたは神経をとがらせすぎだ」

能條は微笑んだ。村岡の額には、薄く汗がにじんでいた。紳士的な態度を崩さないように気をつけているようだが、目がぎらぎらと光っていた。

「わかったよ。さっきと同じ順番でやろう。俺があんたの前に通る。それでいいだろう」

まだ疑わしそうにしていたが、村岡はすこし安心したように見えた。

「とりみだして、すまない。あなたが言うように、神経質になっているのかもしれないな」

「俺がまぎらわしいことをしたからだろう。気にするな」

能條の番が来た。入国審査官はきびきびした動作のアフリカ系の女性で、クールな表情でパスポートを受け取ると、読み取り機にかけた。

なにも問題はない。

能條は、ちらりと審査官の肩から提げられた、拳銃のホルスターを見つめた。ちょっと安っぽい感じのするプラスチックの銃把が見える。おそらくグロックだ。こっちでは、空港審査官でさえも拳銃を携帯している。能條は、なるべくそちらに視線を送らないように気をつけた。

「ロスアンゼルスへは何の目的で来られましたか？　観光です。滞在はどのくらい？　一週間の予定です。

短いやりとりの後、小型の指紋読み取り装置で、四回に分けて左右全ての指の指紋を採取された。指紋読み取り装置の上にセットされたおもちゃのようなデジタルカメラで顔写真を撮影され、入国審査は終わった。あんまり簡単すぎて、物足りない気がするほどだった。村岡は約束どおり、犯罪者データベースに残った能條の指紋を、うまくすりかえさせたらしい。

返却されたパスポートを受け取りながら、能條は村岡に向かって微笑みかけた。すっかり安心した様子で、村岡がパスポートを審査官に差し出す。

その光景を見て、さようなら、と能條は口のなかでつぶやいた。それから向きを変え、カウンターを離れて歩き出した。

背後で審査官の悲鳴のような英語が響いた。

「なによ、これ。ミッキーマウスが写ってる！」

誰もがこういう場合に振り向くように、能條もその声に振りかえった。

審査官の前に、ぽかんと口を開いて突っ立っている村岡の姿が見えた。

その視線が釘付けになっている読み取り機のディスプレイには、ウインクしているミッキーマウスが写っているはずだった。

空港を警備している警察官が、急いでそちらに向かっている。

村岡の顔が、みるみるうちに真っ赤に染まった。警察官に取り押さえられながら、はっと気づいたように能條の姿を探し、まっすぐ指を能條に向けた。

「その男だ！　その男を逃がすな！」

警察官のひとりが能條に近づいてきた。

「あの男をご存知ですか？」

「機内ですこし話をしただけです」

「失礼だが、一緒に来ていただけますか」

　村岡は床に腹ばいにさせられ、両手を頭の上で組んで銃を向けられながら、まだ大声でわめいていた。

「ちきしょう、ハメやがったな。私のパスポートを機内で書きかえたのか。いや、そいつのパスポートを確認してみろ。チップの中に、読み取り機を誤作動させるプログラムが入っているのにちがいない。そいつの本名は、能條良明だ。十四年前に逮捕歴のある、名うてのハッカーだぞ。そいつの懐には、日本円で二百万を超す現金が入っているはずだ――」

　別室で、事情を聞かれ、所持品とパスポートを調べられた。

「機内で初めて顔を合わせたんですよ。面白い人だったので、隣の席に移ってすこし話をしましたが、それだけです。僕が彼のパスポートの情報を書きかえたって？　そんなむちゃな。どうやったらそんなことができるんですか」

　ボストンバッグとウエストポーチは何度もX線検査にかけられ、中身をひとつ残らず出して調べられた。身体検査も受けた。多額の現金もなければ、ICチップのリーダー・ライターも発見できなかった。もちろん、能條自身のパスポートのICチップも調べられた。ごくあたりまえの顔写真のデータと氏名などの情報が書きこまれているだけだった。村岡のおかげで、指紋さえも十四年前に逮捕された能條良明とは別人だと判断された。

　能條が解放されたのは、二時間後だった。念のためにと、滞在先のホテルを尋ねられたが、もちろん能條はそのホテルに宿泊するつもりはない。村岡の言葉を裏付けるものは、なにひとつ出なかった。航空機のチケットでさえ、別々に購入したのだから。

能條はようやく、空港の建物から外に出た。一瞬にして、ひりひりするような日差しが顔を焼く。

――ロスアンゼルス。

まぶしい陽光の街。ついにこんなところまで来てしまった、という思いと、みごとに村岡を出し抜いたという満ち足りた思いとが、じわりと能條の胸に染みとおる。

(あの時の、村岡の顔!)

自分の顔写真のかわりに、ミッキーマウスが表示されたモニターを覗いて、呆然と立ちすくんでいた村岡を思い出すと、内心で笑いが止まらない。

空港を出ると、その足でダウンタウンに向かうバスの乗り場に向かった。どちらに向かえばいいのか、迷うくらい巨大な空港だ。

乗り場のベンチに、金髪の青年が腰をかけ、足をぶらぶらさせている。こちらに気づくと、陽気な笑顔で手を振ってきた。

「早かったね」

パンドラだった。

だまってうなずき、ちょうど近づいてきたバスに乗りこんだ。能條は空港で買ったペットボトルの水に口をつけた。さすがに喉が渇いていた。

「預かった荷物は、ここで渡す?」

席に腰を落ち着けると、彼がのんきな調子でたずねた。バッグからごそごそとなにか取りだそうとするので、能條はすこし慌てた。

「いや。後でもらう。誰が見ているかわからないから」

機内のトイレを利用して、村岡から受け取った総額三百万円と、チップのリーダー・ライターをパンドラに預けたのだ。能條のバッグをどれだけ調べても、何も出てこないのは当たり前だった。彼が持っていたのだから。

パンドラがバッグから取りだしたのは、ドーナツの包みだった。

「僕、入国の時に税関申告なんかしたの、初めてだよ。こんなかっこうで大金を持ってたから、ちょっと怪しまれちゃった」

一万米ドル以上の現金を持ち込むと、税関申告が必要になる。能條が警察官に所持品を調べられている間に、パンドラは税関で面倒な手続きを引き受けてくれていたわけだ。

やがて、にっこりとパンドラが笑った。

「さすがだね、ノージョー。いったいどうやったんだい」

能條は慎重にバスの中を見渡した。ボストンバッグを抱えた日本人と、どこから見てもヤンキーの金髪青年との組み合わせを、いぶかしむ視線は感じなかった。

「あの男のパスポートは、普通に読み取り機にかけるとミッキーマウスが表示される」

わお、とパンドラがつぶやいて、両目をぐるりと回した。身を乗り出すように、熱心に聴いている。

「パスポートのＩＣチップは、容量に余裕がある。それを利用して、あの男のパスポートには、画像を二枚入れておいたんだ。一枚目はミッキーマウス、二枚目はあの男の写真だ。俺のパスポートにも、細工をしておいた。日本を出国する前、俺のパスポートには、読み取り機のプログラムを置きかえて、誤作動させる画像が入っていた。つまり――成田であの男にパスポートをチェックさせたときは、最初に俺のパスポートを読み取らせ、読み取り機のプログラムを置きかえた。次のパスポートを読み取るときに誤作動して、二枚目の画像を読みこむようになった。だからあいつがパスポートを読み取り機にかけたときには――」

「本物の、あいつの写真が表示された」

「そういうこと」

でもさ、とパンドラが目の前のドーナッにかぶりつきながら、首をかしげた。

「ロスの入国カウンターでも、あんたはあいつの前に通ったよね。それなのに、読み取り機が誤作動しなかったのはどうして？」

能條はウエストポーチから、パスポートを取り出した。

「今は、このパスポートには何のしかけもないただの顔写真が入っている」

「それじゃ、機内で……」

「そうだ。機内のトイレで、自分のパスポートのチップを、ただの画像に置きかえた」

村岡のパスポートを機内で書きかえるのは無理だが、自分のパスポートなら可能だ。

「やっぱりそうか！　あのとき、飛行機の電子機器に影響があったらしいよ。ちょっと、ひやっとした」

「子どものゲーム機が原因だと勘違いしてくれただろ。ゲームを中断させられた子どもには、気の毒だったがな。チップのリーダー・ライターは、おまえに預けた荷物の中だ」

「すごいや」

パンドラがドーナッツを食べ終えてにこにこした。それから重要なことに気がついたように、眉をひそめた。

「それじゃもしかして、ノージョーがあの男より先に読み取り機を通っても、通らなくても――」

「どちらにしても、ミッキーマウスが表示されたということさ」

あの男は、プロメテというクラッカーの存在を知ったことが最初の不運だった。それからプロメテを脅迫したこともだ。

村岡はこれから自分で言ったように、刑務所で長期刑に服し臭いメシを食うことになるのだろう。その間ずっと、プロメテを脅迫したことを、後悔し続けてもらわなければ。復讐を考えたところで、刑務所の中にいる間は手が出せない。

バスはダウンタウンのユニオン駅前に到着したようだ。ここからアムトラック鉄道に乗れば、全米各地どこにでも行くことができる。駅舎は真っ白に輝く教会のような、美しい建物だ。そういえば、ロスアンゼルスの建築物は、あっちを向いてもこっちを向いても、まるで映画のセットのように見栄えがする。さすがはハリウッドを擁する街だ。

誰も自分のことなど知らず、気にもとめない街に行く。その考えが、ひどく魅力的に思えた。さあ、これからその旅を始めよう。プロメテウスの腕が錆びついていないことは、もう充分証明できた。長い間忘れていた満足感が、能條の全身に満ちるようだった。

ボストンバッグを肩にかつぎ、バスを降りた。パンドラが急いで追ってくる。

「ここでお別れだ、パンドラ。機内で預けたものを、返してくれないか」

自分は貴重な三年間を、塀の中でむだに過ごした。もうむだにして良い時間はない。たぶん二度と日本には戻れないだろうが、それならそれで、この国に深く潜りこむだけだ。

「待ってよ。ノージョーに会わせたい友達がいるんだ」

「よせよ。俺はアニメにも漫画にも興味はないんだ」

「すこしだけだよ。駅の構内で待ってるはずだから」

強引に手を取り引っ張られ、天井の高い駅舎に足を踏み入れる。スペイン風の装飾と、巨大なシャンデリア。ひとり分ずつ独立している、重厚な革張りのベンチ。アムトラック鉄道の起点駅なのに、広々とした構内に人の姿はまばらだった。ほら、とパンドラが指さす方向を見れば、ベンチのひとつに、濃い色のサングラスをかけた見覚えのある男が悠然と座っていた。涼しげで、端整な横顔。

――村岡だった。

ばかな、と能條はつぶやいた。偽造したパスポートを持っていたのだ。そんなに早く解放されるわけがない。おまけに、国際指名手配されていて、入国すれば長期刑だと言ってなかったか。あっけに取られる能條を見つめ、パンドラが小さく笑った。信じられない。こいつも仲間だったのか。

「どうして彼があっさり解放されたのか、不思議だろう。実は、彼のパスポートは、正真正銘の本物——彼自身の正規のパスポートだったんだよ。ＩＣチップだけ、データを書きかえられるよう、新しいものに貼りかえたけどね」

村岡がいるベンチに向かって歩きながら、パンドラが説明する。理解が追いつかずに眉をひそめた。

「あいつのは本物のパスポートだったというのか？　それじゃ、なんのために俺にデータを書きかえさせたんだ？」

「紹介するよ、プロメテ。インターポール《ＩＣＰＯ》の、ミスタ・トシオ・ムラオカだ」

パンドラが、のんびりした口調を変えずに言った。能條をプロメテと呼んだが、ＭＩＴ在籍中からうすうす知っているかもしれないと考えていたので、驚かなかった。なにしろ、能條が日本に強制送還された後も、メールでなにかと連絡を取ってきた男だ。

「ＩＣＰＯだと——」

正体を明かされた村岡が、座ったまま片手を軽く挙げた。

「やあ。入国審査官にはにらまれたが、仕事だからしかたがない。いったいどうやったんだ？　能條。私には、さっぱりわからん」

「後で僕から説明するよ」

パンドラがにこにこして言った。

能條は、入国審査官に威嚇されながら、わめきたてた村岡の態度を思い出して、眉をひそめた。

「あんたがICPOの捜査官なら、どうして入国審査官の前であんな芝居をしたんだ」

「たまには、ああいう役もやってみたかったのでね」

村岡は涼しい顔をしている。

「おとり捜査か——汚い手だ」

じたばたしても、どうしようもない。能條は村岡の前のベンチに腰かけた。パンドラがベンチをがたがた言わせながら能條の隣に座った。騒々しいやつだ。

「捜査じゃないよ。プロメテをスティッに呼ぶのが目的だった。腕試しも兼ねてね」

「なんだと」

「僕は、MITを卒業してから、FBIの捜査官になったんだ。ま、しばらく遊んでいたのも本当だけどね。ヘンなことに詳しいもんで、スカウトされちゃったのさ。僕が捜査官だなんて、笑っちゃうだろ」

にやにや笑いながら、パンドラ——FBIのポール・ラドクリフが能條を見た。あいかわらずとぼけた表情だ。

「ヒマだたいくつだと、毎日のように訴えてきたのは嘘だったのか。日本に来てからも、アキバだ、アニメだと遊びまわっていたのは何だったんだ」

「あれは役得。ヒマでたいくつなのも本当だよ。なにしろ仕事はつまらなくて、あっというまに片付いてしまうから」

能條は頭を抱えた。パンドラがまじめな表情になり、身を乗り出した。

「実は、このところわが国を騒がせているアジア系クラッカーがいる。そいつを捕らえるのに僕たちは躍起になっているところだ。警察のコンピュータは、そいつを捕まえるのに相性のいい人間は、十四年も昔にFBIのシステムに侵入して刑務所に入った、プロメテというハッカーだと答えたのさ」

軽いめまいを感じ、唇をゆがめた。

「なんだと──それで、あんな手のこんだまねをして、俺をロスに連れてきたのか？」

「君が今でもハッキングのレベルを保っているかどうか、判断がつかなかった。だからテストさせてもらったんだ。ノージョーの腕はよく見せてもらったよ。相手の裏をかく手腕が、僕らが追っているクラッカーに似ている。協力してくれたら、指紋だけじゃなくて、昔の犯罪の記録をすべて公的機関のデータベースから抹消する。君は堂々と米国に出入りすることもできるようになるよ」

魅力的な申し出だった。すべてを取り戻せるわけではないが、少なくとも犯罪者としての記録が消えるのは、ありがたい。

なにより──パンドラの口車に乗せられているようで気に入らないが、たいくつすることはなさそうだった。自分にしか捕捉できないクラッカー。考えただけでも、魅力的だ。

「なるほど。そういうことなら、しばらく協力してやってもいい」

「本当かい。それは助かる」

パンドラの表情が輝いた。

「さっそくロスの拠点に案内するよ。君の組織内でのコードネームは、『プロメテ』だ」

プロメテ。とっくにかびの生えた名前だ。だがどうやら、しばらくその名前と手を切ることは難しいらしい。

「パンドラ」

ふと気づいて、その名前をつぶやいた。

「それでパンドラか。パンドラは天界の火を人間に与えたプロメテウスのもとに、罰として主神ゼウスが送りこんだ〈災いの種〉だったな」

パンドラがこちらを見て、いたずらっぽく微笑んだ。

能條はボストンバッグを持ち上げて立ち上がった。ロスアンゼルスの街並みに注ぐ日差しが、さらに強くなったような気がした。

プロメテウス・バックドア

「何を書いてるんだい？」

突然、背後から声をかけられた。後ろから画面を覗きこまれる前に、能條良明は文書作成ソフトのウィンドウをブラウザで隠した。

慌てたので、飲みかけのコーヒーをTシャツにこぼしそうになった。パンドラが買ってきたシャツの中で、どうにか普通に着ることができる二枚のうちの一枚だ。他はみんなアニメキャラクターのイラストがプリントされていて、室内とはいえ着るのに勇気が必要だった。

「なんだ、パンドラ。おまえが戻ってくるのを待ってたんだ。準備はできてるぞ」

無理やり冷静な声を出したつもりだったが、パンドラ——本名ポール・ラドクリフ——は、露骨に疑わしそうな表情をした。育ちの良いお坊ちゃまにしか見えないこの金髪青年は、猫のように足音を忍ばせて歩くので油断がならない。ドーナツとコーヒーの入った紙袋を大切そうに胸の前で抱え、能條のパソコンを覗きこもうとしている。ジーンズからギンガムチェックのシャツの裾をわざと少しはみ出させた、まるで学生のような身なり。足元はというと、履き古して足になじんだスニーカーだ。

パンドラはくせのある金髪に、色素の薄い肌の持ち主で、近くで見ると頬に薄いそばかすを散らしている。あいかわらず、子どものようだ。気の良さそうな、典型的ヤンキー青年ぽい外見のおかげで、日本に滞在した際には、秋葉原のメイド喫茶でメイドたちにもてまくっていたらしい。

一見するとお坊ちゃま、ひとかわむけば、ジャパニーズ・アニメとジャンク・フードをこよなく愛する、オタクな天才少年のなれの果てだ。ちなみに今は、どこでどう職業の選択を間違えたのか知らないが、FBIの特別捜査官とかなんとか、そんなものらしい。FBIも大胆なことをする。テキサスにいる祖父が大きな牧場を経営していて、跡を継がないかと誘われているらしいが、FBIよりは牧場主のほうが、まだしも似合っているかもしれない。

「はい、これ」

パンドラが手提げ袋を差し出した。

「なんだこれ」

「救急キット。昨日、ワイン・オープナーで指を切ったと言ってたから」

「ああ、サンキュ」

能條は袋を受け取った。包帯や消毒薬や塗り薬や、必要なものは一通り入っている。たいした傷ではないし、ほとんど治ってしまったが、口が悪いわりには気が優しい年下の友人に感謝して、ありがたく受け取ることにした。

パンドラが、紙袋をごそごそいわせながらドーナツを取りだすために目を離した隙に、能條は文書作成ソフトをこっそり閉じた。いつか出版する予定の自伝的小説の第一章を、パンドラに見つかる前に。まあなんというか、暇つぶしとストレス解消を兼ねたお遊びだ。

「それじゃ、始めちゃってよ。僕は後ろで見てるからさ」

すっかり傍観を決めこむつもりらしいパンドラは、パイプ椅子を引きずって能條の斜め後ろに陣取ると、ゆうゆうとドーナツをかじり始めた。コーヒーの香りが室内に漂う。パンドラの食べ物の趣味はひどいものだが、コーヒーの趣味だけはいいのだった。能條もコーヒーの差し入れだけは断らない。

「おや、ようやく始まるのかね」

誰かが背後のソファからむくりと起きあがるけはいがした。あくびまじりの声。誰もいないと信じていた能條は、仰天して振りかえった。インターポール《ICPO》の村岡が、立ち上がって伸びをするところだった。

この男は、いつ何をしていても、いやみなくらいダンディな中年男だ。男性ファッション雑誌から抜け出たような小粋な服装で、どちらかと言えば並んで歩きたくないタイプだった。自分が引き立て役になるような気がするのだ。

ちなみに今日は、紺色の開襟シャツに生成りの麻のチノパンツ。

「ずっとそこにいたのか？」

「せっかく来たのに、プロメテはコンピュータに向かうばかりでショーが始まらないから、たいくつして眠ってしまったよ」

冗談ではない。誰もいないと思ったから、気を許して自伝の執筆にいそしんでいたというのに。たしかに背後を確認して、パンドラも村岡もいないと思ったのに。どうしてこのふたりは、音をさせずにドアを開け閉めできるのだろう。どこかに魔法の入り口でもあるんじゃないかと疑いたくなるくらいだ。

「見たのか？」

能條は口走った。村岡は伸びをやめ、艶のある視線をこちらに送った。

「私は何も見ていない」

ウインク。ぐったりと疲れる能條に追い討ちをかけるように、パンドラが手を振った。

「ミスタ・ムラオカも目をさましたことだし、始めようよ、プロメテ。誰も君の自伝執筆をとめたりしないからさ」

――出版の折には、こいつらのことは悪魔のようなＩＣＰＯと化け猫のようなＦＢＩと書いてやる。

能條は気をとりなおしてパソコンに向かった。

「それじゃ、始める。説明しながら進めるから、わからない点があれば適宜質問を」

「ＯＫ」

首を二、三度回して肩をほぐすと、手だれのピアニストのようにキーボードに軽く指をすべらせた。

ここは、ＦＢＩが借りているロスアンゼルスの安ホテルの一室だった。パンドラはＦＢＩのロス支局に勤務しているそうだ。

部屋の中には、能條ですら狭いと感じるシングル・ベッドに申し訳程度のソファ、木ぎれを打ちつけたようなみすぼらしいデスク。普通の部屋と違うところは、能條が室内ＬＡＮを構築し、五台のサーバーマシンとノートパソコン三台とをネットワークで結んであることだ。この小さなネットワークからは、ホテルの回線を通じてインターネットにアクセスできるようになっている。この部屋に寝泊まりするのは能條だけで、パンドラと村岡はそれぞれの自宅から通ってくる。

閉め切った厚地のカーテンを開ければ、眼下にはロスのチャイナ・タウンが広がっているはずだ。日本での暮らしが長くなっていた能條には、それなりに見ごたえがある。漢字とアルファベットが混在する、極彩色の看板。乾いた陽光の街ロスアンゼルスに、ごった煮の東洋。

すぐ近くの丘には、ドジャー・スタジアムもある。どこまで続くのかとあきれるくらい広い駐車場に包まれた野球場だ。試合のある日には、仕事を中断したくなるほどの歓声も聞こえてくる。世界一有名なホットドッグ、「ドジャー・ドッグ」のマスタードの匂いまで嗅げそうな距離だった。

しかし能條は、決してカーテンを開かないようにとパンドラから厳命されていた。能條は、

FBIが不正な手段を使って入国させた、「この国にはいないはずの」人間なのだ。たとえば警察官に職務質問をされたり、パスポートの提示を求められたりすれば、やっかいなことになる。おかげで能條は、この一週間というものホテルに缶詰状態になっていた。

今のところは、おとなしくパンドラの言葉に従っている。日本を出るときに村岡が約束した三百万円は、ここに来るための特別手当として支給され、部屋の金庫に入れてある。そういう面では、パンドラたちは約束を守ってくれているのだ。米国に入国する際に利用した偽のパスポートも、パンドラは返せといったが、念のために金と一緒に金庫の中に入れておいた。

ともかく、こうしてカーテンを閉めてホテルの一室にこもり、パンドラや村岡とだけ話をしていると、ここが米国なのか日本なのか、それすらも怪しくなってくる。強いて言うなら会話はほとんど英語なのだが、村岡とは日本語と英語のちゃんぽんになることもあるのだから、始末が悪い。

能條はロスに到着するとほぼ同時に、このホテルに連れこまれた。おかげで、パンドラや村岡たちの仲間がどれくらいいるのかすら知らない。彼らの口ぶりや、時々電話で話している内容から推測すると、かなり大規模なチームがクラッカーを追っている様子なのだが――

「それじゃ始めよう。標的は財務省のネットワーク、そうだな」

「そうそう」

「まず、クラッカーが最初にすることは、標的の情報収集だ。中にはかんたんに誰にでも手に入るが、非常に価値のある情報もある。たとえば、このご時世にホームページを開設していない大企業や省庁というのは、まず存在しない。ホームページを見れば、ドメインが手に入る。ドメインがわかれば、DNSからIPアドレスが」

村岡が優雅に右手を挙げたことに能條は気づいた。質問があるらしい。

「どうぞ」

「ドメインとは、なんだね」

能條は一瞬答えにつまった。パンドラのほうを向いて尋ねる。

「おい。ミスタ・ムラオカは、どしろうとなのか？」

パンドラは、ぐるっと目玉を一周させて、気の毒にという表情をいちおう作ってから、咳払いをした。

「あー、うん。そうだね。ミスタ・ムラオカには多少の手加減が必要かもしれない」

なんとか気をとりなおして話を進める。

「ドメインというのは、つまりその、インターネットでおおっぴらに公開された、マシンの所番地《ところ》とでも言えば、わかりやすいかな。ホームページを見るとき、URLという英数字の長ったらしい文字の羅列をブラウザに打ちこむと思うが、その中にたとえばホワイトハウスなら、whitehouse.gov という文字列が含まれることに気がつくはずだ。これがドメイン。大手の企業になると、普通は自分専用のドメインを申請して取得している」

能條は村岡の表情をうかがって、肩をすくめた。

「まあ、このあたりは省略しよう。つまり俺が言いたかったのは、悪用しようと思えば、そのへんに材料はいくらでもころがっているということなんだ」

能條は画面上にブラウザを表示させた。登録しておいたホームページを画面に呼び出し、パンドラたちに見せる。

「これがフーイズデータベースってやつだ。誰でも使える。この窓にさっきのドメインを続けて入力すると、そのドメインの管理者のメールアドレスや届け出住所、管理者の氏名など、いろんな情報が表示される。インターネットの住所は、ネームサーバーと呼ばれるマシンが管理しているんだが、ドメインを取得する際に、ネームサーバーに各種の情報を登録することになっている」

言いながら、適当なドメインを入力して結果を表示させる。

「これだけなら当たりさわりのない情報だと思うだろうが、一般的にシステム管理者はドメインを取得するときに、周辺にある複数のIPアドレスを押さえてしまうものなんだ。ホームページというのは外向けに公開することを前提に作られているから、公開したくない重要情報などはもともと入っていないし、攻撃されることを想定に入れて構築されていることが多いから、攻撃に成功しても得るものが少ない。問題はその周辺にあるサーバーマシンということになる。こいつは、ドメインに割り当てられたIPアドレスから、かんたんに類推することができる。いいか、このへんは初歩的な知識だからな」

村岡の質問を防ぐために、能條は念を押した。村岡はやや不満そうに眉を上げた。

「標的となるマシンのIPアドレスがわかると、今度はそのマシンの情報を収集する。OSの種類とバージョン情報。セキュリティ・パッチと呼ばれるOSの追加ソフトは毎日のように山ほど一般に公開されているんだが、その中のどれが当てられていて、どれが忘れられているのか。Windowsみたいなのだってソフトウェアの一種で、人間が作っているんだ。人間が作ったものには、どこかにミスもあるものだ。ソフトウェアに残されたミスをバグというんだが、なかにはそのバグが致命的で、そいつを利用してシステムをダウンさせたり、乗っ取ったりすることができるものもある。セキュリティ・パッチというのは、そのバグを解消するための追加ソフトだが、これがあまりにもたびたび出るものだから、きちんと適用しているマシンは意外と少ない。それから、OS以外のアプリケーション・ソフトはどんなものがインストールされていて、そのバージョンは何なのか。現在実行中のサービスは何があるか。そういうことをできるだけ調査していく」

このあたりのことは、パンドラにとっても前提知識だろう。うんうんと頷いている。

「当てられていないセキュリティ・パッチが見つかれば、そいつを利用してマシンを攻撃するためのツールが、かんたんに手に入ったりもする。ハッカーきどりの馬鹿なやつらが世界中にいて、熱心にそういうソフトを作って喜んでいるんだ。システムに侵入するためには、パスワードが必要になるが、そのパスワードを攻撃するソフトも山ほどある」

「それで、プロメテ。財務省には侵入できたの？」

そろそろ飽きてきたらしい。パンドラが結論を尋ねた。

能條はにやりと笑った。

「何をしてほしい」

「そうだな。ルート権限でアプリケーションを実行させるとか。ただし、当たりさわりのないやつね。システムをダウンさせるとかはだめだよ。あとで叱られるのは僕だから」

子どものようにドーナツをかじりながら口にするせりふではない。ルート権限というのは、そのマシンの最高管理者の権限という意味だ。これを手に入れるということは、マシンを生かすも殺すも好きにできるということなのだ。

「いいよ」

能條はパソコンに向かい、テキスト・エディタを立ち上げて『ここにいるよ《アイムヒア》』と打ちこんだ。

「財務省の担当者に電話して聞いてみろよ。いま向こうのシステムにテキスト・ファイルをひとつ作ったぜ」

パンドラが一瞬のどを詰まらせたらしく、目を白黒させた。

「まさかその画面――」

「悪いが、もうとっくに財務省のマシンと連動してある。IPアドレスはこれだ。このアドレスのマシンを確認してもらってくれ」

メモをちぎって渡すと、パンドラが指先についたシュガーをシャツの裾で拭いながら、電話をかけ始めた。村岡が興味深そうに質問する。

「さっきから君は画面を変える様子がなかった。ということは、自伝も財務省のコンピュータで書いていたのかね」

「自伝的小説。自伝じゃない」

やれやれと村岡が肩をすくめる。

電話を切ったパンドラが、ため息をついた。

「たしかに財務省に確認したよ」

「これがセキュリティ・テストで見つけた、侵入される可能性のある項目だ。優先順位をつけておいたから、高い順番に早めに対応したほうがいい。もっとも、俺と同じレベルのクラッカーにしか、破れないものもあるが。対応のしかたでわからない点があれば、聞いてくれ。ただしそっちは別料金をいただくぞ」

能條はA4判六枚にわたる詳細なリストをパンドラに渡した。パンドラがあきれたようにリストを眺め、肩をすくめる。

「あのまま学校に残っていたら、MITの首席はノージョーのものだったかもしれないね」

だが能條は卒業できずに刑務所に入ることになり、パンドラは首席で卒業したものの長く定職につかずに遊んでいて、今では畑違いのFBIの捜査官だ。人生なんて、何が起きるかわからない。

まさかFBIにスカウトされて、アメリカでセキュリティ・コンサルタントまがいのことを始めることになろうとは、先週までは思いもよらなかった。米国の省庁や大企業のシステムを荒らしまわっているアジア系クラッカーを退治すれば、昔の逮捕歴を完全に抹消してもらえる。パンドラの申し出に、能條はしぶしぶながら乗ったのだ。

「なあ。俺はこうやって、政府のシステムの脆弱性チェックをしてまわっているだけでいいのか。システムは日々更新されて生き物みたいに変わっていく。今日チェックしてOKになったとしても、明日また新しいセキュリティ不備ができているかもしれない。とっとと犯人を捕まえない限り、いつまでたっても俺の仕事は終わらないと思うがね」

実はそれがパンドラたちの狙いではないかと、邪推したくなるくらいだ。

「だいたい、アジア系クラッカーだってことがわかっているのなら、他にも犯人の情報はいろいろ手に入っているんじゃないのか」

「ニンゲンバンジ、サイオウガウマ」

突然パンドラが発した言葉が、日本語だと気づくまで時間がかかった。

「なんだって？」

「例のクラッカーが、侵入したシステムに残していく言葉だよ。日本のことわざなんだろ？だから、アジア系に違いないってことになってるんだけど」

「日本のことわざというより、元は中国のことわざだがな。なんだか説教強盗みたいなヤローだな」

能條はしかめっ面になって頭を掻いた。ぽかんとしているパンドラに、ようやく出番がきたと言わんばかりに村岡が説教強盗について解説を始めるのを聞き流す。

「そんな言葉くらいじゃ、相手が本当にアジア系かどうかも怪しいもんだ。ともかく、じっと守りに専念するだけでは、いつまでたってもそいつを捕まえられんぞ」

「どうする気だい？」

「そいつが侵入したときのIPアドレスくらいわかるんだろ？　そこからたぐっていけばいいじゃないか」

　システムに侵入する際に、クラッカーは他人のサーバーを何重にも間にはさみこむことで、自分の正体を隠そうとする。セキュリティの甘い他人のシステムを乗っ取って、自分の踏み台にしてしまうのだ。侵入された被害者にわかるのは、踏み台にされたシステムの情報だけ。クラッカー本人につながる痕跡は、少し知恵のあるクラッカーであればほぼ完全に消してしまっていることが多い。

　それでも、手がかりはまずそこからだ。

「実は、これまでの侵入経路から、ひとつ怪しいアドレスが浮かんでいる」

　パンドラがジーンズのポケットをごそごそ探り、くしゃくしゃになったメモを引きずり出した。

「これこれ。プロメテがこっちにくる直前、ある局のシステムに侵入されたんだ。残された情報を使って調べてみたんだけど、いろいろ遡るとマーケティング調査を専門にしている、ロジカル社という会社のシステムに行きつくらしい。そのアドレスはロジカル社のサーバーのアドレスらしいよ」

能條はパンドラの説明を聞きながら、さっそくそのアドレスから手に入る情報を引き出しはじめた。

「そこまでわかっているのに、どうして立ち入り検査をしない？」

「ロジカル社が犯人かどうかもわからないのに、いきなり立ち入り検査はしたくない。外国資本の会社でね、本社はここ、ロスアンゼルスにある。クラッカーに踏み台にされただけの可能性も強い。逆に、ロジカル社の内部に犯人がいる場合、立ち入り検査をすることで今後ロジカル社のサーバーを使ってクラッキングすることをやめてしまうかもしれない。そうすると、これ以上の手がかりをつかむのが困難になる」

「それなら、ロジカル社のサーバーに逆に侵入してやればいいじゃないか。侵入して調査するんだ」

「うーん。それも考えたけど、かんたんに手に負えそうな相手じゃなかったし、無理に侵入すると痕跡を残してしまうだろう。でも、君ならもしかして——」

能條は椅子に座りなおした。

「もっと早くその情報をよこせばいいのに」

パンドラが期待に満ちたまなざしを送っているのがわかる。世紀のハッカー、プロメテウスの出陣にしては地味な声援だという気もするが、ないよりはマシかもしれない。多少は気分も乗ってくるというものだった。

三十分後、ロジカル社のホームページをのんびり眺めはじめた能條に、パンドラがおずおずと声をかけた。

「あのう……それで、ハッキングできた？」

ロジカル社のホームページは、エメラルド・グリーンを基調色にした、美しいデザインだった。写真も豊富で、社内の情景を伝えてくれる。マーケティングの会社だけに、顧客の心をつかむコツを心得ているらしい。

「ねえ、プロメテ。どうして黙ってホームページなんか見ているのさ」

パンドラが不安に満ちた声を出した。

「いまから、この案件はソーシャル・ハッキングに変更する」

「え？」

ソーシャル・ハッキングというのは、ネットワークを通じての攻撃ではなく、物理的に内部に侵入することを指している。つまり、企業のゴミ捨て場をあさってパスワードを書きとめたメモ用紙を拾い出すような手法だ。こういう手法は単純だが、意外なほど効果が上がる場合も多い。

「パンドラ。ロジカル社の本社所在地は、ステイプルズ・センターのすぐそばだ。ここから車で行けば十分とかからない。最初からロジカル社が怪しいとにらんでいたんだろ？　だから俺をロスに連れてきたんだろう。どうして今まで黙っていた？」

パンドラがため息をついて肩をすくめた。

「ロスに来たのは僕がロス支局にいるからで、ロジカル社は手がかりのひとつでしかないよ。

偶然、ロスに本社があるだけでさ。それより、ソーシャル・ハッキングに変更ってどういうこと？　向こうのネットワークに入れないってこと？　ここから出るなんて、危険だよ」

能條は怒りを抑えた。パンドラに八つ当たりしても始まらない。まったく、冗談ではない。自分の手に負えないシステムがあるなんて。

「このシステムは、強固すぎる。外からネットワークに侵入するなら、時間をかける必要がある」

短時間でできる限りのクラッキング手法を試したが、セキュリティ・ホールは言うにおよばず、完璧と呼んで賞賛したいくらいの堅固なシステムだった。つまり、この程度の時間では能條にも侵入できなかったのだ。社内のＬＡＮ環境にすら。よほど腕のいい技術者が管理していなければ、ここまでは難しい。パンドラが首をかしげた。

「プロメテの腕をもってしてもハッキングできないなんて、やっぱりロジカル社のシステム管理者が、例のクラッカーなんだろうか」

「それはまだわからん。いろんなケースが考えられる。システム管理者がクラッカーの場合。システム管理者は普通の技術者だが、ロジカル社の社内にクラッカーが存在する場合。それから、ロジカル社とは何の関係もないクラッカーが、そのシステムを踏み台にするために自分の都合の良いようにセキュリティを固めてしまった場合――」

能條の勘が正しければ、最後のケースがもっとも確率が高いはずだった。そしてその場合、クラッカーはロジカル社のシステムを今後も自分の意のままに動かすために、自分がかんたんに侵入するための裏口を残しているはずなのだ。

「正直なところ悔しいが、物理的にロジカル社の中に入ってしまえば話は早い。社内のネットワークにつながるコンピュータを使って、犯人の痕跡を追うんだ」

能條は繊細なハッキングの技術を使って他人のコンピュータに侵入することには興味があるが、これではまるで押し込み強盗のようなものだ。美しくない。

「時間をかければ、ネットワーク経由で侵入できるんだろう？」

パンドラが腕組みして首をかしげた。

「時間をかければな。ただし、悠長にやってる時間はない。さっき俺が侵入を試みたことは、じきに相手も気がつくはずだ。だから急いでるんだ。できるだけ早く——できれば今日中にも入りたい」

パンドラが青くなった。

「だって——無理だよ、どうやって中に入るんだい？　ＦＢＩのバッジを見せて入るわけにはいかないんだよ。誰が犯人だかわからないんだから」

「もちろんだ。こっちがＦＢＩだということがばれないように、侵入しなきゃな」

「ロジカル社の本社は、高層ビルの十階から十二階までを間借りしてるんだ。受付は十階。エレベーターは各階に止まるけど、各フロアの入り口は通常ロックされていて、社員の身分証明カードを機械に通さないと入れない」

「詳しいな」

「そりゃ、手がかりとして浮上したときに、一応は調べたからね」

「新米社員のふりをして、のこのこ入るわけにもいかないってことか」

「無理だよ。社員が三十人かそこらの会社なんだから、すぐにバレちゃうよ」

「勤務時間は何時までだ？　社員が帰った後に入れないかな」

「定時は五時だけど、夜中の侵入だなんて、ますます違法行為っぽくて嫌だよ」

パンドラの情けなさそうな表情。

「黙って社内のネットワークに侵入するのも、違法行為だけどな。やっぱり日中か。掃除をするために中に入るってのはどうだ？」

「掃除は週一回、週末だけ。社員がいなくて好都合だけど、そこまで待てないよ」

「そうだな。ネットワークにつながってさえいれば、パソコンは誰のものでもいいんだが――」

「エアコンを切ったらどうだろう？　暑さに耐えかねて修理屋を呼ぶんじゃないかな」

「それはいい手だが、あまり現実的じゃないな」

できれば、何でもいいからすぐにでも来てくれと言われるような切実な問題が発生していることが望ましい。こっちは一分でも早く、中に入りたいのだ。

能條はロジカル社のホームページを見直した。何か手がかりがあるかもしれない。

ロジカル社の社長は、五十歳くらいの黒髪の女性だった。鼻すじの通った、気の強そうな美人。有能さを誇示するような、きりりとした表情。名前はアンジェラ・ホーン。社長室は、濃い茶系統の家具でまとめられている。こげ茶色のふかふかのソファに、ベージュのランプシェード。居心地の良さそうな室内だ。デスクの上には趣味の良い小物が置かれている。能條はふと、写真の隅に写っている、この社長室にはあまり似合っていない黒い物体に興味を引かれた。どこかで見た記憶があった。黒のプラスチック材で作った、高さ三十センチほどの箱だ。

アンジェラ社長はインタビューの中で、インスピレーションを得るために室内の香りを大切にしているのだと言っている。それでやっと思い出した。

いくつかインターネットで検索してみると、能條の推測通りの答えが出てきた。

「パンドラ。ロジカル社が入居しているビルは、窓ガラスがはめこみで開かないタイプだな」

「そうだと思うよ。あのへんの高層ビルは、みんなそうだ。必要なら確認させるけど」

「確認してくれ。それなら侵入できるかもしれない」

「無理だよ。その社長室は十二階にあるんだ。とても窓からは侵入できないよ」

「誰が窓から入ると言った」

能條は天井を仰いだ。

「いいから、早く確認してくれ。それから、もし窓が開かないタイプなら、電気屋の作業服を三着と、倍率の高い双眼鏡と脚立《きゃたつ》と車を一台用意してくれ。移動しながらネットにアクセスできるように、モバイル・パソコンとＰＨＳカードか何かも。それからこまごましたものを入れる、スポーツバッグか何か。あ、それと消臭剤も山ほどよろしく」

なぜとは聞かずに、パンドラが電話をかけ始めた。こういう素直さはパンドラの数少ない美質のひとつに違いない。能條はパンドラの答えを待たずに、〝仕込み〟を始めた。細工は早ければ早いほどいい。

「プロメテ、窓ははめこみで開かない。電気屋の車を用意するよ」

「私も行こう」

パンドラと村岡が珍しく息の合ったところを見せて、部屋のドアを開いた。

ふたりがばたばたと部屋を出ていくと、能條は足音が消えるのを待ってドアに近づいた。そっと薄く開いて廊下を透かし見る。

——いる。

見張りらしい、体格のいい白人男性がひとり、廊下の向こう側に腕を後ろに回した姿勢で立っている。胸のあたりがふくらんでいるのは、拳銃のホルスターを吊っているのかもしれない。そちらは能條の専門ではない。やっぱりだ、と能條は鼻の頭にしわを寄せた。パンドラの部下か同僚に違いない。パンドラと村岡がいなくなるときは、必ず同じ場所に誰かが立っている。能條を信用しているような顔をして、逃げないように見張りをつけているのだ。つまり、自分は限りなく監禁に近い状態というわけだ。

(見てろよ、パンドラ)

束縛されるのは大嫌いだ。それをパンドラにもそろそろわからせてやらねばなるまい。

作業服を着て電気屋に変装したパンドラの前で、初老の管理人が目を白黒させている。

「しかし、それは――」

「捜査の都合でどうしても必要なことです。十二階のフロアは、今すぐにエアコンのスイッチを切ってください」

パンドラがＦＢＩのバッジを見せ、居丈高に命じた。なるほど、その気になればこういう顔もできるわけだ。少しはＦＢＩらしい。ただし、電気屋の作業服を着ていなければの話だが。

ロジカル社が入居しているビルの地下にある、管理事務所だった。さすがにこの管理人が、クラッキング事件に関与しているとは思えないので、ＦＢＩの捜査官であることを明かしたというわけだった。

「この暑いのに、エアコンを切れだなんて――あとで私が文句を言われますよ」

ぶつぶつ言いながら管理人がスイッチを切る。

「十二階から苦情がきたら、エアコンの故障だと言ってください。すぐに修理屋を呼ぶからと」

やはり作業服を着た能條は横から指示を出し、モバイル・パソコンを立ち上げた。同時にスマートフォンで村岡を呼び出す。

「そっちはどうだい、村岡さん」

『アンジェラは十二階社長室に在室。デスクのパソコンに向かってお仕事中だね』

「そいつは好都合」

村岡はロジカル社の社長室が見えるように、通りをへだてたビルの屋上に上がり、双眼鏡で覗いているはずだ。一番の問題は、社長がちゃんと社長室にいるかどうかだったのだが、その課題はクリアされたらしい。

能條はモバイル・パソコンをインターネットに接続し、仕掛けておいたプログラムを実行する準備をした。

「村岡さん、始めるぞ。なにか変化があったら、社長室の様子を教えてくれ」

『OK』

実行。

パソコンのエンターキーをたたいただけだが、能條は「そいつ」が目的のサーバーに向かって走り出す様子を想像し、わくわくした。これだから、ハッキングはやめられない。

「どうだ？」

『別に、今のところなんとも――』

おや、と村岡がのんびり声を上げた。

『アンジェラが、なんだか落ち着かない様子になってきたね。あっちこっち見回して、なんていうか――ああ、鼻をくんくんいわせてるようだな。ハンドバッグからハンカチを取り出した。鼻に当てている。なにか臭うのかな？　あ、立ち上がった。窓に寄ろうとしているが

──窓が開かないことを思い出したらしい。机に載せた黒い箱に近づいた。顔をしかめて飛びのいた──電話の受話器を取った──ひどく慌てているようだね。なんだろう？』

「ＯＫ、そろそろこっちに電話がかかってくるぞ」

電話の呼び出し音が鳴った。パンドラが管理人に、電話に出ろと目配せする。

能條たちにも聞こえるほどの叫び声が、受話器から洩れてきた。管理人は平身低頭で、打ち合わせ通りにエアコンの故障だと告げている。

すぐに来させて、という金切り声が聞こえてきて、能條はにやりと笑った。大成功。

「五分後に上がるぞ、パンドラ」

ノートパソコンを閉じ、いろいろ詰めこんだスポーツバッグを持ち上げてエレベーターに向かった。パンドラが脚立を抱え、慌てて後を追いかけてくる。

「もう、僕は脚立担当？」

「若いんだから、働け」

「そんなこと言ってるから、太るんじゃないかな」

じろじろとパンドラが能條の腹まわりに視線を走らせた。

「一週間も外出せずに、ホテルに缶詰状態だったんだ。太ってあたりまえだ」

能條が逆襲する。パンドラが肩をすくめ、それから好奇心を抑えかねたように尋ねた。

「アンジェラ社長は、いったいどうしたの？」

「すぐにわかる。ロジカル社の社長室に侵入するための、『裏口』を見つけたんだ」

不審と期待の混ざった表情でパンドラが首をかしげる。

「今ごろアンジェラ、怒り狂ってるぜ」

能條はでたらめな鼻歌を歌った。パンドラがうさんくさそうに見つめている。

「エアコンの修理に来ました」

エレベーターで十二階に上がる。能條が先に立ち、パンドラが脚立を肩にかけて帽子を深くかぶってついてくる。パンドラの顔は、どう見てもこういう力仕事をするタイプに見えない。自分でもわかっているらしく、さっきから顔を隠したままだった。

社員のカードがなければ入れないという話だったが、十二階のフロアの入り口は既に思い切り開いていた。

あっさり侵入成功。

「ああ良かった、早くお願い。あそこの部屋よ。たいへんなの」

ドアを開いて待ち構えていた三十前後のアフリカ系の女性は、秘書だろう。眉間に皺を寄せて、慌てふためいている。

十二階は社長室と、重役連中の個室が並んでいるらしい。エアコンを切ったので、フロアにはじわりと暑さがこもり始めている。

例の黒髪のアンジェラ・ホーン社長は、いわゆる苦虫を嚙み潰したような顔をして、社長室のドアから少し離れた場所に立ち、イライラと足の先でカーペットを蹴り続けていた。ホームページで微笑を浮かべていた写真とは、えらい違いだった。

「失礼します」

社長室のドアを開こうとすると、アンジェラが慌ててドアから離れようとして、後ろに飛びのいた。よほど懲りたらしい。

「うわっ」

パンドラが叫んだ。ハンカチを探そうとしているが、見つからないようだ。たぶん、作業服のポケットに入れ忘れたのだ。

「これはひどい！」

「早く閉めて！」

能條とパンドラが部屋に入ると、アンジェラがふたりを押しこむように外からドアを閉めた。

「こっちまで臭いが洩れてくるのよ！」

社長室の中は、予想以上の悪臭で満ちていた。腐乱した生ゴミの臭い。犬猫の糞尿の臭い、ひと月くらい風呂に入らなかった猛者《もさ》の腋の臭いなども加えてみると、こんな臭いになるかもしれない。嗅いでいるだけで、頭が痛くなりそうだ。何もかも捨てて、この部屋から飛び出していきたくなりそうな臭いだった。

能條はしっかりとハンカチをマスク代わりに巻きつけた。ガスマスクを持ってくるべきだったと思った。

「プロメテ、僕、吐きそう……」

「おい吐くな、気をしっかり持って消臭剤を撒いてくれ。それから脚立はドアの前に立てて、登って天井のエアコンの吹き出し口を調べているふりをしろ。ドアが開かないようにするんだ」

声が外に洩れないように、ささやく。吐きそうなのは、お互いさまだ。

パンドラが力を振り絞って指示に従おうとしているのを見届け、能條はデスクに回りこんだ。パソコンは電源が入ったまま。よほど慌てて飛び出したらしく、社内のメールやカレンダーなどを利用するグループウェアが開いたままになっている。これは好都合だ。

デスクの端に置かれた、黒いボックス型の装置は、さすがに電源が切られていた。犯人がこの装置だということには、すぐに気がついたということだ。エアコンが同時に故障していなければ、ここまでの事態にはならなかっただろう。

「それ、なんなの……」

スプレー式の消臭剤を撒き終えたパンドラが、外からドアを開けられないように、ドアの前に脚立を立てて天井を調べるふりをしながら、苦しげに尋ねた。

「インターネットを経由して、香りを配信する装置だ」

「香り——香りって匂いのこと？　そんなものどうやってデジタル化するの？」

パンドラの顔がゆがんでいる。

「匂いの発生源になるオイルなんかは、この装置の中にあらかじめ何種類か入れてあるんだ。ふだんは密閉された容器の中に入っているだけなんだが、時間帯や天候、依頼者の好みや設定などに合わせて、インターネットから特定の香りを発生させるための指示を送る。たとえば、『夕暮れの水辺の香り』とか『たそがれのバラ園』とか、匂いのレシピに名前がついてるわけ。そういう商売があるんだよ」

説明してやりながら、能條は忙しく手を動かした。外からは侵入できないシステムも、中からの攻撃には弱いものだ。

「その機械、ロジカル社のホームページの写真に写っていたね」

「そう。あれを見て思いついたんだ。ロジカル社のシステムには侵入できないが、香りを配信する会社のシステムには、侵入できるんじゃないか――とね」

「だから『裏口《バックドア》』か」

パンドラが納得したようにうなずく。

「ロジカル社が使っている香り配信システムは、ドリリアントという名前のIT企業が開発して、提供しているものだった。だからドリリアントの香り配信システムに侵入し、この時間帯にロジカル社の社長室に配信する香りデータを、すりかえたんだ。もう少し正確に言うと、次から次へと香りを発散させるようにしたんだ」

どんなにすがすがしい芳香も、何種類もでたらめに混ぜ合わせて嗅がされると、ただの悪臭にしかならない。

ずっと昔、映画館でこの香り配信システムを応用しようと、実験的な映画が作られたことがあった。つまり、主人公がハンバーガーを食べに行くシーンではフライドポテトの香りを館内に配信し、恋人に愛を告白するシーンでは、花束に合わせて薔薇の香りを配信し、といった具合に、映画の状況に合わせて香りを変えようとしたのだった。ところが、少なくともその映画館の空調設備は、そういう目的での使用を想定していなかったために、映画が進むにつれて、館内で匂いが混じって観客はとんでもない悪臭に悩まされる結果になった。

「映画館だって、近頃は4DXやMX4Dという手法が使われるようになっただろう。バーチャルリアリティの研究も進んだものだ」

バーチャルリアリティという言葉に、パンドラが生き返ったような表情になった。能條の嗅覚も、少しずつよみがえっている。消臭剤が効果を発揮しはじめたのだろう。

「ねえ、まだなの?」

外からアンジェラがたまりかねたように声をかけた。中でのんびりとテクノロジーに関する会話を交わしているふたりに気づいたわけではないだろうが、気づくと十分近くが経過していた。

「すいません、もう少しかかります」

パンドラが黄色い声を出す。

「よし、『裏口』を見つけたぞ」

「それじゃ、犯人はロジカル社の外部にいるってこと?」

「まだ内部の人間ではないという証拠にはならないが、おそらく外部の人間だと考えたほうがいいだろうな」

ついでに能條が先ほど無理に侵入しようとした痕跡を消し、犯人が「裏口」を利用した日時を調べて、まだ能條の侵入に気がついていないらしいことも突き止めた。

「もうひとつ、俺専用の『裏口』を作る」

「どういうこと」

「犯人の『裏口』も残しておく。やつが、何も気づかずにアクセスしてくるのを待つんだ。やつが『裏口』にアクセスした瞬間、俺にわかるように罠をしかけておく。やつの足跡を追うための情報を、自動的に俺のメールアドレスに送るようにしておくよ。ログにも保存するが、犯人が気づいて消すかもしれないからな」

ほっとした表情でパンドラがうなずいた。

「それじゃ、さっきのビル管理事務所に電話して、ここのエアコンを動かすように連絡してくれないか」

「わかった」

パンドラの電話がすむと、すぐにエアコンの鈍いモーター音が聞こえはじめ、涼しい風が吹き出されてきた。

アンジェラには気の毒だったが、企業のシステムがクラッカーの踏み台にされるなんて、セキュリティ意識が甘いとしか言いようがない。もっと気の毒なのは、香り配信企業のドリアントだった。これで顧客を一社失うことになるかもしれない。

「よし、離脱しよう」

能條はコンピュータの画面を、注意深く元に戻した。パンドラが脚立から降り、また帽子を目深《まぶか》にかぶる。

やっと仕事に戻れるとわかり、ほっとした様子のアンジェラを残して戦線を離れることは、難しくはなかった。

ビルを出て、フィゲロア通りに駐車している車に戻る。ロジカル社は、ステイプルズ・センターの斜め前にあった。ダウンタウンの南側に作られた、前面がほとんどガラス張りの巨大な白い建物だ。バスケットボールの試合でもあるのか、大勢の客がステイプルズ・センターの前に列をなしている。せっかくロスアンゼルスくんだりまで来たというのに、有名な観光スポットも遠目に見るだけで素通りとは残念だ。

「ホテルに戻ろう」

電気屋を装ったライトバンの中で、パンドラが大きくため息をついた。

「まったく、先に教えておいてくれたらいいのに、臭いで死ぬかと思ったじゃないか、プロメテ」

大げさなやつめ。能條は鼻の頭にしわを寄せ、ノートパソコンを開く。さっそく先ほどロジカル社のシステムにしかけたトラップをチェックするためだ。

「どうなったんだね?」

村岡がハンドルを握りながらのんびりと尋ねる。この男は、似合わない作業服を着せられていることも、まるで下っ端のように運転手の役回りを押し付けられていることも、いっこう気にしていない様子だった。ある意味、稀有《けう》な存在かもしれない。

「たいへんだ。やつが入ってきた」

　パンドラが一瞬で表情を切り替えた。

「例の犯人？　ロジカル社のシステムに入ったの」

「そうだ。裏口経由で、つい今入ってきたらしい」

　能條はキーボードを目にも留まらない速さで打ちつづけた。

「こいつは変だぞ」

「どうしたの？」

「動きが変だ。どうやら今回は、ロジカル社のシステムを破壊することが目的らしい。このまま放っておくと、ロジカル社のシステムに残された、やつのクラッキングの痕跡まで消されてしまう」

「戻ろう！」

　パンドラが即断し、村岡が強引に車をUターンさせる。フィゲロア通りでクラクションがいっせいに鳴り響く。

「パンドラ、FBIの権限で、いったんロジカル社のシステムをシャットダウンさせてくれ。あるいはネットワークの回線を、マシンから引っこ抜くんだ。そうすれば、犯人との接続を遮断できる」

「わかった」

ふたたびロジカル社のビルに到着すると、パンドラがひとりで車を降りた。

「プロメテはここにいて。ミスタ・ムラオカ、プロメテをよろしく」

「了解」

作業服のまま、エレベーターに突進していくパンドラの後ろ姿を見送り、エレベーターの扉が閉まるのを見届けると、能條はスポーツバッグにノートパソコンを放り込み、ひょいと持ち上げて車のドアを開ける。

——あばよ、パンドラ。

「どこに行くのかね？」

村岡が穏やかな声で尋ねた。なんとなく、この男は何もかもわかっているのかもしれないな、と考えた。

「村岡さん、パンドラに電話して、今すぐ止めてやれよ。パンドラがロジカル社で騒ぎを起こせば、犯人がロジカル社のシステムを警戒して寄り付かなくなる恐れがあるぞ」

「どういうことかね」

「つまり、さっきパンドラに言ったことは、嘘だってこと。今のところは、誰もロジカル社の裏口から入ってきていないし、破壊しようともしていない。早くパンドラを止めろよ」

村岡がため息をついて、スマホを握った。能條はその隙に、急ぎ足で車を離れた。村岡は追いかけてこない。そんな確信があった。それでもパンドラが途中で気づいて、ロジカル社に入らずに降りてくる可能性もある。

駆け足でフィゲロア通りを北へ急ぎ、七番街と交わるあたりで、客待ちのタクシーに乗りこんだ。ロスでタクシーを拾うのはなかなか難しいが、ウィルシャー・グランド・ロスアンゼルスが目の前だし、メイシーズもすぐ近くにあるからか、この交差点には黄色や黄緑色のカラフルなタクシーが並んでいる。まるで金融街みたいに、きちんとしたスーツ姿のビジネスパーソンが歩いているあたりだ。作業服姿の能條は目だった。

「とりあえず、シビックセンターあたりのバス乗り場まで、連れていってくれないかな」

運賃ははずむから、と言って紙幣を握らせる。運転手は目を輝かせて作業服姿の能條を乗せた。このままタクシーで目的地に直行するのは、避けたほうがいい。パンドラたちに、行き先を知られる可能性が高くなる。

もっとも、彼らもすぐに能條の行き先には気づくだろう。日本人の能條が、ロスで姿を隠すのに都合のいい場所といえば、同じアジア系の街に違いない。チャイナ・タウンかコリアン・タウンだ。

能條はパンドラたちから離れ、自分ひとりで目的のクラッカーと対決する気になっていた。パンドラが何を考えているのか知らないが、あんなホテルに閉じ込められて、きりのない長期の作業を押し付けられたのでは、かなわない。契約は間違いなく果たすが、プロメテにはプロメテのやりかたがある。

能條は作業服の上着を脱いだ。シャツのすそをまくり上げると、腹部が包帯でぐるぐる巻きになっているのがわかる。運転手がバックミラーで見て目を丸くした。

包帯を取ると、三百万円の現金と偽造パスポートが膝に落ちた。

(誰が太っただ、パンドラめ)

わざわざ救急キットを差し入れてくれたのもパンドラだから、多少の暴言は大目にみることにした。パンドラも、まさかこんな用途で使われるとは、思ってもみなかっただろう。

スポーツバッグのファスナーを開き、念のために中身を確認した。ノートパソコン。落ち着いたら、真っ先に必要なのはノートパソコンの充電器だ。さすがにそれを持ち出す隙はなかった。現金とパスポートをバッグに詰め込む。早いうちにドルに換金しておかなければいけないだろう。

おや、と能條はパスポートを取り出した。腹に巻いたときには、気がつかなかった。赤い日本のパスポートに、黄色い紙片が挟みこんである。

親愛なるプロメテウスへ、で始まる手紙を読んだ。読み進むにつれて、だんだん冷や汗が出てきた。

『親愛なるプロメテウスへ。どうせ君はひとりになりたがるだろうと思っていたけど、なにかあれば必ず僕に電話をしてほしい。君が追いかけているクラッカーは、政府機関を狙うテロリストの一味だと考えられている。FBIとインターポールが手を組んで、日本からスーパーハッカーを呼び寄せたという噂を、僕らは意図的にリークしてきた。君はテロリストの標的になっている可能性がある。ホテルの部屋から出さなかったのも、部屋に警備をつけていたのもそのためだ。しかし考えようによっては、僕らから離れて、ひとりで行動したほうが君は安全かもしれない。やつらもまさか、噂のスーパーハッカーが、いつのまにかFBIの保護下から逃げ出してひとり歩きしているなんて、想像もつかないだろうから。とにかく、身の安全に細心の注意を払ってくれ。パンドラ』

そういうことは、もっと早く言え。

能條はぼやいた。

ここまで逃げ出してから、いまさらのこのこ引き返すわけにもいかないだろう。

パンドラか村岡が追いかけてきていないかと、未練がましく後ろを振り向いてみたりもしたが、それらしい車はどこにも見当たらなかった。

――まったく。

ため息をつく。じわじわと微笑が口もとにのぼってくる。

気がつくと、パソコンが甲高いアラームを鳴らしていた。先ほど急いで車を降りたので、電源を切っていなかったのを思い出した。ふたを開くと、緊急のメールが届いていた。ロジカル社のシステムにしかけたトラップが発動したのだ。

（かかったな――）

例のクラッカーが、いよいよロジカル社の裏口から侵入を開始したらしい。能條はロジカル社にしかけたもうひとつの「裏口」から、彼自身も侵入を開始した。クラッカーの動きを監視し、その手口や正体を突き止めるために。

政府機関を狙うテロリスト集団。相手にとって不足はない。

（お手並み拝見といこう）

能條は唇の端を持ち上げた。タクシーの後部座席に座ったまま、素早いタイピングで相手の動きを追いかける。遅かれ早かれ、相手も自分を監視する何者かの動きに気がつくだろう。

その瞬間が楽しみでならなかった。

プロメテウス・アタック

ロスアンゼルス。

能條良明は、ベンチの陰に寝ころがったまま、両腕と足を思いきり伸ばした。刈りたての芝の、あおくさい匂い。

見上げる空は、水彩絵の具を濃いめに溶かしてべっとりと塗りたくったような、コバルトブルーだった。綿菓子をぎゅっと圧縮したような雲は、手を伸ばすとつかめそうだ。エルプエブロ州立史跡公園の向こうに広がるのは、ダウンタウンのオフィス街だった。ビル群を見ていれば、東京と大差ない風景。それだけ見ていると、自分がいま六本木にでもいるような錯覚を起こしそうになる。看板の文字が英語で、通りを行きかう人々の肌や髪の色がまちまちであるとは言っても――

自分がいま、ロスにいるのだとしみじみ思うのは、空を見上げたときだった。

この青空は、東京にはないものだ。

(サングラスを買わなきゃな)

太陽の光が強すぎて、目を痛めそうだ。

右手に握った貸しアパートの広告でひさしを作って目を閉じると、つい気持ちよく眠りこんでしまいそうになる。陽光。からりと乾いた大気。ずいぶん気分がいい。午後三時。うとうとと眠りを誘う陽気。

ここは、ロスアンゼルス発祥の地だ。

メキシコからやってきた十一の家族が、この場所に住み着いて小屋を建てた。それがロスアンゼルスの始まり。いつのまにか、ばかでかい街になってしまったが、今でもこのあたりにはメキシコ風の建物が並び、オルベラ街と呼ばれる民芸品店などが並ぶ一帯がある。公園の目の前は、ロスに到着した日にも来た、純白のユニオン駅だ。街の中心と言ってもいいはずなのに、鉄道を利用する客は少なく、周辺はひどくのどかだった。何しろ広大なロスアンゼルスでは、街の人間は公共交通機関に頼らずにマイカーを運転してどこにでも行ってしまう。だから、どんな建物にでも、びっくりするぐらい巨大な駐車場があったりする。エルプエブロのそばにも、数百台は車を停められそうな駐車場があった。まったく、何でもかんでもばかでかい街だ。

ツー、ツー、ツー。

芝生に置いたノートパソコンが、電子音で能條を呼んだ。ごろりと上体をころがしてディスプレイをのぞきこむ。アパートのチラシを放り出す。ちがった。社員の正常な接続だ。期待した侵入ではない。がっかりして、また芝生に仰向けにころがった。

能條のノートパソコンには、無線カードを挿している。四六時中監視される窮屈さを嫌い、FBIのパンドラたちのもとを逃げ出してくるとき、パソコンと共にこっそりスポーツバッグにしのばせて持ち出した代物だ。ACアダプタは街の電気ショップで適当なものを手に入れた。バッテリパックは通常のタイプではなく、大容量のものに入れ替えてあるので、完全に充電すれば八時間はもつ。機動性はなかなか良かった。

無線カードを使って、能條は公園から少し離れたオフィスビルの、三階に設置された無線ネットワークに侵入している。最近は無線の性能もいい――三階分の高さだけ離れた場所にいても、電波が届くくらいに。

芝生の上をころがるように、七つか八つくらいの子どもたちがバスケットボールを手にして走りぬけた。スリーオンワン。ゴールもないのに、よくやる。能條はちょっとぼんやりした視線を子どもたちの上に送る。褐色の肌と濃い色をした髪の子どもたちばかりで、原色のシャツがよく似合っている。子犬のように活発だ。疲れを知らない身体で、走り回っている。

能條が、パンドラたちと別れて三日。

香り配信システムをクラッキングして、踏み台にされた企業のシステムに侵入してから、クラッカーの足どりをひとりで追いつづけている。手がかりは、この近くにあるデザイン事務所の無線ネットワークに残されていたのだが――

「ワーオ」

すぐ近くで誰かが小さな声をたてるのを耳にして、能條はぎくりとした。首を持ち上げて声のした腰のあたりを見る。白いTシャツと、ブラックデニムの半ズボンがまず目に入る。それから背中を丸めてパソコンの画面をのぞき、リズミカルに左右に振っている小さな黒い頭。ほとんど背丈くらいあるのじゃないかと思うような、大きな黒いバックパックを肩にひっかけている。なにかの小動物を連想させる身体つきと、動きだった。たとえば川でえさを洗うアライグマ。

「こら！」

身体を起こした能條がたしなめると、悪びれた様子もなく振りむいてにこにこした。十歳くらいの男の子だった。大きな目がくるくる動いて、最高に楽しいおもちゃを見つけたと言わんばかりに輝いている。東洋系の顔立ちだ。ロスにはチャイナ・タウンもコリアン・タウンも、リトル東京もある。さて、何系の子どもだろう？　能條は首をひねった。

「これ、あんたの？」

丸い顔で愛嬌たっぷりに笑いながら、パソコンを指さす。

「そうだ。触るなよ」

現在、某オフィスの無線ネットワークに無断で侵入中。同じく無断で侵入してくるはずの、クラッカーを待ち伏せしているところだ。他人に触られたり、画面を見られたりはしたくない。能條はわざと渋い表情を作った。

「いいパソコン持ってるね」

アライグマが、舌なめずりをするような声で生意気を言った。

「コンピュータが好きなのか？」

子どものころからパソコンの前にかじりついていた元パソコンオタク少年としては、同類に共感を覚えざるをえない。

「兄ちゃんは学生？」

「いや、似たようなもんだけど」

本物の学生だったのは、FBIに逮捕された十四年ばかり前のことだが、この際良心は捨てることにした。平日の昼間から、公園でパソコン片手に寝転がっていられる身分としては、学生だと名乗るしかないような気がした。

能條は子どもの手からノートパソコンを取りかえした。

こうしているあいだにも、例のクラッカーが侵入を開始するのではないかと不安だった。侵入したマシンに、「ニンゲンバンジ、サイオウガウマ」とアルファベットの日本語で書き残すというので、勝手に〝サイオウ〟と呼んでいる。

パンドラによると、政府や官庁のシステムを狙うテロリスト一味のクラッカーらしい。別の企業に侵入した際の痕跡をたどり、見つけたのが公園から見える場所にあるオフィスビルの三階。その部屋にはデザイン事務所が入居していて、調べると室内に無線のシステムを置いていることがわかった。システムには詳しくない人間が管理しているらしく、電波が届く圏内にパソコンを持ちこめば、ほとんど誰でもネットワークにつなぎほうだい。テロリストの一味は、無線の存在に気づいて勝手にネットワークを利用しているのだろう。他人の無線ネットワークを無断で利用できれば、こちらの正体や居場所を明かさずに接続することができる。しかも無料で。クラッカーにとっては、たいへんありがたい存在だ。ただし、電波が届く範囲に、パソコンを持ちこむ必要がある。

時計を見た。午後三時半。この三日間の調査によると、サイオウが侵入を開始するのは、どういうわけか午後三時ごろから午後六時までの時間帯だけだった。その代わり、その時間帯にはほとんど必ずと言ってもいいほどアクセスしている。

能條はさりげなくあたりを見回した。サイオウがネットワークに接続するなら、この公園のどこかで電波を拾うのがいいはずだ。距離的に電波が届くぎりぎりの圏内に入るし、公園なら時間をつぶしていても怪しまれない。近くに停めてある車の中からでも接続は可能だが、通行量が多いので長時間にわたる駐車は難しい。サイオウは昨日、ネットワークに連続三時間接続していた。

この公園にくれば、きっとサイオウに会える。そう考えたので、能條は公園で時間をつぶしている。

公園には、バスケットボールをして遊ぶ子どもたち。ベンチに腰かけ、杖をついた両手にあごを乗せるようにして前を見ている老婆。買い物の帰りなのか、長いパンを抱えて穏やかに話しながら横切っていく中年の男女。そんな姿が見えるだけだった。一心不乱にパソコンのキーボードをたたいて、他人のサーバーを乗っ取ろうとたくらんでいるクラッカーもいなければ、政府の転覆をはかってサーバーをダウンさせようと狙っているテロリストもいそうにない。

真っ青な空の下に、穏やかな午後の風景が広がっている。それだけだった。あくびが出そうになる。

「おうちを探してるの？」

気がつくと、例のアライグマみたいな男の子が芝生にかがみこみ、能條が放り出したアパートのチラシを眺めていた。たしかに、しばらく安く住める家を探している。この三日間はホテル住まいだが、費用がかかりすぎる。パンドラにもらった前金の三百万円は手もとにあるが、ずっとホテルに泊まっていたのでは心細いし、従業員にだって怪しまれるだろう。とはいえ、バックパッカーが泊まるようなドミタイプの安宿では、パソコンを持っているので安心して泊まれない。この仕事には、プライバシーが必要だ。

「うちも下宿屋だよ」

子どもは期待に満ちた目でこちらを見上げている。やれやれ。愛嬌たっぷりの笑顔につられて、下宿屋とやらを見に行ってしまいそうだが、偶然の産物で下宿を決めて、いい物件にあたる可能性は低いだろう。

ふと思いついた。このくらいの年齢の子どもなら、この公園にはよく来るのかもしれない。サイオウを見かけている可能性だってある。

「おまえさ、この公園にはよく来る？」

「来るよ」

「パソコン持ったやつって、どのくらい来る?」

子どもが首をかしげた。

「よくいるよ。学校が近くにあるし」

「学生か……」

テロリスト一味に学生がいても、不思議ではない。古今東西、思想に命をかけるのは、学生や坊主が多い。

「レンレン兄ちゃん!」

きょろきょろとあたりを見回していた子どもが、ふいに伸びあがって声をあげた。つられて顔をあげた。能條がマークしているオフィスビルの階段を、若い男がゆっくり降りてくるところだった。真っ白なTシャツに洗いざらしのジーンズ。黒い大きなバックパックを左肩にかけ、子どもの声に気づいてこちらを振りむく。

体つきはほっそりして、むだな肉がなさそうだ。顔立ちは全体に鋭角的。あごはとがり、頬骨が出て、目はややつり上がりぎみで鼻筋も細い。東洋の血を引いていることは一目瞭然で、ハリウッド映画に登場する典型的な〝東洋人〟の顔立ちだった。

「アルバイト、どうだった?」

道路を渡ってこちらに歩いてくる青年に、子どもが手を振った。

ぐっと右手を挙げてVサイン。やりとりは不明だが、不正侵入中のビルから降りてきたのが、気になる。

「なんだよ、そいつは」

青年は気に入らないものを見る目つきで能條をにらみ、重そうなバックパックを肩でゆすり上げた。子どものバックパックは、この男の真似だなと思った。かっこいいと思っているのにちがいない。

「新しい下宿人」

子どもがあっけらかんと答える。なぜだか、青年の目がさらにつり上がった。

「ちょっと待てよ、ええと——」

慌てた。まだ決めてない。というより、子どもの家の下宿人になるつもりはない。はっきり断ろうと口を開きかけた能條に、子どもがピンク色の頬でにっこりした。

「でもテストに合格しないと、下宿人になれないんだよ」

「テスト？」

面食らい、断りかけた能條は躊躇した。話の流れが見えない。

「メイチン姉ちゃんは、自分より腕のいいハッカーでなきゃ、下宿人にしないんだ」

「黙れシャオトン」

レンレンと呼ばれた青年が不機嫌そうにたしなめる。能條は青年に向き直った。

「あんた、そこのビルの階段を降りてきたよな。あそこに用があったのか」

青年は答えずにシャツの胸ポケットからサングラスを出してかけた。色の濃いレンズのせいで、目の表情が読めない。

「兄ちゃんは、アルバイト先を探してたんだよね。あそこの会社が、コンピュータの管理をしてくれる人を探しているみたいだったから――」

子どもがころころと青年の脚にまとわりつく。なるほど、レンレンはコンピュータに詳しいわけだ。能條が見張っていたビルに、アルバイトとして入りこもうとしている。偶然かもしれないし、そうではないかもしれない。

「へえ。あそこの三階？　俺も申しこもうかと思ってたんだけど」

能條がとぼけて鎌をかけると、青年は優越感たっぷりに唇の端を持ち上げた。

「悪いな。もう俺に決まった」

「仕事の内容はどうなんだ。あんたで間に合うのか？」

意地の悪い笑顔で言ってみると、青年の表情がサングラスをかけていてもみるみる険悪になった。

「そう言うそっちは、よっぽど自信があるようじゃないか」

「だって、この兄ちゃんすごくいいパソコンを持っているんだよ」

また子どもが無邪気によけいな口をはさむ。

「へえ」

レンレンがにやりと笑った。

「それはいい。メイチンが聞いたら喜ぶだろう。さっそく下宿に帰って、テストを受けるんだな。まさか逃げるつもりはないだろう」

「そりゃそうだよ、アパートを探してるんだから。ね、兄ちゃん」

子どもが勝手に話を進めている。下宿はともかく、レンレンとその周辺にいる人間を知ることは、望むところだった。

「早く、兄ちゃん！」

レンレンはすでに背中を向けて歩きだしている。子どもがこちらに手を振った。

「待てよ」

彼らに向かって歩きだした。すぐ近くで、なにかが破裂するような音がした。つい先ほどまで、能條はベンチの陰に寝転んでいた。そのベンチの背に、穴が空いていた。

しばらく凍りついたようにベンチの穴を見つめていた。

まさか——狙撃された？

このあたりはビルが林立するオフィス街だ。狙撃に適した窓なんて、数えきれないほど存在するかもしれないが——

のんびり考えるゆとりはない。ここから逃げないと。

レンレンたちは、派手な色の看板が出ているバス停留所で立ち止まっている。向こうの通りから水色の市バスがやってくる。ダッシュと呼ばれる、ロスアンゼルス市交通局が運営する路線バスだった。この街は、市バスまで華やかな色で飾りたてている。

「早く！」

バスに乗りこみながら、シャオトンが高い声で呼んだ。能條はノートパソコンをショルダーバッグに入れ、走りだした。

（くれぐれも身辺の安全に注意するように）

パンドラの不吉な予告が、脳裏によみがえる。

「ビザは？　グリーンカードかなにかを持ってる？」

慣れた様子で路線バスを乗り継いでいくふたりを、やっとの思いで見失わずにチャイナ・タウンにたどりついた。派手な原色の店舗が並ぶ通りからは逸れた、アパートや一軒家の住宅が並ぶあたりに歩いていく。ころがるように自宅に駆けこんでいったシャオトンが手を引いて出てきたのは、どう見ても二十歳そこそこの、少年のような顔立ちの小柄な女性だった。ウー・メイチンと、弟が紹介した。小さな卵型の顔に、切れ長の賢そうな目つきをしている。美人の部類に入ると思うのだが、化粧けがまったくなく、表情が男のようにきりっとしている。飾りのないシャツにジーンズという身なりも、少年ぽさを強調しているようだ。

メイチンはひと目で能條を旅行者と見抜いたらしく、パスポートの提示を求めた。パスポートは「原口政之」という名前になっている。子どもにうっかり本名を名乗らなくて良かった。

「ビザは持っていない。観光だから」

日本国籍の場合、九十日以内の観光で、生体認証データつきのパスポートを持っていればビザは不要だ。

「うちは観光客を泊めない。残念だけど」

腕組みし、自分より頭ひとつ分は背が高い能條をにらむように見つめた。なぜか、機嫌が悪いようだ。あるいはふだんからこんな態度なのか。トゲだらけのミニバラだ。

「あの子に勧められて、連れてこられたんだけど」

戸口に立っていたシャオトンは、ぺろりと舌を出して頭をかいた。メイチンがそちらを振りかえり、しかたのないやつだと言いたげな表情を浮かべた。

「弟が勝手なことを言ったのは謝る。でもほんとうにうちは、観光客を下宿人にはしないんだ。留学生とか、長期で契約してくれる人でないとね。入れ替わりの激しい下宿にしたくないの」

能條は彼らの住まいを見上げた。三階建ての、これといって目立つ点のない小さなアパートだ。中国系だからと言って、それらしい家に住んでいるとは限らない。そんなのはみやげ物屋の話だ。中華料理の匂いが路上に漂っているわけでもない。もしかすると、下宿で提供される食事はハンバーガーかもしれない。

能條は彼らをゆっくり見回した。

「俺はＭＩＴに在籍したこともあるコンピュータの技術者で、腕には自信がある。ここに来たのは、腕のいいハッカーを集めているとシャオトンに聞いたので、なにか役にたてることがあるかもしれないと思ったからだし、ホテルよりも安上がりなんじゃないかと思ったからなんだ。下宿人の入れ替わりが激しいのは困るという大家の意見はもっともだと思うし、そういうことなら退散するよ」

MITというくだりで、メイチンの表情が動くのがわかった。

「パスポートの入国日付は先々週になっているけど、ほんとうなの？」

「もちろん」

ため息をついた。

「それがほんとうなら、大丈夫かもね」

「なにが？」

「ごめんなさい。二か月くらい前から、誰かがうちの下宿を監視しているような気がするの。だから、ちょっと神経質になっていて」

監視とは穏やかでない話だ。だが、もしもこの下宿にテロリスト一味のハッカーが住んでいるのなら、監視しているのは警察かFBIの可能性だってある。

「なぜハッカーを集めているんだ？」

メイチンが肩をすくめた。

「ボランティアのため。グリッド・コンピューティングって聞いたことあるでしょう」

「基本的なことくらいは」

「わたしたち、グリフィス天文台のプラネタリウム用に、太陽系以外の惑星から見た星空を、デジタルCGで合成しようとしているの」

「その計算に、高価なスーパーコンピュータを使うわけにはいかないと」

「そういうこと」

能條はうなずいた。グリッド・コンピューティングというのは、かんたんに言えば、本来ならスーパーコンピュータを必要とするような計算処理を、安いパソコンを大量に使って分散処理させる手法のことだ。「セチ@ホーム」という、地球外知的生命体の探査を行う科学実験プロジェクトが利用して、有名になった。セチでは、プロジェクトに賛同するボランティアたちが、世界中で数百万台にものぼる自分たちのパソコンをインターネットでつなぎ、電波望遠鏡で観測したデータを計算している。一台のパソコンで処理できる仕事量は小さくても、数百万台のパソコンが同時に同じ目的のために働くと、スーパーコンピュータに負けない処理能力を発揮するというわけだ。

「君は、技術者を集めてグリッド・コンピューティング用のソフトを開発しようとしているわけだ」

メイチンがうなずいた。

「ソフトが完成すれば、ロスにあるハイスクールが手持ちのパソコンを計算処理に使わせてくれることになっているわけ。あなたはいつまでロスにいるつもり？　ミスタ・ハラグチ」

偽名で呼ばれるのはくすぐったかったが、この下宿に〝サイオウ〟とその一味がいた場合、ほんとうの名前は知られている可能性がある。

「とりあえず一週間はいるつもりだけど」

「一週間。そんな短い時間では、力を貸してもらうわけにはいかないわよね」

「なにか困っていることがあるんだろ。そいつを一週間で解決してみせるよ」

ＭＩＴという単語にメイチンが心を動かした理由を考えていた。答えはかんたん。彼らのソフトウェア開発プロジェクトは、技術的になにか行きづまっていて、上級エンジニアの助けを求めていたのにちがいない。

「しばらく泊めてもらえないかな」

メイチンが少年のような顔でにっこり笑った。

「オーケー。ホテルはどこ」

「セシルなんだ」

日本で言うビジネスホテルよりは少しましなランクの、一泊六十ドルほどのホテルだった。予算が限られているので、シェラトンに泊まるようなわけにはいかない。

公園で狙撃してきたやつがテロリストの仲間なら、ホテルも知られていると考えたほうがいいかもしれない。同じホテルに泊まるのも危険かもしれなかった。メイチンの下宿に泊めてもらえるのはありがたい。

「車で送るから、荷物を取りに行きましょう」

能條はうなずいた。荷物を取りに行って撃たれることはないだろう。それよりも、ホテルから尾行されないよう注意しなければ。

「待てよ」

レンレンが不服そうに声を張り上げた。

「下宿人のテストはしないのか?」

メイチンが眉をはね上げた。

「MITよ? わたしたち全員より、ずっと腕がいいに決まってるじゃない」

言い捨てて、アパートの中に消えた。

卒業はしなかったんだけどな、と能條は口の中でつぶやいた。なにしろFBIに逮捕されたもので。それにしても、MITに在籍していただけで、こうも扱いが違うとは気分がいい。

「じゃ、とりあえずしばらくよろしく」

レンレンに笑顔で右手を差し出すと、恨みがましい目つきでにらまれた。たぶん彼はメイチンに気があるのだろう。それで新しい下宿人が現れるたびに、苛立っているのだ。

メイチンが車を出してくれるのを待つ間、背後でレンレンがくそっと叫んで地面を蹴る音が聞こえた。

レンレンはハッカー対決がなくなったことを残念がっているようだが、大まちがいだった。ほんとうのハッカー対決は、これからだ。彼らの作業に協力しながら、彼らのパソコンに侵入する。テロリストに加担しているクラッカーがいるかどうか、じっくり確かめるのだ。

ホテルまで荷物を取りに行く道中、メイチンにそれとなく下宿屋の内情を尋ねた。

三階建てのアパートは、彼女の両親が建てたものだ。両親は亡くなったが、下宿からあがる収益で、彼女と弟のシャオトンはじゅうぶん暮らしていけるらしい。中国で革命が起きて、祖父母の代に移民として米国に来たのだという。祖父母は一時期日本にいたこともあるそうで、そう言われるとなんとなく親近感がわくのだから奇妙なものだ。

下宿人は、能條をのぞいて三人。中ではレンレンがもっとも腕の良い学生だ。あとのふたりは学校に入ってからコンピュータの勉強を始めたそうで、それほど知識はない。

「シャオトンは、お姉さんが自分より腕のいいハッカーでないと下宿に泊めないと言ってたけど」

運転しながらメイチンが吹き出した。

窓の外を眺めていて、ロスアンゼルスと東京の違いを見つけた。駐車場の多さだ。ロスにはビルの数と同じだけ、駐車場がある。

「そんなわけないわよ。これでもわたしはカリフォルニア州の奨学金をもらっているくらい、できるんだから。わたし以上の技術者ばかりを集めようとしたら、ボランティアではちょっと無理」

「なるほどね」

ちなみにメイチンとは、美しい琴と書くらしい。彼女の名前を漢字で書くと、呉美琴。シャオトンは呉童。トントンと呼んだり、シャオトンと呼んだりしているらしい。

荷物はボストンバッグひとつだった。ホテルを精算する間、メイチンに車で待っていてもらった。

ホテルのロビーをさりげなく観察する。商談をしているビジネスマンが一組。ビーチに出かけるのか、カプリパンツにポロシャツの観光客たち。ありふれた午後の光景で、特に気になる視線は感じない。

(スパイごっこは得意分野ではないからな)

しかたがない。パンドラのもとを飛び出す限り、予想されたリスクだ。

下宿に戻るまで、何度もバックミラーで尾行車がいないか確認した。メイチンに頼んで、一度、用ありげに元来た道を引きかえしてもらった。急ブレーキを踏んでUターンする車はいなかった。だからといって、尾行されていないという確信はなかったが、少しは気が楽になった。

「なんなの? なにかのおまじない?」

「うーん、方向が悪いことに気がついたんだ」

「迷信深いのね」

アジア文化は奥が深い。ということにしておく。

メイチンの下宿は、しばらくひとりで住むにはじゅうぶんな広さで、ベッドと机が用意されている。糊のきいたベッドシーツの上に腰を降ろし、ぽんぽんと枕をたたいた。なにもかも清潔な印象だった。掃除も行き届いている。ハッカーを集めているだけあって、ケーブルをつなぐだけで使えるネットワークが用意されているのもホテル並みだ。ホテルに宿泊するより、ずっと料金は安い。あえて難点を挙げるとすれば、建物が古いので歩くと廊下がぎしぎしきしむところだろうか。能條に与えられたのは、三階の角部屋だった。

「掃除や洗濯は自分でよろしく。食事は、わたしたちと同じもので良ければ用意するわ。その場合は料金に上乗せさせてもらうから」

てきぱきしたメイチンの説明を聞きながら、立ち上がって窓を開けた。ロスの陽気。アパートは路地に面していて、周囲は似たような古い石造りの建築物だった。斜め向かいのアパートの一室で、カーテンが揺れたような気がした。視線を感じた。

「監視されているような気がすると言っていたけど、どんな風に？」

窓から離れて尋ねると、メイチンが首をかしげる。

「ときどき、視線を感じるの。窓を開けたり、庭木に水をやったりしているときとか」

「向こうのアパートで、誰かこっちを見てたみたいだけど」

鼻の上にしわを寄せた。

「それはちがうわ。チャンっていう、向かいのアパートに住んでる、変な男よ」

つかつかと窓に寄り、カーテンを閉める。

「ひとりでアパートに住んでる老人。昔は軍隊にいて、鳴らした人だったらしいけど――わたしたちの音がうるさいとか、がらの悪い友達とつきあうなとか、シャオトンが壁に落書きをしたとか、言いがかりばかりつけてくる。しまいには、わたしたちはここを出たほうがいいんじゃないかって」

ほかはともかく、あのいたずら小僧なら壁に落書きくらいはするかもしれないと思ったが、黙って聞いていた。

「監視されていると思うときは、もっとひやっと冷たい感じがする」

「相手を見たことは？」

「ないわ」

気づかれている段階でプロなら失格だが、彼女はとびきり神経が鋭敏そうだった。

メイチンが部屋を出てすぐ、能條はパソコンを立ち上げた。この下宿にテロリスト一味がいる可能性もあるので、下宿のネットワークは使わない。多少は高くつくが、携帯電話会社のモバイル用接続カードを契約しているので、そちらを利用することにした。

ハッカー一味が無線LANに侵入しているデザイン事務所のネットワークを確認した。本日は侵入のけはいなし。

能條はあごを撫でた。

今日は侵入する必要がなかったのか。それとも侵入できなかったのか。能條があの公園にいたから。あるいは、能條がずっとそばにいたから。

デザイン事務所の電話番号を調べた。パンドラたちのもとを逃げだしてから、新たに契約したスマートフォンを使う。

「そちらでコンピュータ・ネットワーク管理のアルバイトを募集していると聞いたんですが」

『ごめんなさい。今日来た学生さんに、もう決まってしまったの』

陽気な声の女性に断られた。決まったというのはレンレンのことだろう。

「それは残念だなあ。そちらのネットワークは無線ですか？　学生でもできるような仕事の内容なんですか」

『無線よ。もちろん学生さんで問題ないわ。毎日来てもらう必要はないし、こちらはデザイン事務所でコンピュータに詳しい人間がいないものだから、管理してくれる人が欲しかったの。それにしても、まだ募集の広告を新聞に出す前だったのに、よくわかったわね』

鳥がさえずるようなにぎやかな声だった。面食らった。募集広告が出る前に、レンレンはアルバイトに応募したのだ。

「友達に教えてもらったんです」

『残念ね。もう少し早くわかっていれば』

適当にあいさつをして通話を切った。

広告が出る前に、レンレンはあのデザイン事務所がアルバイトを募集することを知っていた。それはなにを意味するのだろう。

たとえば、ネットワークに不正に侵入した人物なら、彼らがアルバイトを欲しがっていることを察知できたかもしれない。もちろん、デザイン事務所に知り合いがいて、アルバイト募集の話を聞いたのだとしてもおかしくはない。

いずれにしても、レンレンには要注意だ。

夕食に現れたのは、メイチンとシャオトンの姉弟と、レンレンだけだった。出された魚料理は、少し味付けが濃いが、美味しかった。

「宿題があるんだ」

旺盛な食欲を見せて、魚とライスをほおばったシャオトンが、あっというまに食卓から居間に移動した。小型のノートパソコンの画面をにらんでいる。レンレンは食事を終えると、そそくさと自分の部屋に戻った。

たとえ子どものパソコンでも、一応はチェックが必要だ。能條はゆっくり食事を終えて、さも関心がありそうにシャオトンのパソコンをのぞきこんだ。

「なんの宿題？」

シャオトンがにやっと笑い、短い人さし指を唇の前に当てて、いたずらっぽい表情をした。

「数学さ」

パソコンの画面は、宿題どころかチェス盤のCG画像になっている。よくできた3Dのチェスの駒を、マウスでドラッグするのだ。

「なるほど、数学ね」

メイチンに教えると、アーモンド形の目がつりあがりそうだったので教えなかった。シャオトンのコンピュータを調査するのは後回しにした。

眠る前に、ノートパソコンの電源を落とし、ネットワークのケーブルもモバイル・カードも、外しておくことにした。相手がどんな手段を使ってくるかわからない以上、誰もこちらのコンピュータにアクセスできない状態にしておくべきだ。

部屋の鍵もしっかりかけた。メイチンがテロリストの一味だという可能性もある。合鍵を使って開けても、すぐ入ってこられないように、ドアの前に椅子を置いた。これならドアを開くと音がするので目が覚めるはずだ。

なかなか寝付かれなかった。

深夜にドアのノブをそっと回す音がした。気のせいではない。暗闇のなかでノブがきしみながら回る音がはっきり聞こえた。もちろん鍵がかかっているのでドアは開かない。

それきり静かになった。この下宿の廊下は歩くときしむ。ドアを開けようとしたのが誰だとしても、おそろしく静かに廊下を歩いて能條の部屋から離れたらしい。

とにかく、誰かが能條の部屋に忍びこもうとしたのだ。

翌日、朝食の席には全員そろっていた。メイチン、シャオトン、レンレン、レイチェルと呼ばれるアフリカ系の女性、インド系の男性。人種にこだわりはないらしい。この中の誰かが、夜中に自分の部屋に侵入しようとしたのだ。そう思ってひそかに彼らを観察したが、それらしい態度を取るものはいなかった。

朝食がすむと、レンレンはじめ下宿人たちは学校に出かけていった。シャオトンも黒いバックパックを肩にかけ、学校に向かった。例のごとく、ダッシュをすいすいと乗り継いでいくのだろう。

「わたしたちが開発しているソフトの現状について、説明しておくから」

メイチンが居間のテーブルに自分のノートパソコンを持ち出し、ソフトウェアの要件から構成、困っていることなどを要領よく説明してくれた。

電話のベルが鳴った。メイチンが席を立ち、食堂にある電話に出ている間に、彼女のパソコンを手早く調査した。下宿のネットワークのアドレス、メールアドレス。パソコンにインストールされたソフトをざっと確認する。不審な点はない。アドレス帳を盗み見て、シャオトンや下宿人たちのメールアドレスも手に入れた。この姉弟は、同じ家に住んでいるのにメールでやりとりもするのかと思うと、ちょっと面白かった。

彼女はなかなか戻らなかった。大きな声で電話の相手になにか言いかえしている。

「頭にくる!」

ようやく戻ってきたと思うと、小さな顔を真っ赤にして怒っていた。

「誰から?」

「向かいのチャン。向こうの家をのぞきこむなって」

「昨日、俺が窓から外を見たから?」

「たぶん。見られて困るようなものでも隠してるのかしらね」

困った隣人というのはどこにでもいるが、たしかにチャン老人は行きすぎているようだ。

「君たちが困っている同期処理の問題は、たぶん二、三日あれば片付くと思う」

メイチンのパソコンを探っていたことなどおくびにも出さずに、彼らが開発中のソースプログラムの一部を指さした。この場で書き換えてやってもいいが、あまり実力を発揮しすぎて、すぐに追い出されても困る。

「ほんとうに？　助かるわ」

メイチンを安心させ、午後から電気屋に行くことにした。ダッシュを乗り継いで、教えてもらったベストバイという家電量販店へ向かう。リモコンが使えて、解像度の高い小型のデジタルビデオカメラを買った。パンドラが払ってくれるかどうかはわからないが、領収書も念のためにもらっておく。

下宿に戻ると、下宿人たちが帰ってこないうちに、三階の廊下にある照明の笠の上に、カメラを取りつけた。カメラの時計もしっかりあわせた。レンズは能條の部屋のドアを狙っている。もし今夜、何者かが侵入しようとすれば、カメラに残るというわけだ。一晩中撮影できるように、十二時間は録画できる大容量のメディアを用意しておいた。

例の公園に行って、無線ネットワークの様子を探ることも考えたが、昨日の狙撃が気になったのであきらめた。まだ信じられない気分だが、ほんとうに自分を狙ったのだろうか。もしそうなら、ずいぶんあっさり手を引いたものだ。ホテルに戻ったときも、尾行されている様子はなかった。

夕食の前には、全員が下宿に戻っていた。シャオトンもいつのまにか居間にいて、パソコンを触っていた。例の背丈ほどあるバックパックは、どうやらパソコンを持ち歩くためのものらしい。画面をのぞくとやっぱりチェスの画面だった。よくできたゲームらしく、駒を動かしながらシャオトンが唸っている。

「チェスの選手権にでも出るわけ？」

シャオトンがちらっとこちらを見上げて、ふっくらした頰に、いたずらそうな笑みを浮かべた。

――さて、仕事だ。

デスクにノートパソコンとコーヒーの入ったマグカップをひとつ。この下宿のコーヒーは、あまり美味しくない。パンドラが差し入れてくれたドリップコーヒーが懐かしい。

夜の十一時すぎ。このくらいから午前三時ごろといえば、ハッカーどもが生き生きと動きだす生活時間帯だ。

例の、誰でもつなぎ放題の無線を置いているデザイン事務所のサーバーを確認した。様子がすっかり変わっていた。レンレンがさっそく仕事を開始したらしい。無線がどうなっているかはわからないが、インターネットのネットワークを通じてサーバーにアクセスしようとすると、セキュリティのチェックが働いてアクセスできない状態になっている。やるじゃないか、レンレン。というより、これまでのサーバー管理が甘すぎたのだ。ハッキングできないことはないと思ったが、レンレンに気づかれて警戒されるのを恐れてやめた。テロリスト一味のクラッカー〝サイオウ〟は、このデザイン事務所のネットワークを踏み台に利用することをあきらめるだろうか。

もし、レンレンがサイオウなら、いよいよネットワークを利用しつくすつもりでデザイン事務所に乗りこんだことになるが――

下宿の人々の情報を収集するためには、古典的な手法を試すことにした。メールとウイルスを仕込んだウェブ・サイトだ。メールに誘導されてサイトにアクセスすると、ブラウザのセキュリティ・ホールを利用してコンピュータ・ウイルスをパソコンに送りこむ。ウイルスはパソコン内部の情報をかき集め、外部に向けて発信する。この場合は、能條が用意した偽装アドレスに向けて。

知人からのメールを装えば、アクセスする確率が高くなる。他人からのメールを偽装するのは、難しいことではない。ただし、この手法が成功する確率は低い。相手のパソコンにファイアウォールが入っていたり、ウイルスチェックの常駐プログラムが動いていたりすれば、サイトにアクセスした時点でチェックされて終わる。ウイルスの侵入が防止されるか、ウイルスが情報を発信することを防いでしまうのだ。

だがこれはもっとも楽な手で、万が一これでひっかかるものがいれば、あっという間に必要な情報を集めることができる。ものは試しだ。

メイチンからのメールを偽装することにした。

「ちょっとこのアドレスに書いてある内容を確認してもらえない？」

短い文章とアドレス。あまり長文にするとボロが出る。

ウイルスを仕込むウェブ・サイトには、あたりさわりのないプログラム開発の技術的な問題点を適当に別のページからコピーしておく。著作権違反。ウェブ・サイトは、あまりセキュリティ意識の高くない企業のウェブ・サーバーに侵入し、適当に置かせてもらう。不法侵入。どんどん、自分自身の罪状を増やしているような気がする。やれやれ。

メイチンのパソコンから盗んだ、シャオトンと下宿人たちのアドレスに、メールを送った。もちろんメイチンには送らない。

送り終えると、ひとまず眠ることにした。

廊下に出て、誰も見ていないことを確認し、デジタルカメラのリモコン装置を操作して撮影を開始する。ドアの鍵を閉め、昨夜よりも厳重に椅子や丈の低い籐の箪笥をドアの前に置いておく。誰かがドアを開こうとすれば、気がつくように。

ベッドに入り、今度こそ安心して眠った。

夜中に突然、目が覚めた。なぜ覚めたのかわからずに、枕に頭をつけてぼんやりしていると、廊下がぎしりときしんだ。誰かが廊下をこちらに向かってくる。

枕につけた頭の皮膚が、どくどくと脈打つのがわかった。

足音はドアの前で止まり、誰かが息を殺しているけはいが、ドア越しに伝わってきた。ノブをまわした。鍵がかかっていることに気がついたらしい。鍵穴に鍵をさしこむ、かすかな音がした。やつは合鍵を持っている。事故が起きて管理人が部屋に入る必要が生じたときのために、メイチンが合鍵を常に台所の隅にひっかけている。その気になれば、誰でも取れる。

ドアの向こうにいるやつが、鍵を開けた。ドアを中に向かって開こうとして、椅子にぶつかった。箪笥も控えている。向こうは、ドアが開かないことに気がついたようだ。しばらく、廊下の明かりが細いすきまから差しこんでいた。能條は目を閉じた。寝ているふりをする。

心臓の鼓動が大きく響き、ドアの前にいるやつに聞こえないかとハラハラした。公園で狙撃されたのが本当なら、ピストルを隙間からさしこまれ、撃たれないとも限らないのだということに、ようやく気がついた。

ずいぶん長い間、そうやっていたような気がしたが、実際にはそれほどの時間でもなかったのかもしれない。あきらめたのか、ドアを誰かがそっと閉めるけはいがした。鍵をかけなおしている。

廊下がきしんでいる。今度は離れていく。階段を降りていくようだ。能條ひとりが三階に住んでいて、ほかのみんなは一階と二階に部屋を持っている。

気がついた。昨夜忍びこもうとした人間は、廊下をきしませずに歩いていた。昨日のやつと今日のやつは、同一人物だろうか？

時計をたしかめた。午前二時。ビデオを確認する時刻が特定できた。

しばらく目を覚ましていて、今夜はこれ以上なにも起こりそうにないと思えた。眠った。今度は朝まで目を覚まさなかった。

朝食に降りる前に、デジタルカメラを降ろして午前二時前後を確認した。侵入しようとした人物は、まさかカメラが自分の姿を狙っていたとは気がつかなかったらしい。

最初に映ったのは、階段側からカメラの下を通ってドアに向かう、ほっそりした男の後ろ姿だった。ノブをまわし、鍵を開けるという、昨夜と同じ行動が再現された。あきらめて鍵をかけなおし、階段に向かうためくるりと顔をこちらに向けたとき、カメラがしっかりとその顔を撮影していた。

レンレンだった。

「やっぱりな」

能條は頭をかいた。テロリストの一味はレンレンにちがいない。あの男は最初から、態度態度がおかしかった。きっと能條がFBIのスーパーハッカーだと気がついていたのだ。

昨夜しかけたトラップを確認した。下宿人の誰かが罠にかかれば、メールが飛んでくるように仕掛けている。なにもなかった。誰もひっかからなかったのか。ファイアウォールに防がれたのか。それともメールをまだ見ていないのか。

パソコンをそのままにして、食堂に降りていった。

レイチェルがテーブルでコーヒーを飲んでいた。肌の色はミルクチョコレートのような暖かい褐色で、大きな目がぱっちりしたかわいい娘だった。

「おはよう」

彼女のほうからにっこり笑って話しかけてきた。彼女も学生だ。

「おはよう。みんなは?」

「メイチンはシャオトンを学校に送っていったわ。ほかのふたりは知らないけど、学校に行ったんじゃない? 私もすぐに出るし」

この国の大学生は熱心だ。

今にも背後から銃で撃たれるような気がして、能條は後ろをちらりと振りかえった。

そろそろ潮時だ。自分はアクション担当ではない。パンドラに連絡して、レンレンを捕まえてもらおう。それにしても、レンレンがテロリスト一味のハッカー〝サイオウ〟だとすると、この下宿では正体を隠してずいぶん控えめにふるまっていたことになる。メイチンは彼のことをそれほどの技術者だとは考えていなかったようだ。

「あなたは腕のいいハッカーなんですってね？」

レイチェルが微笑む。惜しい。髪をドレッドにしていなければ、好みのタイプなのに。

「この下宿で一番腕がいいのは誰なんだろう？　メイチン？」

レイチェルが目を見張った。

「あら……ちがうわ。優秀なのはあの子。シャオトンよ」

自分がどんなに仰天した表情をしたか、能條は気がつかなかった。

「知らなかったの？　シャオトンはコンピュータの天才で、いまはハイスクールに籍を置きながら、大学で特別授業を受けているの。奨学金もたっぷりもらっているし」

「シャオトンも、例の……君たちのやっているグリッド・コンピューティングの開発に関わっているのか？」

「もちろん。大事なところはシャオトンが作っているわ」

ちょっと待て、と能條は首をひねった。シャオトンが天才で、プログラムの肝心な部分を書けるのなら、自分を下宿に泊めるメリットはなかったはずだ。

「あの子が書いたチェスのゲームソフトを見たことある？　駒のCG画像もすごく凝っているんだけど、とても強いのよ。シャオトンは自分で作ったソフトにすっかりはまったみたい。ほんとに天才よ」

あれはシャオトンが作ったゲームだったのか。能條はあきれた。しれっとした顔で、数学の宿題だと言っていた。どうりでメイチンが叱らないはずだ。

「どうしたの？」

レイチェルが驚いて声をあげるのを無視して、階段を駆け上がった。三階まで走ると、息が切れる。運動不足が続いている。

部屋に駆けこんでパソコンを見た。立ち上げたまま放っていたパソコンだ。デスクトップの中央に、見たことのないテキスト・ファイルが置かれていた。ファイル名は「ヘルプミー」。誰かがこのパソコンに侵入した。テロリスト一味のクラッカーだろうか？　それにしても、助けてくれとはどういう意味だろう。

誰かが階段を上がってくる足音がした。いやな予感がした。

「くそっ」

スマホを取って、いざという時のために登録しておいたパンドラの番号を出そうとした。

「いったいどうしたの？」

澄んだ女性の声がした。スマホを握ったまま、ゆっくり振りむいた。メイチンが、ドアから顔だけをのぞかせている。

「びっくりしたよ。いないと思っていたから」

「いま帰ってきたの。シャオトンを学校に送ったから」

「下でレイチェルと少し話したよ」

スマホは、まだ電話帳を開いたところだ。登録してある番号はパンドラの番号ひとつだけ。能條はさりげなく手を降ろし、背中の後ろに電話をまわした。OKボタンを押すだけで、パンドラにつながるはずだ。相手に見えないように、こっそりボタンを押した。メイチンが微笑んだ。

「レイチェルと？　そう。なにを話したの」

「シャオトンが天才で、グリッド・コンピューティングの開発にも加わっていて、俺なんか必要ないくらいの腕前だってこと」

スマホから小さな呼び出し音が流れはじめた。早く出ろ、パンドラ。

メイチンが肩をすくめた。

「腕のいい技術者は大勢いたほうがいいじゃない」

「それはそうだ。でも――」

公園にいたシャオトン。彼の肩には、大きなバックパックがかけられていた。おそらくパソコンが入っていたはずだ。

（サイオウは、毎日午後三時ごろから夕方まで、あの無線ネットワークから侵入していた）

午後三時から夕方。その時間帯に、公園で遊んでいても怪しまれないのは、シャオトンのような子どもではないだろうか。あの子は自分から能條に近づいてきた。下宿に泊まれと言った。

能條は狙撃された。あの子に話しかけた後に。

（ヘルプミー）

何が起きているのか、わかりかけてきた。

「君たちはシャオトンに強要して、テロに協力させているんだな。あの子は逃げたがっていた。公園で俺のパソコンを見て、自分を追いかけているFBIのハッカーだと気がついたんだろう。それでこの下宿に呼びこんだわけだ。姉さんに無断で」

パンドラが電話に出た。もしもし、というパンドラの声が、能條にだけ聞こえるくらい、かすかに伝わってくる。メイチンから情報を引き出すための、自分のクサい芝居がちゃんとパンドラの耳に届いているように祈った。

「強要とは人聞きの悪い」

メイチンの右手が出たと思ったら、拳銃が握られていた。

「やっぱりあんたが、FBIの雇ったスーパーハッカーだったわけね。公園で妙な男がパソコンを抱えてうろうろしてたって、仲間が連絡してきたのよ。シャオトンに近づこうとしていたから、狙撃して脅しておいたって。まさかうちに来るとは思わなかったけど」

「テロリスト退治に雇われた、スーパーハッカーってわけさ」

スマホを通して、パンドラにこの会話が聞こえていることを祈った。GPSで現在位置がわかるはずだ。ＦＢＩが駆けつけるころには、能條自身は墓の下かもしれないが。メイチンの手に握られた拳銃を見つめた。能條はその方面には詳しくないからメーカーなどはわからないが、女性の手に握られるとずいぶん無骨で、いかめしい大型の銃に見える。

「メイチン、下にレイチェルがいるぞ」

いきなり撃たれることを避けようと、けん制する。

「私が帰るのと入れちがいに学校に行ったわ」

ということは、この家に拳銃を握ったメイチンとふたりきりか。

「右手に隠して持っているものを、ベッドの上に投げなさい」

メイチンは能條が背中に隠し持っているスマホに気づいていたらしい。早く、とうながされて能條はしぶしぶスマホをベッドの上に投げた。衝撃で通話が切れたりしないように、そうっと。

メイチンが銃口を能條に向けたまま、ベッドに近寄って取り上げ、唇をゆがめて通話を切った。残念。もっといろいろしゃべらせて、パンドラにテロリスト一味のことを知らせようと考えていたのだ。

「すぐに移動するわよ」

メイチンはスマホの電源を切り、ポケットに入れた。銃口でドアの外を指す。

「一階に降りて。銃で狙ってることを忘れないように」

「ハッキングと拳銃の扱いとでは、どちらが得意なんだ？」

「どちらも。同じように」

やれやれ。能條は先に立って部屋を出た。メイチンが隙を見せれば、逃げ出そうと思っていたがそのけはいはない。階段の踊り場を曲がるときに走れば——とも考えたが、絶妙の間合いをはかりながらついてくるメイチンに、背後から撃たれるのがオチのようだった。こんなに短い時間でスマホの電源を切られてしまっては、パンドラがこちらの現在位置を特定できたかどうか、怪しいものだった。

「どこへ行くんだ」

「黙って。車に乗る」

食堂を通りぬけた。

「玄関の外に出てそんなものを持っていたら、チャン老人が大喜びで警察に通報するぞ」

無言でぐいとわき腹に銃口を押し当てられた。いかにも仲の良い友達どうしのように、横に並んで歩く。

食堂で電話のベルが鳴った。銃口がぴくりと動くのを感じた。メイチンがうっかり引き金を引かないように祈った。

「電話に出れば？」

「まっすぐ歩いて、玄関のドアを開けて」

電話は無視することにしたらしい。

能條は言われたとおりに玄関のドアを開き——

ガラスの割れる音が聞こえた。次の瞬間、耳をつんざく音響とカメラのフラッシュをいっせいに焚いたかのような光が世界を覆い、能條の視界は真っ白になった。天界に来たような気がした。一瞬、意識が遠のいた。

気がつくと、メイチンの悲鳴と、何人かの靴音が入り乱れ、誰かが激しく争うような、暴力的な音声がそれに続いた。左右から抱えられるように、どこかに運ばれるのを感じた。

「やれやれ、どうやらまにあったみたいだね、ノージョー」

聞き覚えのある声がする。強烈な光のせいで、涙があふれていた。網膜に天界の光景が焼きついたみたいに、目がちかちかした。人質救出の際に使う閃光弾だと気がついた。

「パンドラ？」

「メイチンは逮捕した。目は、すぐ元通り見えるようになるから、心配しなくていいよ」

電話をかけてから、三分とたっていないはずだ。いくらなんでも、到着が早すぎる。

「無事で良かったよノージョー。しかも例のクラッカーまで捕まえてくれて」

「クラッカーはメイチンじゃない。弟のシャオトン――子どもだ」

「わかってる。いま、学校に捜査官が向かってる」

わかってる？　能條は首をかしげた。パンドラに電話をかけてからは、そこまでの話はしなかったはずだ。パンドラは、なにか隠している。

視界が戻ってくる。ゴーグルを外したパンドラののんびりした表情に、焦点が合いはじめる。その隣にいる人物を見て、能條は唸った。

「どういうことだ？」

パンドラの隣で、レンレンがこちらをのぞきこんでいた。

「ノージョーって、学習能力がないんだから」

パンドラが言った。

「ミスタ・ムラオカで懲りたはずなのにさ。紹介するよ。ハン・レン。僕と同じ、ＦＢＩの特別捜査官だ」

またやられた。能條はがっくりと肩を落とした。

「チャン大佐から通報を受けて、二週間前からこの下宿に潜入して内偵していたんだ」

「よろしく、プロメテ」

澄ましてレンレンが手を差し出した。大人げないがその手は無視することにした。

「それにしちゃ、初めて会ったときにはずいぶん冷たくあしらわれたが」

レンレンが苦笑する。

「あのときは、君がプロメテだと知らなかった。下宿に部外者を増やしてこじらせたくなかったんだ。同僚のパンドラと話して、君がプロメテだとわかってからは、なるべく日中に顔を会わせないようにしただろ」

「昨日の夜」

「まいったよ」

レンレンが破顔した。

「メイチンたちに気づかれないように、正体を明かして協力しようと思ったんだ。あんまり警戒が厳重なので、こっちも驚いた」

「椅子やら簞笥やら積み上げて、バリケードを築いてたって？」

パンドラが面白そうに言った。能條は聞こえないふりをした。パンドラにだけは、自分がどれだけ怖気づいていたか知られたくない。

「一昨日も来ただろ？」

「いや。行かないよ」

「それじゃ、あれは誰だったんだ」

能條は足音をさせなかった侵入者のことを話して聞かせた。

「そりゃ、シャオトンだ。あの廊下を足音もたてずに歩けるのは、子どもだけだよ」

——なるほど。

パンドラが無邪気そうな顔でにっこりした。

「さっきのメイチンとプロメテの会話は、ばっちり録音しておいたよ。メイチンには、これからいろいろしゃべってもらわなきゃ。さすがだよね、プロメテ。あっというまにここまでたどりついて、やつらの尻尾をたったの三日でつかんじゃうんだから。ま、クラッキングの証拠と言うには弱いけどさ——」

「いいから説明しろ！」

能條が叫んだ。パンドラがやれやれと肩をすくめて、レンレンと顔を見合わせた。

「向かいに住んでいるチャン大佐は、むかし軍の要職にあった人でさ。ウー・メイチンとシャオトン姉弟の両親と、親しくつきあっていたんだ。両親が亡くなってからは親代わりのつもりで陰ながら見守ってきたが、このところこの家におかしな連中が出入りすることに気がついた」

パンドラの話をレンレンが引き継いだ。

「大佐は、そいつらがキナくさいことに関わりあっている人間だと感じた。メイチンを諭そうとしたが、聞く耳を持たない。田舎に引っ越したらどうかとも勧めてみたが、聞きいれられなかったそうだ。大佐は彼らが深みにはまる前にと、ＦＢＩに連絡してきた。それで俺が技術者を装って下宿に潜入することになったんだ」

メイチンは、グリッド・コンピューティングの技術をテロに悪用しようとしていたのだ。表向きは、天文台の新しいプラネタリウム用のソフトウェア。趣旨に賛同するボランティアは、グリッド・コンピューティングの分散処理を行うために、メイチンたちが開発したアプリケーションをパソコンにインストールする。その数は何百万台にものぼるかもしれない。善意のアプリケーションと信じられているソフトウェアに、実は悪意のウイルスが潜んでいたら。その台数のパソコンが、ある日いっせいにテロリストのためにどこかの政府機関のサーバーをアタックしはじめたら、どうなるか──

なかなか、ぞっとする。

「潜入したのはいいが、やつらはなかなか尻尾を出さなかった」

「ノージョーが下宿に現れたとハン・レンから聞いたので、これはと思って僕もチャン大佐の家に泊まって見張っていたんだよ」

それで、電話をしてすぐに現れたわけか。チャン大佐が、向かいの家をのぞくなと苦情を言ったのも、パンドラが向かいにいると能條が気づけば、なにが起きるかわからないからだ。いろいろ文句を言いたかったが、パンドラから逃げたのは能條自身だったので、黙っていた。

「例のデザイン事務所は？　あんたはどうしてあそこにアルバイトに行った？」

「シャオトンが教えてきたんだ。セキュリティの甘い無線ネットワークを置いている会社があって、アルバイトを募集しているみたいだから、なんとかしてあげてってな」

「シャオトンはどうしてそんなことを？　あいつがサイオウなら、クラッキングに利用できて便利だったはずだ。わざわざあんたに教えて、使えなくする理由は？」

「わからないが、あの子はやめたがっていたんじゃないかと思う。どうやら俺のことも、うすうすFBIか警察だと気がついていたようだったし」

パンドラのスマホが鳴った。なにごとか話していた彼が、珍しく暗い表情で振りむいた。

「シャオトンが連れ去られたらしい。学校に行った捜査官が到着する前に、研究室に変なふたり組が迎えにきたそうだ。僕らが下宿を張っていること、気づかれたのかな」

ヘルプミーと題したファイルのことを思い出して、能條はあっと叫んだ。まだあのファイルを開いていない。

三人で三階まで駆け上がった。

「スマホの番号だ！」

数字の列を見てパンドラが叫んだ。

「パンドラ、番号を追ってくれ。あの子ならきっと、モバイル端末と通信機器を持ち歩いているはずだ」

なにしろ、天才ハッカーなのだから。どこにいてもネットワークにアクセスしたいと思うのは、ハッカーの病気のようなものだ。パンドラが電話をかけはじめる。

「ほんとうにシャオトンが〝サイオウ〟なのか。まちがいなく」

信じられないような気がして、つぶやいた。

「こっちに来てみろよ」

レンレンにつれられて、初めて二階にあるシャオトンの部屋に足を踏みいれた。

子どもの部屋にしては片付いている。ベッドのそばに立ってドアのほうを向き、なぜレンレンが自分をこの部屋につれてきたのか理解した。

「人間万事、塞翁が馬」

変色した紙に、流麗な毛筆の文字。そういえば、祖父母が日本にもいたことがあったと言っていた。

「サイオウ」

「そう。あの子は毎日ベッドに入る前に、こいつを眺めていたわけさ」

あんな小さな子どもが、明日はきっとなにもかもが良くなると信じて、こんな言葉を唱えながら眠りについたのかと思うと、胸をしめつけられた。

「ノージョー、子どものスマホはダウンタウンを離れて、空港に向かっているらしい」

パンドラの声が階下で呼んでいる。レンレンと顔を見合わせた。

「行こう」

必ずシャオトンを助ける。チェスゲームで熱心に遊んでいた、子どもっぽい表情を思い出しながら、能條は誓った。

プロメテウス・チェックメイト

カタカタとコンピュータのキーボードをたたく音が聞こえる。

コーヒーの豊かな香りが鼻孔をくすぐり、そろそろ目を覚ましてプログラムのデバッグの続きをやらなくちゃな、と能條は思った。チームメイトは仮眠もとらずに、納期に間に合わせるため仕事に明け暮れているらしい。納期は、たしか——

あれ、と能條はまだ半分醒めきっていない頭でぼんやり考えた。

今日は何日だっただろう。五反田にオフィスを持つ、小さなソフトウェアハウスにしばらく勤めることになって、珍しく会社員らしい生活をしている。ゲーム会社から委託されたプログラム開発は佳境に入っていて、五人のメンバーからなる能條のチームは、昼も夜もない生活を送っているのだ。

ふと、目を開いた。パイプ椅子を並べて、ベッド代わりに寝転んでいたせいで、腰が痛い。

白いそっけない天井が目に入った。タバコの臭いがしないことに気がついた。不思議だ。

いつも紫煙がたちこめる会議室なのに。

「ノージョー、起きた？　コーヒー飲む？」

聞き覚えのある声が、能條良明のぼんやりとした頭を覚醒させた。英語だ。

「パンドラ？」

キーボードの音は、休みなく続いている。

「まったくさあ、いつも思うけど、そんなかっこうでよく眠れるよねぇ。背中が痛くならない？」

能條は、きしむ背骨を黙らせながら、椅子の上に身体を起こした。

やっと思い出した。ここはFBIロスアンゼルス支局。ウィルシャー通りにある、連邦ビルの十階を占めている。東京で十七階建ての建築物というのは珍しくもないが、ロスの広大な土地では威容を誇っている。

最初に連れてこられた時には、IDカードを持っていなかったので、一般人用の受付を通って中に入った。十階のエレベーターホールに出たところで、能條が見たのはロス支局の殉職者を写真入りで紹介したパネルだった。麻薬取引に潜入捜査して見破られ、殺された捜査官。事務所にたてこもったところをマシンガンで撃たれて殺された捜査官。ひとりひとり、殉職の理由や状況などを書き留めてある。

（――アメリカだ）

異郷にいることを、その時はさすがに意識した。

能條はぐるりと顔を回した。

パンドラ、能條、村岡をはじめとする、クラッカー・サイオウの追跡チームに与えられた会議室だ。優雅な個室というわけにはいかないが、コンピュータを数台と、プリンタ、電話などを用意した部屋を自由に使わせてくれるのは、チームの功績がそれなりに認められた結果だろう。ホテルの部屋にLANを引いてサーバーを設置していたときよりは、ずいぶんマシな環境になった。

ただし、この部屋には窓がない。長い間ここにいると、時間の感覚がなくなっていく。三日前に転がりこんでから、能條は外に出ていない。食事も希望すれば一階の食堂から差し入れてくれるし、シャワールームも完備している。外出する必要がないのだ。

よろめくように椅子から立ち上がり、パンドラが近くのコーヒーショップで買ってきたコーヒーをひとつ、取り上げる。少し冷めてしまったようだが、香りはいい。連邦ビルの一階入り口を出たところにコーヒーや菓子類を売るスタンドがあるのだが、パンドラはわざわざ車でコーヒーショップまで買いに走る。

パイプ椅子の上で眠ったおかげで、何年も昔にソフトウェア会社に勤務していたころの夢を見ていたようだった。

「何かわかったか？」

「全然」

パンドラが画面から目を離さずに肩をすくめる。猛スピードでキーボードをたたいているのは、捜査員や各種システムから上がってくる情報やデータをもとに、上層部への報告書を作成しているのだ。いやなことは早くすませよう、というのがパンドラの口癖だった。

能條がチャイナ・タウンで発見した「サイオウ」と呼ばれるクラッカーは、わずか十歳の天才少年ウー・シャオトンだった。残念なことに、パンドラたちの捜査チームが踏みこむ前に、シャオトンはテロリスト集団に連れ去られてしまった。能條に助けを求めて、シャオトンが知らせてよこしたスマホの番号を、FBIが追跡したのだが、スマホを屋根に載せて走っていたのは、事件に無関係な真っ赤なスポーツカーだったという、おまけつきだ。今のところ、捜査チームはテロリストの後手に回っている。

会議室には村岡もいた。珍しく、難しい表情をしてノートパソコンの画面をにらんでいる。時おりマウスに手を伸ばし、クリックする。また画面をにらむ。その繰り返しだ。

「シャオトンは、ロスアンゼルス空港から国内線に乗せられて、ニューヨークに飛んだ。そこまではわかったよ。十歳くらいの男の子をつれた、東洋系の夫婦が乗ったことをキャビン・アテンダントが覚えていた。シャオトンの写真を見せて、確認もとれた」

「ニューヨーク？」

「ただし、僕らが見失った日だから、三日前のことだけどね。今どこにいるかはわからない。シャオトンの母親を装って飛行機に乗った女性については、FBIの犯歴者リストに載っていたので、レンレンが居場所を探している」

「メイチンは、テロリスト一味について、何か白状していないのか」

テロリストは、メイチンとシャオトンという中国系の姉弟クラッカーを利用していた。シャオトンは連れ去られたが、姉のメイチンは能條の働きもあって、FBIに逮捕された。

「彼女は、テロリスト一味について詳しく知らされていないようだね。口が固かったけど、弟が連れ去られたことを話すと、協力的になったよ。彼女が連絡をとりあっていた仲間は、とっくに姿を消した後だったけど」

「また連中に負けたってわけか」

パンドラが器用に肩をすくめる。

「シャオトンはどうしてテロリスト一味に協力していたと思う？　ノージョー」

「さあ。無理にやらされているようだったが」

「テロリスト一味は、協力しないと姉のメイチンに危害を加えると、シャオトンを脅迫していたらしいんだ。逆に、メイチンに対しては、協力を拒めばシャオトンと会えなくなると脅迫していたようだ。姉と弟の双方を脅迫して、うまく利用していたんだね」

「なんてやつらだ」

会議室のドアが開いて、目つきの鋭い青年が飛びこんできた。レンレンこと、ハン・レンレン特別捜査官。やはり中国系で、メイチンが経営していた下宿に潜入し、捜査を行っていた。斜めにかぶっていた野球帽を、部屋に入るなりデスクにほうり投げた。

「逃げられた」

レンレンが簡潔に報告した。パンドラは驚いた様子も、がっかりした様子もなく、ただひとことと「逃げられた」とつぶやきながら報告書に何かを打ちこんだ。

「犯歴者リストに載っているぐらいだから、はっきり言って情報が古いよね。僕は最初からあてにしてなかったけどさ」

無情なことを言うパンドラに向かって唇を曲げ、レンレンもコーヒーカップを取り上げる。

「そっちはヒマそうだな、プロメテ。お昼寝タイムか？」

いやみを言うレンレンに能條が反撃するより早く、パンドラの鋭い声が飛んでくる。

「こんな時に、ふたりしていがみあうのはやめてよね。ただでさえ、狭いんだからさあ」

とりあえず休戦の印に両手を挙げた。

「これからどうする？　心当たりは調べつくした。シャオトンを連れて逃げたふたりは、行方が知れない。全米三億人の中から、子どもひとりを探し出すのは骨が折れるぞ」

「連中が動くのを待つしかないのか——」

テロリストの目的は、まだわからない。政府や官庁のシステムに侵入し、何をしようとしているのか。

しかし、シャオトンを連れて逃げたとなると、彼の能力を利用して、再びシステムへの侵入を試みるつもりなのだろう。シャオトンの行方を探るチャンスは、そのときしかない。

「やれやれ、こっちから動く手段がないというのは、どうも——」

ぼやきながら、レンレンが村岡のパソコンをひょいと覗きこんだ。村岡が熱心にパソコンに向かっているので、興味がわいたのだろう。

「パンドラ、次はテロリストが侵入したくなるようなシステムのダミーを作って、罠をしかけるか？」

「やっぱり、ノージョーもそう思う？」

能條は黙りこんだレンレンを見た。

「どうした、レンレン？」

ようやく、レンレンがまっすぐ右手で村岡のパソコンを指差した。

「おい、これ——まさか、このゲーム——」

「え？　どうしたの、レンレン」

パンドラがぽかんと口を開けた。

「ゲームがどうしたって？」

能條も腰を上げ、村岡のパソコンを覗きこんだ。突然、みんなが自分の手元を覗きはじめたので、村岡が眉を上げて振り返った。あいかわらず、会議室の中でただひとりだけ、しゃれた麻のジャケットを着て、ファッション雑誌から抜け出してきたような雰囲気をただよわせている。

「いったい、どうしたのかね？」

村岡がおっとりと尋ねた。能條は、村岡の背後にあるパソコンの画面に、視線を吸い寄せられた。

「チェス？」

市松模様のボードに、白と黒の駒が並んでいる。三次元のコンピュータ・グラフィックスで描かれたチェスボードだ。村岡はインターネットのコンピュータ・チェスで遊んでいたらしい。

いまどき、コンピュータ・チェスなど珍しくもないが、どこかで見たことのある画面だった。なめらかに描かれた、美しい駒の形。通常、チェスや将棋、囲碁などのボードゲームをコンピュータで作成する場合、画面はボードを真上から見た形で作成するのが普通だ。ところがこのゲームは、本物のチェスボードを人間が見ているかのように、立体的に描いている。こんなゲームを作ったのは——

能條はあやうくコーヒーカップを落としそうになった。

「シャオトンだ！」

パンドラが椅子を後ろに蹴って立ち上がった。

＊

「オーケー、みんな。もう知っていることも多いはずだけど、全員揃ったところで、これまでにわかったことを整理するよ。このゲームはシャオトンが開発したもので、三か月ほど前からインターネットで公開され、大人気を博している。ミスタ・ムラオカも二週間くらい前からハマっていたそうだ」

ホワイトボードの前に陣取り、パンドラが『マスターズ・チェス』というタイトルのホームページをプロジェクタで投影した。

ミスタ・ムラオカ云々のセリフには、多少恨みがましさがこもっていたが、村岡はシャオトンのゲームを直接見ていないのだから、しかたがない。

会議室には、追跡チームのパンドラ、村岡、能條、レンレンのほか、見慣れない赤毛の大男がひとりいた。パンドラがFBIの上司を言いくるめて、部下を増やしたのだろうか。いつものごとく、パンドラ差し入れのコーヒーの香りが室内に満ちている。ドーナツの箱も机の上に置かれていたが、パンドラ以外に手をのばす者はいなかった。

「『マスターズ・チェス』を運営しているのは、ネットマスターという会社だ。サーバー運用を主な事業内容としている。登録されているロスの住所には、たしかに事務所がある。捜査員をやって調べさせたところ、事務所にはアルバイトの若者が三人いるだけだそうだ。ネットマスター社がテロリストと関係しているとしても、表だって動く社員は、テロとは無関係だと思う。念のため、彼らには二十四時間の監視をつけた」

パンドラが眼鏡の奥の目を輝かせた。ようやくFBIの捜査会議らしくなってきたのを、ひそかに楽しんでいるのに違いない。

「問題の『マスターズ・チェス』だけど、ゲームに参加する方法は二通りある。ひとつは、世界中のチェス好きと無料で対戦する方法。あらかじめ簡単なテストを受けて、自分のレベルを登録しておく。レベルにあったプレイヤーが現れると、ゲームを申し込むというやり方なんだ。よくあるオンライン・ゲームだね。で、もうひとつがコンピュータ対戦型ゲーム」

パンドラはぱちんと指を鳴らした。

「こいつがすごい。コンピュータ対戦型に参加するには、一ゲーム十ドルの費用が必要だ。ところが、コンピュータと六ゲーム試合をして、最終的にコンピュータに勝つことができれば、挑戦者には十万ドルが贈られる」

「十万ドル？」

能條はレンレンと声をそろえた。

「たったの？」

心ならずも声がハモってしまったことに、ふたりして嫌そうな顔をする。

パンドラが一瞬だけ天井を仰ぎ、どうしようもないやつらだと言いたげに唇をひんまげた。

「そうだよ、たったの十万ドル。だけど十万ドルあれば、カリフォルニアで寝室が三つあって、バスルームが二つある家だって買えるんだからね。おかげでコンピュータ対戦型は大人気。六ゲーム試合をするには六十ドルかかるけど、腕に覚えのある連中が、一生懸命コンピュータに挑戦している」

「ちょっと待てよ」

能條は、たまらず手を挙げた。

「『たったの』と俺たちが言った理由は、パンドラだってわかってるはずだ。コンピュータ・チェスは、人工知能《AI》研究の一環として取り組まれてきたが、人工知能は、あっという間にめざましい進化を遂げた。今となっては、人間はチェスでコンピュータにかなわない。今の主戦場は、将棋と囲碁だ。将棋もコンピュータが人間に勝つようになり、すでに囲碁ですら人間はコンピュータに勝てなくなってきたんだ。そんな時代に、人間とコンピュータが、よりによってチェスの試合をしても、勝てる望みはない。報奨金が十万ドルだなんて、少なすぎるよ」

　ゲームの駒の数や、ルールの複雑さから、将棋と囲碁をAIがマスターするのはずっと先になると見られていた。

　ところがどうだ。将棋どころか、グーグルが開発したアルファ碁や、中国の刑天、日本のDeepZenGoなど、囲碁の世界ですら強豪と呼ばれるAIが続々と誕生している。一流の棋士たちが、AIと対戦し、コンピュータが生み出す新しい手を勉強する時代なのだ。

「ノージョーの言いたいことはわかるよ」

　パンドラが、もっともらしくうなずく。

「だけど、これは一種のショーなわけ。だから、ルールもちょっと変わっているんだよね。対戦者は人間に限られないんだ」

「挑戦者がAIでもいいってことか？」

「そういうこと」

「だが、それならますます、どうしてチェスなんだ？　AI対AIで技術を競うのなら、将棋か囲碁でないと注目されないし、面白みがないだろう」

「違うんだって、だからさ、彼らはこれを商売にしてるんだよ。技術の先端なんて求めてないんだ。彼らのAIに勝てるAIを連れてくれば、十万ドル出しますよと言ってるわけ。話題になって、世界中から参加者が現れ、一試合に十ドル払って、次々に敗退してる。チェスと将棋や囲碁では、競技人口の桁が違うから、お金を儲けるにはチェスでなきゃだめだったんだよ」

なるほど、パンドラの話が理解できた。最初からそういう話なら、たとえばグーグルやIBMといった先端のAIを開発する企業は、ゲームに見向きもしないはずだ。だから、『マスターズ・チェス』は勝てる。グーグルが本気で対抗馬を送り込めば、十万ドルを持っていかれてしまうじゃないか。

「これまでに何人くらい挑戦したんだろう？」

能條が尋ねた。

「戦績が記録されるようになっていて、それによるとこれまでにのべ一万人以上が挑戦して、全滅している」

「強いのか？」

「もちろん強いんだろうね」

ひとりで何回も挑戦しているプレイヤーも存在するのだろう。

「テロリストが、資金稼ぎにシャオトンのプログラムを利用していると思うか？」

「まあ、それしかないよね」

パンドラが肩をすくめた。

「戦績を分析してみたんだけど、ほとんどの試合が五ゲームめでコンピュータの勝ちが決まっている。六ゲームめまでたどりついたプレイヤーは、今のところひとりもいない。挑戦者に二勝させ、残り三試合はコンピュータが勝つ。それで終了しちゃうんだ。あと一試合して挑戦者が勝ったとしても、引き分けにしかならないからね」

引き分けでは賞金は手に入らないらしい。

「主催者はざっと五十万ドル稼いだわけか」

計算して能條は唸った。コンピュータが強すぎると、三ゲームで試合は終わってしまい、主催者の手元には三十ドルしか入らない。ほとんどが五ゲームめで終了するということは、コンピュータの強さをほどよく調整して、実に効率よく稼いでいるわけだ。『マスターズ・チェス』のすごさは、相手の強さに合わせられることかもしれない。

「で、ここからが問題。最終ゲームまでたどりついた場合は、インターネット上ではなく、公開の場でゲームをすることになっているんだ」

「最終ゲームはオフラインか」

「そうなんだ。ただし、公開試合の場に行くための交通費などは、プレイヤーの自腹ということになっている。よっぽど自信のある人でなきゃ、行かないと思うけどさ」

「最終試合ってことは、そこで勝てば十万ドルが手に入るってことだ」

「そう。それから、最終的にコンピュータに勝った場合は、十万ドルのほかに特典がつくことになっている」

パンドラがもったいぶって咳払いをした。

「いいかい、ホームページに書いてあることをそのまま読むからね。『お客様がコンピュータ対戦型チェスで最終的にコンピュータに勝利をおさめた場合は、十万ドルの賞金を『マスターズ・チェス』の製作者が直接お渡しいたします』」

レンレンがびっくりしたように顔を上げた。

「シャオトンが出てくると思うか？」

「三か月前ならどうだかわからないが、今は状況が変わったからな——」

「でもさ、やってみる価値はあると思わない？　シャオトンが出てこなかったとしても、十万ドルという大金を受け渡すときに、テロリストがただのアルバイトを使うとは思えないよ。連中の中でも主要なメンバーが、現れる可能性がある」

パンドラがホワイトボードの前で腕組みした。

「誰がゲームをやるんだ？　この中に、チェスに強いやつがいるのか？」

レンレンの視線が村岡に向いたが、村岡は慌てて首を振った。

「私は初心者だよ」

「ゲームに出るのは俺たちじゃない」

パンドラの意図を理解して、能條はひょいと肩をすくめた。

「チェスマスターにでも協力してもらうのか？」

チェスマスターとは、国際チェス連盟が定める称号だ。最高位はグランドマスター。チェスの神様とでもいうべき存在だ。

「違うな、レンレン。人間では太刀打ちできないって言ったじゃないか」

能條はゆっくり首を横に振った。

「試合に出るのは、コンピュータだ」


「コンピュータ？」

レンレンが馬鹿にしたように眉を上げる。

「シャオトンのプログラムと同じようなやつを、おまえたちが作るのか？」

「そうじゃないよ」

パンドラが応じる。シャオトンのプログラムに勝てるような、コンピュータ・チェスのプログラムを今から作るとなると、数か月あるいは下手をすれば何年もかかってしまう。シャオトンは時間をかけて今のようなゲームを作ったのだ。

『マスターズ・チェス』は、最初の四試合までは二勝二敗になるよう調整するが、五試合めは本気で勝ちに来る。つまりこちらは、本気の『マスターズ・チェス』を相手に五試合めを勝たねば、最終試合に出られないのだ。

「有名な、最強コンピュータ・チェスの力を借りるんだよ」

レンレンがとまどうのを見てようやく、パンドラはにやりと笑った。

「覚えてないかな。一九九七年に、世界チャンピオンのカスパロフに勝ったコンピュータがあったじゃない」

カスパロフ、という名前がレンレンの記憶を刺激したようだった。

「ああ、あの──」

「『ディープ・ブルー』だ」

一九九七年、当時の世界ランキング第一位で、ランキング勝負では負け知らずだったチェスマスターのガルリ・カスパロフと、「コンピュータの巨人」と呼ばれるコンピュータ・メーカーが作った『ディープ・ブルー』が対戦し、二勝一敗三引き分けで、コンピュータが勝利をおさめた。

人間対コンピュータ。

歴史に残る試合だった。

今となってはむしろなつかしいくらいだが、「人工知能がついに人間をしのいだ」とマスコミに騒がれた「事件」だ。

パンドラが続ける。

「ただし、今回協力してもらうのは、『ディープ・ブルー』ではない」

「その先は、私から説明したほうがいいようだ」

突然、聞き覚えのない声が言った。能條たちはいっせいに赤毛の大男を振り返った。癖の強そうな、よく光る褐色の目をしている。赤い口ひげをたくわえ、年齢は五十代だと思われたが、若く見えるタイプのようだから、本当はもっと年上なのかもしれない。

「ジェイムズ・ブロディだ。『ディープ・ブルー』の開発チームにいた」

握手も挨拶も求めず、ブロディが単刀直入に話を始めた。パンドラがやれやれといいたげに椅子に腰を落ち着けた。さっそく手がドーナッツに伸びている。どうやらFBI捜査官のまねは、疲れるらしい。

「今回の件について、私もおよその話は聞いている。FBIからの協力依頼が会社にあって、会社はとっくに退職した私に、協力の打診をしてきたんだ。大学の研究室に場所を移したものの、私は今でも人工知能の研究を続けているからだ」

なるほど。能條はあらためてブロディを観察した。『ディープ・ブルー』開発チームのメンバーとは、うらやましい話だった。

『ディープ・ブルー』のプログラムは、カスパロフとの対戦に特化して作られていた。当時のアメリカ・チャンピオンだった、ジョエル・ベンジャミンと対戦して練習させ、腕を磨かせたことも事実だが、カスパロフの序盤の棋譜を全て記憶させるなど、いわば『カスパロフ対策』を練っていたんだ」

「純粋に汎用的な強さではないと？」

「もちろん普通のプレイヤーが相手なら、『ディープ・ブルー』が負けることはないだろう。しかし、相手が『マスターズ・チェス』のように強力なソフトウェアなら、話は別だ」

ブロディは強い目でメンバーを見回した。

「コンピュータ・チェスが、どうやって次の一手を決めるか知っているね？」

能條が手を挙げた。

「コンピュータは何手か先までの全ての指し手の組み合わせを読み、その状況ごとに点数化して最も点数の高い状況になる手を探すと聞いたが」

「そうだ。『ディープ・ブルー』の場合、二十手先までを計算することが可能だった。しかも、過去のチェスマスターたちの棋譜をデータベースに記憶していて、同じ状況でチェスマスターが勝ったケースがあれば、その通りに指す。膨大な記憶容量を頼りに、名人のものまねをするわけだ」

二十手も先を読もうと思うと、何億、何兆通りもの計算をしなければならないだろう。コンピュータならではの得意分野だ。一九九七年以降、コンピュータの計算速度もさらに速くなっている。カスパロフ以後のチャンピオンが、コンピュータに挑戦しないのも当然だ。

「つまり、コンピュータ同士の対戦の場合、時間内に力ずくで何手先まで計算できるかが、勝敗を決めることになると言っても過言ではない」

さらに先の手筋を読むためには、制限時間内により多くの計算をこなす必要がある。コンピュータの性能勝負だ。

「私の研究室では、『ディープ・ブルー』の研究を進め、推論エンジンをより高度化している。今の正式な呼び名はないが、私は映画のタイトルをとって『グラン・ブルー』と呼んでいる」

「『ディープ・ブルー』よりも強い？」

「まあ、場合にもよるが」

　ブロディが謙遜するように言った。

「強くなくては困る。誘拐された子どもの命がかかっている」

　能條が言うと、意志の力を感じる目が輝いた。

「わかっている。『マスターズ・チェス』は強敵だが、勝てない相手ではないと思う。とにかく、やってみよう」

　能條は、テーブル越しにブロディのぶあつい手を握った。白くて、指に生えている赤毛が健康そうだ。

　ブロディが力強くうなずいた。

「今度の勝負は、『コンピュータ対コンピュータ』だ」

＊

「とにかく、おまえがチェスの手筋だの定石だのを勉強する必要はない」

　チェスのボードを前にして、顔をしかめているパンドラに能條は言い聞かせた。

「駒の種類と、位置の呼び方を覚えるだけでいい。ミスタ・ムラオカに教えてもらうんだ」

　会議室には、さっそくブロディの研究室から、『グラン・ブルー』のサーバーが運びこまれ、ブロディの弟子たちが設置作業を始めている。

「こういうゲームって苦手なんだよね」

「ＭＩＴの首席のくせにか？」

「僕ってさあ、勝負に対する執着が薄いんだ」

　あっけらかんと宣言するパンドラに、能條は眉をはね上げた。

「この際、おまえの執着心は関係ない。勝とうとするのは、コンピュータだ。おまえはコンピュータの指示に従って、ひたすら駒を動かすだけなんだから」

「ねえ、ノージョー。ミスタ・ムラオカにやってもらおうよ。彼なら駒の動かし方くらい、知ってるんだから」

　パンドラが甘ったれた声を出す。

「もちろんミスタ・ムラオカにもやってもらう。しかしひとりじゃ危険だ。バックアップ要員が必要だ。もしもミスタ・ムラオカに何かあれば、後のゲームが続けられない」

　ふしょうぶしょうの態でうなずいたパンドラに、おもむろに村岡が解説を始める。

「気の毒だとは思うが、優秀な君にはそれほど難しいことではないよ、パンドラ。チェスの盤面は、八かける八のマス目からなる市松模様になっている。横のマス目は、左から右へａからｈまで。縦のマス目は、手前から奥に向かって、１から８まで番号がふられている。駒を動かすための指示は、駒の名前の後に、移動後のマス目をつけて行う。通常、棋譜を残す際には、ポーンについては駒の名前を書かないんだが、今回は君がわかりやすいように、ポーンについても名前を呼ぶことにしよう。たとえばこうだ。白のポーンをｅ４へ」

　パンドラは本気でボードゲームが苦手らしく、頭を抱えながら聞いている。駒を動かしてみろと村岡に催促され、いやいやながらポーンをe4の位置に移動させた。

「できるじゃないか」

村岡がにっこりする。パンドラは気を良くしたようだ。村岡には、メフィストフェレスの素質がある。能條はパンドラの肩をたたき、立ち上がった。

「サーバーの設置が終わって、『グラン・ブルー』の作動確認が完了すれば、さっそくゲームめを開始する。それまでに覚えてくれ」

パンドラが、また頭を抱えこんだ。シャオトンのために、がんばってもらうしかない。

「プロメテ」

レンレンがそっと肩をつついた。廊下に来い、と目で合図する。

「どうしてパンドラなんだ？　俺でもチェスの駒の動かし方くらいは知っているぞ」

能條を責めるような口調だった。

パンドラが嫌がっているので、気の毒に思ったらしい。冷静で人あたりのきつい男だが、シャオトンの行方を必死で追っていることといい、意外と親切なのかもしれない。能條は口調をやわらかくした。

「パンドラでなきゃだめだ。最終ゲームは、オンラインでなく公開試合の会場に行かなきゃならない。ミスタ・ムラオカや俺のような外国人より、生粋の米国人がいい。そもそも君や俺では、テロリストに顔を知られてしまっている。テロ対策チームのメンバーは限られているからな。最終ゲームは、パンドラが行くしかないんだ」

「そういうことか」

「そういうわけで、パンドラを変装させるための、スタッフを用意しておいてくれないかな。特殊メイクのプロとか、そっちならいくらでも応援を呼べるだろう」

「変装？」

レンレンが首をかしげる。

「あいつだって、一応はFBIの捜査官だろう。このゲームでコンピュータに勝ってしまったら、あっという間にインターネットで顔が売れることになる。それじゃまずいから、あらかじめ変装させておくんだ」

レンレンがうなずき、ちらりと苦笑をのぞかせた。

「なんだ？」

「いや。あんた、本当にただの雇われクラッカーなのか？　気が回りすぎるな」

何か言い返してやろうと思ったが、気のきいたセリフを思いつく前に、レンレンは立ち去っていた。

「駒の種類は、たったの六種類だよ。それぞれに、ポーン、ナイト、ビショップ、ルーク、クイーン、キングという名前がついている」

村岡のソフトな解説が続いている。

「駒の名前と、基本的な動きは覚えておいたほうがいいだろうね」

「ポーン、ナイト、ビショップ、ルーク――」

パンドラの頼りない声が聞こえた。やれやれ。彼はああ見えても、元・天才少年だ。大丈夫だろう。たぶん。

＊

『グラン・ブルー』のサーバー設置と、動作確認が終わったのは、初日の午後六時だった。ブロディの弟子たちは帰り、会議室には捜査チームとブロディだけが残った。試合の目的を知っているメンバーだ。

「本当に僕がやるわけ？」

近くの中華料理店からテイクアウトしてきたエビチリを食べながら、パンドラがまだぼやいている。それでも、最初ほどの嫌悪感を示さなくなったのは、ミスタ・ムラオカの手ほどきを受けて、ある程度自信がついたのだろう。

「そのとおり。試合の進め方を説明するよ」

能條は、肉饅頭の汁がついた口元を、ナプキンでぬぐった。

「一ゲームめは、挑戦者が白。つまり先手になる。俺たちは、『グラン・ブルー』を先手に設定し、ゲームを開始する。『グラン・ブルー』が指した一手めを、パンドラが『マスターズ・チェス』に自分の一手めとして駒を動かす」

「ややこしいな。つまり、僕が『グラン・ブルー』の代わりに打つわけだね」

「そうだ。『マスターズ・チェス』のコンピュータが、次の手を打ってくる。俺たちはそれを、『グラン・ブルー』に入力する。その繰り返しだ」

「なるほど。『グラン・ブルー』対『マスターズ・チェス』ってわけだ」

レンレンが理解したらしく、うなずいた。

「あらかじめ言っておくが」

ブロディが全員を見回した。さすがに貫禄のある男だ。

「試合に勝ちすぎると、相手に不信感を持たれる可能性がある。最初の二ゲームは勝ち、次の二ゲームは負けて、五ゲームめでまた勝つようにこちらも調整しようと思う」

それなら六ゲームめで、いよいよ公開試合だ。

「コンピュータ対戦型は、一ゲームが終了すると、勝ち負けに関係なく、八時間が経過するまで次のゲームをすることができないんだ」

『マスターズ・チェス』の対戦ルールを詳細に調べたパンドラが説明した。

「ゲームに集中しすぎて、挑戦者が身体をこわす恐れがあるからだって。でもどちらかと言うと、怪しい挑戦者が現れた場合に、手を打つための時間稼ぎともとれるんだけど」

「ということは、一ゲームに二時間程度かかるとして、五ゲームを終えるまでには――」

「四十二時間。二日間だね」

パンドラが計算の速いところを見せた。

「それからようやく公開試合の連絡をとりあうわけか」

なかなか時間のかかる試合になりそうだった。

「きっちり八時間おきにゲームをすると、不自然じゃないかな。普通の人間なら、仕事や学校もあるだろうし、生活時間帯を無視するわけにはいかないよ。一日に一ゲームがいいところだろう」

レンレンの心配ももっともだ。

「たしかにそのとおりだが、そうすると五ゲームめが終わるまでに五日かかるんだ。さらに最終ゲームまでにも日数がかかる。シャオトンをその間、ほうっておくのか？」

能條の指摘にレンレンがため息をつく。

「八時間の待ち時間に、適当に休憩と仮眠をとろう。食事もだ。ブロディ氏には悪いが、六ゲームめの結果が出るまで、一緒にいてもらう」

万が一、テロリストがこちらの意図を読んで、ブロディの身柄を押さえにかかる……ような可能性は低いにしても、用心に越したことはない。

「もちろん覚悟してきたよ」

ブロディがうなずいた。

「では、私が『グラン・ブルー』の前に座って、『マスターズ・チェス』の手を入力しよう。駒の動かし方を読み上げるから、パンドラはその通りに駒を動かしてくれればいい」

村岡が言った。

「もうこんな時刻だが、これからすぐに始めるのかね？」

ブロディが尋ねる。

能條はパンドラを見た。村岡もレンレンも彼の答えを待っている。パンドラがため息をつき、肩をすくめた。

「一日も早く、シャオトンを助け出したい。今夜すぐに始めよう」

それでこそ、パンドラだ。

「いやなことは、さっさとすませるんだ」

パンドラが悲壮な顔でつぶやいた。それもまたパンドラだ。

「始めよう」

会議室のテーブルに、スマホでインターネットに接続したノートパソコンを一台置いた。FBIのネットワークを使うわけにはいかない。万が一、敵側が怪しんで調べたときに、FBIのアドレスから接続していたのでは、簡単にこちらの正体がばれてしまう。

ノートパソコンの前には、神妙な顔つきでパンドラが座った。

『『グラン・ブルー』も準備OKだ』

会議室の隅に設置したサーバーを起動し、ブロディがサインを出す。サーバーに接続したコンソールの前には、村岡が座っている。こちらはのんびり普段どおりだ。レンレンはパンドラの後ろで、画面を眺めている。

パンドラが『マスターズ・チェス』のサイトにアクセスした。

「対戦型チェス……と」

名前の登録を要求される。パンドラが入力したのは、日本で流行しているアニメの主人公の名前だった。まったく、こんな瞬間にまで、自分のアイデンティティを忘れない男だ。

あらかじめFBIが用意した、偽名のクレジット・カードを使って、対戦料金の支払い登録がすむと、いつでも試合が開始できる状態になる。

「第一ゲームの開始だ」

パンドラがゲームの開始ボタンを押した。

ノートパソコンの画面に、白黒の市松模様のチェスボードが立ち上がるように現れ、立体的な駒の映像が整然と並んだ。かつてシャオトンが遊んでいた、例のゲームだ。

美しいCGだった。シャオトンのデザインによるものなら、あのおませな子どもはコンピュータに関する才能だけではなく、美意識も高いと言わざるをえないだろう。

ブロディがうなずき、『グラン・ブルー』側もゲームを開始させた。『グラン・ブルー』、つまりパンドラが先手だ。

「白のポーンをe4へ」

村岡が読み上げた。『グラン・ブルー』が一手めを指したのだ。

パンドラが自分の駒を、指示通りに動かした。

「e4は、最もよく指される初手だよ」

ブロディがそっと解説する。

『マスターズ・チェス』側の時計の絵が、計時を開始している。コンピュータが次の手を考えているのだ。

能條は自分のノートパソコンを、テーブルの隅に持っていって立ち上げた。チェスには興味はないし、見ていてもわからない。ゲームの行方は、パンドラたちとブロディにまかせておけば、なんとかしてくれるだろう。

それより、能條には気になることがあった。

「黒、ポーンe5」

パンドラが読み上げると、ブロディがあっと声を上げた。

「ダブル・キングポーン・オープニングだ」

「何かあったのか？」

思わず能條も腰を浮かせる。ブロディが首をかしげた。

「まったく同じ始まり方をする試合を、一九九七年に見たんだよ」

「カスパロフと『ディープ・ブルー』？」

うなずいた。

「どっちが勝ったの？」

パンドラが尋ねる。

「『ディープ・ブルー』」

ブロディが微笑した。やれやれ、どうやら問題はなさそうだ。能條はいったん浮かせた腰を落ち着ける。

「それじゃ、この試合は幸先がいいね」

「そうだが、相手は『ディープ・ブルー』を研究しているという証拠かもしれない」

ブロディの言う通りだ。シャオトンが、『ディープ・ブルー』とカスパロフの世紀のゲームを知らないはずがない。むしろ、研究しつくしていると言ってもいいはずだ。

あまりのんびりとはしていられない。

能條は自分の仕事にとりかかった。

「プロメテ、ひとつ気になることがある」

レンレンが隣に座った。横目で表情をうかがった。つりあがりぎみの目が、真剣に何かを考えている。能條はうなずいた。

「俺もある」

レンレンがちらりとこちらを見た。

「俺は、『マスターズ・チェス』側のコンピュータについて、考えていたんだ」

出会い方が良くなかったせいで、レンレンは気に入らない相手だったが、こいつもシステム屋のプロのひとりとして、FBIに雇われたのだ。なかなかいい勘をしている。

「シャオトンは、『マスターズ・チェス』用の高性能なサーバーを買ったと思うか？」

いくらコンピュータの性能が上がり、手軽に置けるサイズのサーバーで、コンピュータ・チェスを動かせる時代になったとしても、性能のいいサーバーは値段もいい。

「いや。シャオトンならきっと――」

レンレンが首を横に振った。

「人のをこっそり借りるだろう」

ふたり仲良く吹きだした。

パンドラがゲームを進めながら、あきれたようにこちらに視線を投げた。犬猿の仲だったくせに、と言いたげだ。

「時間をかければ、調査の手がかりはある」

「『マスターズ・チェス』のウェブ・サイトだな」

「ウェブ・サーバーは結果を表示するだけで、ゲームのための計算をするマシンは別にあるはずだ」

「とびきり性能のいいのが」

「そういうこと」

シャオトンは、しばらく前までグリッド・コンピューティングのためのプログラムを開発していた。一言で言うと、コンピュータが使われていないときに、空いているパワーを別の目的に提供してもらうためのプログラムだ。応用すれば、他人のコンピュータの資源を、『マスターズ・チェス』が勝手に借りることも可能なはずだった。

深夜、使われていないコンピュータが、突然立ち上がって「次の一手」を計算するために動きだすわけだ。

ただし今回のような場合、シャオトンがパソコンと似たようなレベルのマシンを、百万台集めてくるとは思えない。三次元の駒のCGをレンダリングしつつ、ゲームの状況を二十手以上先まで読むとなると、それなりのパワーを持ったマシンを数台集めたと考えるのが自然な発想だ。

そのコンピュータを突き止めれば、シャオトンの行方を捜す材料になるかもしれない。

「協力するよ」

レンレンが言った。

およそ二時間後、パンドラが歓声を上げて『グラン・ブルー』が勝った。四十五手での『マスターズ・チェス』の投了だった。

ブロディも村岡も満足そうだ。初戦で勝てなければ、今後の展開は期待できない。

「さっきのパンドラの話だと、初めの二試合は、勝たせてもらえるんだろ」

レンレンがつぶやいて、パンドラとブロディに軽くにらまれた。この男は、他人の気に障ることを言うのがうまい。悪気がないらしいのが、困ったところだ。

「よし、今から八時間休憩だ」

能條が時計を見た。十時を過ぎている。

「明日は七時にこの部屋に集合。ミスタ・ムラオカとレンレンは家に帰るだろう？　パンドラ、ブロディ氏に仮眠室を用意できるか」

パンドラと能條は、ここ三日間ずっと仮眠室に宿泊中だ。パンドラはTシャツの着替えを山ほど持ちこんでいる。仕事熱心さは、認めてやりたいところだった。

「もう準備できてるよ」

緊張が解けて眠そうな目で、パンドラが答える。この男も今ではいい年齢なのだが、天才少年と呼ばれていた頃の、子どもっぽさがまだ抜けない。芝居っけたっぷりに、よろめきながら仮眠室に消えていく。今夜は熟睡できるだろう。

「ノージョー」

パンドラを見送り、ブロディが能條の肩をたたいた。

「やはり、君には言っておくべきだと思ってね」

ブロディの茶色い目が曇っている。

「気になったので、第一ゲームの全ての手を、例の『ディープ・ブルー』とカスパロフの試合と比較してみたんだ。一九九七年に行われた試合の、第二ゲームだ」

能條も立ち止まってブロディの赤い口ひげを見守った。

「そっくり同じだったよ。まるで再現して見せたかのように」

「どういうことだ？」

「『マスターズ・チェス』は、負ける気だった」

ブロディが冴えない表情のまま、答えた。

「やつは、『ディープ・ブルー』の全ての試合を記憶している。もしかすると、『マスターズ・チェス』は、『グラン・ブルー』を『ディープ・ブルー』またはそれに近い相手だと認識したのかもしれないな。だから今日は、負けるゲームを選んだのだ。もし試合運びをチェックしている人間がいれば、そいつは今夜、奇跡的に『ディープ・ブルー』の過去の試合が再現されたことに気がつくかもしれない」

能條はその言葉をしばらく検討し、首を横に振った。

「偶然かもしれない」

検討しても、どうしようもないことのように思えた。

「『マスターズ・チェス』の連中も、そう思うだろう」

「そうだといいが」

ブロディが暗い表情で仮眠室に向かった。

今夜の試合の結果を見て、異常を検知する人間がいるとすれば、それはシャオトン以外に考えられない。あの子どもは、どんな状況におかれているとしても、自分が作ったプログラムが正常に稼動している様子を、監視せずにはいられないはずだ。『ディープ・ブルー』対カスパロフ。今夜、世紀の戦いが再現されたことにシャオトンが気づいたなら、それが自分に対する救いの手だと、気がつくだろうか。

そうであってほしかった。

第二ゲームは、あぶなげなく『グラン・ブルー』が勝った。三十三手で『マスターズ・チェス』が投了。

午前七時に現れたパンドラは、まだ眠そうだったが、ようやくチェスに慣れてきたらしく、棋譜を読む声もしっかりしてきた。なんでも練習だ。

第三ゲーム、『グラン・ブルー』の負け。予定通りだったが、ブロディの表情は冴えなかった。

「試しに、今回は負けずに引き分けを狙ったんだが」

ノートパソコンの画面をあごで示し、唇をゆがめた。

「負けたよ。手ごわいな」

挑戦者に二ゲーム勝たせて、次の二ゲームは取る。それが『マスターズ・チェス』の、いつものやり口だとパンドラが分析していた。

「『マスターズ・チェス』が、本気で勝ちを狙ってきた場合、『グラン・ブルー』でも勝てない可能性があるということか？」

「これはゲームだ。ゲームでは、コンピュータ対コンピュータだろうと、コンピュータ対人間だろうと、いつでも勝てない可能性があるよ。『グラン・ブルー』も完全無欠ではないからね」

「もし、『マスターズ・チェス』が『グラン・ブルー』よりも先まで手筋を読むことができるとすれば――」

「そうなら、計算能力の高いハードを使っているはずだ」

能條はレンレンと顔を見合わせた。

第四ゲームも『グラン・ブルー』の負けだった。今回も引き分けを狙ったのかどうか、ブロディに聞いてみたが、軽く肩をすくめただけだった。

「朝の五時からコンピュータ・チェスを必死でやっている人間なんて、たぶん世界中でも僕らぐらいのものだと思うよ」

パンドラが大あくびをしながらぼやいた。

「心配するな。第五ゲームは午後三時からだから」

うへえ、とパンドラがつぶやいて、机につっぷした。

「どうする？　もしも負けたら」

レンレンが眉をひそめて尋ねる。シャオトンとのつきあいが、一番長いのはレンレンだった。彼も、シャオトンを無事に取り戻したいのだ。

「このゲームに負けたとしても、まだチャンスはあるよな？　金さえ払えばやりなおせるんだから、『マスターズ・チェス』に勝つまで、何度でもゲームを繰り返せばいい」

「いや――」

能條は首を横に振った。そうは思えなかった。

「チャンスはそんなに多くないと思う。手ごわい相手が現れたと思えば、相手もプログラムをバージョンアップして、さらに『マスターズ・チェス』を強くするかもしれない。こちらが『グラン・ブルー』を強くしたとしても、いたちごっこだ。いくらでも時間がたってしまう。ブロディ氏の協力を、いつまでも仰ぐわけにもいかない。それに、少しでも怪しいと思われれば、『マスターズ・チェス』はサイトを閉じてしまう可能性もある。チャンスはこの一回きり。そのつもりでやるべきだ」

「だって、今のままでは負ける可能性もあるんだろう」

「ギャンブルは嫌いか？」

能條はレンレンと揃って肩をすくめた。人知をつくし、あとはなるようにしかならない。


午後六時。

さすがの能條も、会議室にこもって、いつ終わるともしれないゲームを見守っているのが苦痛になってきた。

隣の会議室を借り、パンドラたちが第五ゲームをやっている間、レンレンとふたりで『マスターズ・チェス』が利用しているマシンを探していた。なかなか見つからない。何より、コンピュータ対戦型のゲームをしている時間帯以外は、どうやら問題のマシンと接続されていないらしいことも、捜査を困難にしている理由のひとつだった。

突然、パンドラの悲鳴のような声が聞こえた。

一瞬、凍りついたようにキーボードの上で両手を止め、それからふたりとも弾かれたように立ち上がって、隣の会議室に走った。

「どうした！」

ドアが開いていた。

中に踏みこむと、ブロディと村岡が『グラン・ブルー』のそばに座り、こちらに背中を向けていた。パンドラの姿がない。デスクの上で、ノートパソコンの画面が虹色に輝いている。能條は、おそるおそる画面をのぞきこんだ。

『YOU　WIN！』

思わず膝の力が抜けて、床に座りこみそうになった。こちらを振り返ったブロディと村岡が、微笑している。

「勝ったのか……？」

「手ごわい相手だったがね」

ブロディが重々しくうなずいた。

「パンドラはどうした？」

「第五ゲームに勝って、最終ゲームの挑戦権を得たので」

村岡がゆっくり微笑んだ。

「準備を始めるべきだと思ってね」

「まあ、とにかくここまでたどりついたんだから、祝杯を挙げよう」

ブロディが、どこに隠していたのかシャンパンのボトルとグラスを持ち上げた。村岡がグラスを配る。このふたりはなかなか、息が合っているようだ。

レンレンも、狐につままれたような表情をしている。

「待ってくれよ、ミスタ・ムラオカ。乾杯するならパンドラを待って――」

いくばくもなく、ばたばたと廊下を駆けてくる足音が聞こえた。この軽薄な足音は、パンドラに違いない。

「ノージョー！」

飛びこんできた青年の顔を見て、能條はあやうくグラスを取り落とすところだった。

肩を大きく上下させながら息を切らしているのは、黒い短髪に黒い瞳、銀縁の眼鏡をかけて、ピンストライプのスーツを着た、有能で隙がなさそうな若手ビジネスパーソンだった。

ハーバードのＭＢＡ取得者と言われても、信じてしまいそうだ。

ＦＢＩの変装技術はすごい。あの金髪オタク青年を、ここまで理知的な青年に変身させるとは。ひと目見ただけでは、能條ですら気がつかなかったかもしれない。

「ノージョー、ひどいんだよ、ミスタ・ムラオカったら僕を別室に連れていかせて、あっという間にこんなかっこうを――」

「良かったな、パンドラ。今日は賢そうに見える」

パンドラがむっと頬をふくらませる。

能條は、むりやりパンドラにシャンパングラスを握らせた。村岡が微笑を浮かべてこちらを見ている。やれやれ、レンレンに指示した変装作戦まで、すっかりお見通しだったとは。

この男には、なるべく逆らわないようにしよう。

「『グラン・ブルー』の最終勝利を祈って」

乾杯！　と能條が持ち上げたグラスに、全員が唱和する。パンドラも雰囲気に呑まれたらしく、慌ててグラスを挙げた。

とにかく、本番はこれからだ。

＊

「マイクのテストだ。パンドラ、何か言ってみてくれ」

『ノージョーの馬鹿野郎』

「OK、よく聞こえてる。こちらの声も聞こえているらしいな」

通信機器の向こうで、パンドラがひとくさりぶつくさと文句を言った。

『引き分けでも勝っても十万ドルだ』

という一言がちらりと聞こえた。さすがパンドラ。転んでもただでは起きない。

第五ゲームから三日後の日曜日。

ネットマスター社から指定された最終決戦の日だった。『マスターズ・チェス』史上、初めての最終決戦だ。能條はネットの掲示板などにも注目していたが、チェス好きの間では、最終決戦の話題で一九九七年の『ディープ・ブルー』以来の盛り上がりを見せている。

――初の挑戦者は何者か？

最終決戦は、ネットマスター社の指定でラスベガスのホテルで開催されることになった。最終決戦まで、何日も待たされたのではかなわないと心配していたが、意外なほど早い日程を指定してきたものだ。

会場は、ホテル・ベラッジオのミーティングスペースを借りたらしい。八エーカーにわたる湖のほとりにそびえる、白亜の大ホテル。ダイナミックな噴水に植物園、現在ラスベガス一の人気を誇る一流ホテル──だそうだが、能條たちの関心はそのあたりにはない。

唯一、パンドラが悲鳴を上げるような声で文句を言っていた。

「ホテル・ベラッジオ！　そこのチャペルでいつか結婚式を挙げるつもりだったのに！」

「結婚式の下見だと思って、見学して来い。試合が行われる部屋は、〈ミケランジェロ〉という部屋だ。昨日見てきたら、七十人くらいは入る部屋だったよ。おまえの披露宴には、多少手狭かもしれないが──」

それより何より、相手を探すのが先決だろうと思ったが、さすがにそこまで指摘するのは控えることにした。

東京のホテルに慣れた身には、とてつもない広さが驚きだ。宿泊施設に、ショーのためのシアター。巨大なプールに、イベントホール、会議室。そしてもちろん、ラスベガスのホテルにカジノは欠かせない。能條は会場の下見をしたものの、ホテルの部屋まで帰り着くことができないのじゃないかと焦ったほどだった。

ベラッジオのような人気ホテルの会議室を、三日後に迫ったイベントのために押さえてしまうという、ネットマスター社の底力も気になるところだ。よほどの人脈を持っているのだろうか。

「この件が落ち着いたら、ネットマスター社について、もっと深く調査する必要があるな。この会社、きっと何かあるぞ」

会場には、パンドラとブロディの研究室の学生たちが、機器のセットアップなどサポート役で入る。当然ながら最終ゲームも、挑戦者はAIでもかまわないわけだが、会場に持ち込んで良いコンピュータについては、かなり詳細にサイズや消費電力が制限されていた。会場となるホテルの広さや電力の都合ということだが、サイズや消費電力の上限が決まると、持ち込めるサーバーの台数もだいたい決まる。自前のネットワークを通じて、外部のマシンと通信を行うのはかまわないそうだ。

能條や村岡たちは、会場とは別に借りたホテルの部屋で待機する。彼らの本当の目的は、シャオトンを救出し、ネットマスター社にひそむテロリストを確保することだ。試合の最中にも、飛び出していくかもしれない。

会場のパンドラとは、通信機器を使って状況をやりとりする手はずになっている。ただし、ネットマスター社は、会場にコンピュータを持ち込んだり、コンピュータに通信させたりすることは禁じていないものの、指し手となる人間が外部と通信することは禁じている。

というわけでパンドラは、黒髪のかつらの下に、骨伝導の受信機をつけている。もとは難聴の患者のために開発された商品だ。鼓膜を使って音を伝えるのではなく、骨を使って振動を伝える。耳を使わずに音を聞くことができるので、ヘルメットを着用する職業や、軍隊などでも利用されている。それをひとつ、借りてきた。

パンドラ側の音声は、ネクタイピンにマイクを仕込んで聞こえるようにした。

『マスターズ・チェス』のサイトによれば、最終試合の模様はインターネット上でリアルタイムに公開されるらしいが、その言葉を額面通りに受け止めるわけにもいかない。ある程度のタイムラグが発生するかもしれないし、下手をすれば、サーバーの障害などと理由をつけて、公開されない可能性だってある。世界中の人間がサーバーにアクセスして、試合の状況を確認すれば、本当にウェブ・サーバーがダウンする可能性もある。そんなものに頼るわけにはいかなかった。

当日、希望者には会場に入って見学するチケットが配布されるとのことだった。二十名までだ。申し込みはインターネットからで、希望者多数の場合は抽選になる。

能條は、インターネットの申し込み画面を他からアクセスできないようにし、FBIでチケットを独占することに成功した。二十名の観客は、FBIの捜査官ばかりになるはずだった。半数近くはドレスアップした女性捜査官を送り込み、相手を油断させる。もしかすると、申し込み画面にアクセスできないとの苦情が殺到したかもしれないが、実際に申し込んでいる人間もいるので、運営会社は単にサーバーが混雑していたのだと判断するだろう。

レンレンは、小型のビデオカメラを隠し持って会場に入る。試合の模様がリアルタイムに伝えられない状況を想定し、会場に映し出されるチェスボードを撮影して、能條たちに送る手はずだ。

能條と村岡、ブロディの三人は、ホテルの部屋に前の夜から泊まりこんだ。とにかく金のかかる捜査だが、有名なラスベガスの一流ホテルに泊まって、十万ドルの勝負をするというのも、悪くない気分だ。パンドラは、勝負に勝って十万ドル稼ぐからと豪語して、ホテルの宿泊代金を経費で落とすことに成功したらしい。

今、ライティング・デスクの上にはキーボードとディスプレイが載り、村岡がマイク付きのヘッドホンを装着して、パンドラとのやりとりに備えている。ベッドの上には、能條のノートパソコンと、レンレンが送ってくる会場の映像を映し出すためのモニターが載っている。とてもラスベガスのホテルの部屋とは思えない光景だ。夜は三人とも毛布を巻きつけて床で寝た。

この有様ではルームサービスを使うわけにもいかないので、村岡が近くのバーガーショップから、コーヒーを魔法瓶いっぱいに買ってきてくれた。ベラッジオで紙コップのコーヒー。涙が出るような光景だ。

「準備はいいか」

『こちらはオーケー。会場に入る』と見学会場のレンレン。

『僕も今から部屋を出て、会場に入るよ』

パンドラが覚悟を決めたらしく、マイクに向かってつぶやいた。昨夜から、パンドラはひとりで別室に泊まっている。能條たちとの関係を、かぎつけられないようにするためだ。

マイクは高感度で、廊下を歩いていくパンドラの、ぺたぺたという脱力感を誘う足音を拾っていた。まったく、絨毯を敷き詰めたホテルの廊下を革靴で歩いて、どうしてあの音が出せるのかが謎だ。

「よし、パンドラがエレベーターに乗った」

「会場の『グラン・ブルー』はスタンバイしていると連絡があった」

ブロディがしっかりとうなずいた。最終戦の今日は、『グラン・ブルー』が後手、つまり黒だ。設定もすませている。

ベッドの上に置かれたモニターの映像が揺れ、砂嵐の後にいくつかの人の頭と、大きなチェスボードの映像が映った。レンレンが会場に到着して、カメラのスイッチを入れたらしい。

会場は広く、中央に対戦用のチェスボードが置かれ、対戦者の到着を待っている。

そのすぐ横には、会場の見学者用に置かれた、チェスボードの様子を映し出す大型モニターが置かれている。サービス満点だ。

「レンレン、できればもう少しカメラの向きを上げてくれ。前の席に座っているやつらの、頭ばかり映っているんだ」

レンレンが微調整したらしく、映像の範囲が少し変わった。大型モニターが、よりはっきりと映し出される。

能條は、念のためにインターネットで公開されている『マスターズ・チェス』の試合状況を確認した。駒は初期状態。現在のところは、アクセス不能に陥ることもなく、正しい情報を伝えているようだ。

『ポール・ラスター？』

　突然、張りのあるバリトンがスピーカーに飛びこんできた。パンドラのマイクが拾ったのだ。ちなみに、ポール・ラスターというのは、パンドラが使っている偽名だった。ハーバード出身、二十五歳の数学の天才ということになっている。実在の人物で、本物のポール・ラスター君には、最終ゲームが終了するまでの間、ニューヨークのＦＢＩで休息を願っている。パンドラはＭＩＴ出身だが、数学の天才というのはまるきり嘘ではない。

『ようこそ、『マスターズ・チェス』の最終試合へ。ネットマスター責任者のジェフリー・カートです』

　余裕に満ちた声だった。

　パンドラが、それなりの答えを返すのを聞きながら、音量を調節した。パンドラの心臓の音まで聞こえるような気がした。機器は順調に作動しているようだ。

　モニターに、パンドラが登場した。会場から盛大な拍手。会場はＦＢＩのサクラで埋まっているはずだ。

　パンドラの肩が妙に四角い。気の毒に、めいっぱい緊張しているのだろう。

　午後一時になった。

　紹介されてパンドラが着席し、向かいに痩せて背の高い男が座った。ジェフリー・カートと名乗った男のようだった。彼が『マスターズ・チェス』の代わりに指すのだろう。褐色の髪。カメラが遠いので、顔だちまではっきりと見えないが、年齢は四十代後半くらいのようだ。髪にちらほらと白髪が混じっている。ネットマスター社で、これまで調査に上がってきたアルバイトの連中は、みんな二十代前半だった。

「あの男の犯歴を調査できないかな。テロリストの主要メンバーの可能性がある」

能條の言葉に、村岡がうなずいた。

「調べさせよう。モニターの映像は、FBI本部にも送っている」

電話をかけはじめる。

モニターの映像に注目した。カートの席には、ノートパソコンが置かれている。あれが、『マスターズ・チェス』の本体コンピュータと直接つながっていると見ていいだろう。『マスターズ・チェス』の力ずくの計算は、パソコン一台ではとてもできない。

パンドラの前にもノートパソコンがある。『グラン・ブルー』に接続された端末だ。今日は村岡の助けを借りず、パンドラが『グラン・ブルー』の打ち手を見ながらひとりでゲームをするのだ。

『それでは、これより最終戦を開始する』

あっさりしたアナウンスとともに、カートが『マスターズ・チェス』の第一手を指した。

「白、ナイトをf3」

村岡の前にあるモニターには、会場でパンドラが見ている『グラン・ブルー』の画面が映っている。

「レティ・オープニングだ」

ブロディがつぶやいた。

「一九九七年の、カスパロフが勝った第一ゲームと同じオープニングだ」

「『ディープ・ブルー』が負けたのか？」

「そうだ。しかし心配いらない。その試合に関しては、研究しつくして善後策を『グラン・ブルー』に登録してある。もし『マスターズ・チェス』が、過去のゲームの成績にとらわれているのなら、我々は勝てる」

ブロディが自信ありげに言った。

能條はひとまずノートパソコンに向かうことにした。試合に関して能條ができることはない。必要なのは、シャオトンにつながる情報を少しでも集めること。それには、シャオトンが『マスターズ・チェス』のために利用しているシステムを探し出すことだった。

「黒、ポーンをd５へ」

村岡が読み上げた。『グラン・ブルー』が動き出したのだ。パソコンに向かいながら、能條もなんとなくモニターに注目した。パンドラの第一手だ。

パンドラが、黒のポーンを持ち上げた。

モニターに、会場に置かれたチェスボードの映像が映っている。黒のポーンが持ち上げられ、ゆっくりと盤上に置かれた。

能條たちは凍りついたまま、誰も声すら上げなかった。

全ての視線が、黒のポーンに集中していた。

──d6に置かれた黒のポーンに。

『大丈夫ですか。ひどい汗ですが』

スピーカーに、ジェフリー・カートのバリトンが飛びこんでくる。

『朝からずっと、緊張しているんです。何しろ世紀の一戦ですから』

パンドラの震える声が聞こえた。やっと、指し間違いに気づいたらしい。動揺が声にも表れている。本当は悲鳴を上げたい心境だろう。なんとか落ち着いたふりをして会話しているだけ、誉めてやりたいところだった。

指し手の誤りに気づいたところで、今さら変えるわけにはいかない。一度駒を動かしてしまえば、それで終わりだ。やり直しは許されない。

「ミスタ・ブロディ、『グラン・ブルー』の指し手をひとつ戻して、今のパンドラの手に変更できないか」

「無理だ。『グラン・ブルー』にそんな機能はない。常に最善の手を探して指す。パンドラが選択した指し手は、最善の手ではなかったのだ」

ブロディの顔も青ざめている。

「何か、いい手は？」

ブロディと村岡を交互に見た。ふたりとも困惑したように沈黙している。

「今回は、あきらめるべきじゃないかね」

やがて村岡が眉をひそめて首をかしげた。

「このままゲームを続けても、勝てるとは思えないが」

能條はしばらく考えていた。

「ゲームの制限時間は？」

「それぞれの持ち時間が二時間だ。一手ずつ制限時間があるわけではないよ」

「村岡さん、ブロディ氏と協力して、少なくとも二手か三手くらい、積みにならずに試合を進められるか？　とにかく、制限時間ぎりぎりまで利用して、シャオトンを探したい」

村岡が肩をすくめた。

「まだ初手だ。そう簡単には負けないさ」

能條はマイクに向かった。手はノートパソコンのキーボードを絶え間なく叩いている。

「レンレン、緊急事態だ。パンドラが指し手を間違えた」

レンレンがマイクの向こうで息を詰めた。よほどのことがない限り、向こうから声を出さないことにしている。会場にいる、テロリスト側の誰かが聞かないとも限らない。

「万一の場合には、パンドラの安全を確保して、対戦相手のジェフリー・カートという男を捕まえてほしい。彼はパンドラに、ネットマスターの責任者だと名乗った。テロリストの中でも、主要なメンバーが出てきた可能性がある」

『やっぱり、すごい観客だな』

レンレンが、独り言のようにマイクにつぶやいた。

『二十人どころじゃない。五十人はいるんじゃないかな』

レンレンが、こちらに聞かせようとしているのは明らかだった。FBIが用意したのは、レンレンを入れて二十名。残り三十名は、ネットマスター社のお得意様か、テロリスト側の応援だろう。相手が武装していた場合は、ひどく面倒なことになりかねない。

「『マスターズ・チェス』が次を指したぞ」

ブロディが声を上げた。

「白、ポーンg3」

能條はマイクをパンドラに切り替えた。

「パンドラ、聞こえるな。次の手を打つまで、十五分待ってくれ。考えているふりをして――そうだな、水を飲んだり、コーヒーを頼んだりしてみるといい。チェスの試合は、飲食禁止ではないらしいからな。とにかく、なんとか時間を稼いでくれ。その間に、こちらは『マスターズ・チェス』の本体を探す」

モニターに映っているパンドラが、テーブルの上に置かれている水差しを取り上げた。

『もし良かったら、冷たいコーヒーを頂きたいのですが』

『もちろん。ホテルに頼みましょう』

ジェフリー・カートの低く丁寧な口調。

『ええと、もしできれば、甘いものも少々』

『甘いもの？』

『ドーナツとか、パウンドケーキとか』

カート氏の困惑した表情が見えるような気がした。

『いいですよ。頼んでみましょう』

パンドラのやつ、やっと調子が出てきたらしい。失敗にもめげていないようだ。開き直ったのかもしれない。またマイクを切り替える。

「レンレン。カートが使っているパソコンは、ケーブルにつながっているだろうか。モニターの映像を見る限り、ケーブルらしいものが見えないんだ。無線なら咳払いを一回、有線なら咳払いを二回頼む」

咳払い一回。無線だ。前の席に座っている見学者の男性が、神経質そうに振り向くのがモニターに映った。

無線の場合、二通り考えられる。カード型の通信機器を使って、インターネット経由で通信しているケース。あるいは、無線LANを使っているケースだ。

能條は腕を組んだ。テロリストはどちらを使っているだろう。

「室内に無線LANのルーターか何か見えるか？　見えた場合は咳払いを一回、見えなければ二回」

しばらく間が空いた。広い室内を観察しているのだろう。やがて、咳払いが二回聞こえてきた。〈ミケランジェロ〉の間に、無線LANの通信機器がない。ということは、カード型の通信機器を使っているか、もしくは――

「近くに、もうひとつ彼らは部屋を押さえているかもしれない」

『なんだって』

思わず、という感じでレンレンが声を上げた。モニターの中で、前の席の男性が、またしかめっ面で振り返る。何度も咳払いをしたり、ぶつぶつ独り言をつぶやいたり、こそこそ部屋を見回したりと、落ち着きのない客だと思っているのだろう。

「テロリストの仲間が、あの会場以外にもホテルの中に潜んでいるというのかね」

ブロディが赤い口ひげを指先で触りながら首をかしげた。

「そうだ。『マスターズ・チェス』とつながっているパソコンは、無線で通信しているらしい。ところが、無線の通信機器が、近くに置かれていない。となると、携帯電話会社の通信カードを使っているか、無線の届く範囲内に別の部屋があって、そこに彼らの仲間がいることになる。どちらかと言えば、後のほうだと思う」

「そこに例の子どももいるかもしれない」

村岡が腕を組んだ。そうだった。テロリストは、会場でのセッティング作業をするため、コンピュータに詳しい人間が必要だったはずだ。シャオトンが現場に来ている可能性は高い。

「もうひとつの部屋を探そう。ホテルの見取り図はどこだ？」

見取り図なしで動き回るのは、危険なくらいの広さだ。

能條は、ベッドの上にホテルが提供している見取り図を広げた。湖のほとりに宿泊施設を含む建物がそびえ、その後ろにスパやレストラン街やプールを挟んでイベントスペースがある。

「宿泊施設から、会場までは遠すぎる。無線が届かないだろう」

ブロディが口ひげを噛んだ。

「とはいえ、もうひとつ別に会議室を借りているとも思えないな。費用が高くつく」

スマホを取り上げた。無線の通信機器が近くにあれば、これで検知できる。

「半径を少しずつ広げながら、会場の周辺を歩き回ってみよう」

「ここは広すぎるぞ」

「いや、周辺で無線の装置を置ける場所となると、限られると思う。意外とすぐに見つかるかもしれない」

「私も行こう」

村岡が立ち上がる。ブロディがうなずいた。

「会場のほうは私にまかせてくれ。何かあれば知らせよう」

村岡が、生成りのジャケットの前ボタンを外した。シャツの上に装着している、革のホルスターがちらりと見えた。

「待った。ミスタ・ムラオカは、拳銃を持っているのか？」

「相手が武装している可能性が高いのでね。腕前については、あまり心配しないでくれたまえ。間違って君の頭を撃ったりはしない」

どうりで、暑い日でも涼しい顔をして上着を脱がないと思った。銃を持っていると、知られたくなかったのだ。

『今回はずいぶん、長考ですね』

スピーカーから、カート氏の笑いを含んだ声が流れた。試合のマナーとしてはどうかと思うが、彼は間違いなく何か、勘付いている。パンドラは、食べかけたドーナツとコーヒーにむせているようだ。

「そろそろ十五分だな」

モニターの中で、パンドラが駒をつまんで第二手を指すのが見えた。どうやら、けなげにがんばっている。

「プロメテ、無線機を持ってくれ」

村岡がハンディトーキーのような機械を手渡した。

「よし、行こう」


スマホの画面をにらみながらエレベーターに乗ると、乗り合わせた客にじゃまだなと言いたげな目で見られた。

もともと、ベラッジオには不釣合いなほどカジュアルな服装だ。

「優先順位を確認しておこう、プロメテ」

エレベーターを降りるとすぐに、村岡がいつもの熱のない声で言った。能條がうなずく。

「いいだろう。一番めは、シャオトンを助けることだ」

「その通り。二番めは、テロリストをひとりでも捕まえること」

「三番めは例の十万ドルだ」

「『たったの』十万ドルに、執着しているのかね」

「違う。テロリストに持たせておけば、やつらの軍資金になってしまうからだ。もし取り上げられるものなら、取り上げておきたい」

「子どもはここに来ているなら、助けられるかもしれない。二番めの目標は、ジェフリー・カート氏を捕まえることができれば、達成できるかもしれない。しかし、三番めは――」

「この試合に勝たなければならない」

能條の言葉に、村岡が肩をすくめた。

「わかっているなら、結構だ」

無理だと言いたいのだろう。三番めはたしかに主目的ではない。どちらかと言えば、パンドラを喜ばせてやりたいだけなのかもしれない。あの男には、そういう子どもっぽいことを喜ぶところがある。今回、パンドラは大活躍だった。少しくらい、お楽しみを与えてやるべきだ。

エレベーターホールからロビーへ。無線装置を検索しているが、見つからない。

ロビーを通りすぎるとき、ホテル前の湖から、高さ十メートルはありそうな噴水が、何本もいっせいに立ち上がり躍った。観光客が、窓に群がるように歓声を上げて眺めている。ファンタスティックな光景だ。

騒がしいカジノコーナーの前を通りすぎた。ベラッジオはポーカー、スロットマシン、テーブルゲームと何でも揃っている。妖艶に着飾った女性たちに見とれそうになったが、今はそれどころではない。

ビュッフェ、プール。どこも大勢の宿泊客と観光客でいっぱいだ。誰も彼もがお楽しみの真っ最中で、走り回っている自分たちが、ばからしくなってくる。

無線の反応はない。いよいよイベントスペースに近づいている。

「何か心当たりがあるんだろうね」

村岡が尋ねた。無線装置を検索していた画面に、ふいに新しい装置の名前が現れた。ビンゴだ。

「イベントスペースの見取り図に、ビジネス・サービス・センターという部屋があるので、気になっていたんだ。ビジネスマンの宿泊客のために、ホテルがLAN環境を提供したり、パソコンやFAXを提供したりするサービスがあるだろう。そういう目的の部屋なら、無線の装置を持ちこんだとしても、それほど違和感はない」

「あそこに受付カウンターがある。尋ねてみるかね」

ビジネス・サービス・センターと上部に彫刻された、開きっぱなしの二枚扉の向こうに、黒い制服を着た受付の女性がふたり見えた。ひとりはそろそろ五十代に差し掛かりそうな銀髪、もうひとりは勤めて間もない感じの黒髪の女性だ。

能條を見て、銀髪が微笑した。

「こちらでLANサービスをご利用ですか？」

村岡に目で合図を送った。あんたの出番だ。

「静かに聴いてください。インターポールです」

物憂い小声で村岡が言い、バッジらしきものを見せた。

「現在FBIと合同捜査をしている最中ですが、実はこちらのビジネス・サービス・センターに、我々が追っている人間が隠れているようなので、中を拝見したい」

受付の女性は、驚くというより面白い見世物に出会ったと言わんばかりに、目を輝かせた。ちらちらと村岡と能條を見比べている。

「この――中にでしょうか？」

「そうです。彼らは武装している可能性があるので、皆さんはしばらく部屋を出て安全を確保してください」

能條は急いで口を挟んだ。

「その前に教えてください。この奥には、今何人いるんですか」

「今は、コンピュータを使われているお客様がおふたりいらっしゃるだけですわ」

「ありがとう」

村岡に指示された通り、部屋を出て行きながら、私インターポールを見たのは初めてよ、と言う興奮した彼女の声が聞こえた。きっと能條のことも、インターポールかFBIの捜査官だと思いこんだのだろう。

ビジネス・サービス・センターも無駄に広い設備のようだった。受付エリアから奥に進むと、LANの口がついたライティング・デスクのスペースがあり、一番奥にコンピュータが並んだ一画がある。たしかに、スーツ姿の男性がふたり、離れたコンピュータの前に座って作業を進めているようだ。どちらがネットマスターの関係者なのか。

下がって、と言うように村岡が能條に向かって手を振った。銃をホルスターから抜き、ぶらりと提げた姿勢で近づいていく。

能條も村岡の少し後ろから、なるべく姿勢を低くしてついていった。無線LANの装置があれば、アンテナが立っているのですぐにわかるはずだ。

見つけた。鞄の陰に、無線LANの装置があった。

「村岡さん、右だ！」

スーツ姿の男が、ふたりとも仰天したように振り向いた。突然、拳銃を握った男が現れたのだから無理もない。

「撃たれたくなければ、ふたりともそのまま。ゆっくり両手を頭の上に上げて、周囲のものには手を触れないように」

村岡がにこやかに言った。

驚愕しているふたりが、村岡の指示に従うのを見届け、能條は右の男に尋ねた。

「そこに置いているのは、無線LANの装置だな。君はネットマスター社の社員か？」

ネットマスター、という名前が出たとたん、男は顔から表情を消した。自分で白状しているようなものだ。

「この部屋から、ホテルのLANを経由して、どこまでつながっているんだ？」

男は黙っている。能條は男のパソコンを取り上げて、無線ルーターにログインを試みた。シャオトンが設定したユーザーIDとパスワードのはずだった。それなら、あの子どもが使いそうなものがいくつかある。

いくつか組み合わせを入力してみると、意外な組み合わせであっさりログインが許可された。ユーザー、サイオウ。パスワード、プロメテ。

能條は苦笑いした。助けに来るとわかっていたと言いたいのか。泣かせやがる。

「どうかね、プロメテ？」

「入った」

（どこにいる、シャオトン）

突然、デスクトップの中央に、新しいテキスト・ファイルが現れた。いつか、シャオトンがスマホの番号を知らせてきたときのようだ。

「あいつ、ルーターを監視していたな」

シャオトンが、おどけた表情で「おいでおいで」をしている様子が、目に浮かぶようだ。そろそろ来るだろうと見越していたわけだ。ファイルを開くと、２３０６という数字だけ書かれていた。

「２３０６号室だ」

「やっぱりホテルにいるのかね」

捕らえた男が、観念したのか眉をハの字に下げた。

「プロメテ、その男に手錠をかけて、机の脚にでもつないでくれないか。逃がしたくないのでね」

村岡が左手で手錠を投げてよこした。

「居場所はわかったが、これからどうする」

「応援を呼ぼう。その前に」

能條が男に手錠をかけ、ビジネス・サポート・センターのデスクにつないでしまったのを見届けると、銃をホルスターにしまってスマホを取り出した。もうひとりのビジネスマンのほうは、目をぱちくりさせて一連の状況を眺めている。どうやらこちらの男は、事件には関係なさそうだ。家に帰ったら、珍しいものを見たと自慢するのだろう。

「ジェフリー・カートには、犯罪歴はなさそうだ。本部が映像を調査して、今のところテロ関連でカートを逮捕する理由が見当たらないと言っている」

電話でしばらく話していたと思うと、村岡が残念そうに通話を切った。

「何だって。カートを逃がすと言っているのか？」

「いや、シャオトンの誘拐を理由に逮捕することは可能だ」

なるほど、ということは、シャオトンの身柄を確保するのが、ますます重要になってきたわけだ。

「それで、プロメテ。ものは相談だが――」

村岡がメフィストフェレスによく似た美しい微笑を浮かべた。

「二十三階に到着した」

能條は無線にささやいた。

ベラッジオはどのフロアもゴージャスだが、上層階になるほど部屋のグレードが上がっていくので、エレベーター前の調度品なども、ものが良くなっていくようだ。

2306、つまり二十三階の六号室の、入り口が見える位置に能條と村岡は立った。これなら、知らない間に部屋から誰かが出て行くことはない。

「オーケー。やってくれ」

無線の向こうで、ブロディがため息をつくのが聞こえた。彼にとっては、死ぬほど残念な終焉だろう。しかたがない。

『パンドラ、投了だ』

ブロディが指示した。

チェスでは、チェックメイトや時間切れでゲームが終了することはごく稀だ。たいていのゲームは、お互いが納得して引き分けにするか、どちらかが持ち駒の少なさや状況を見てあきらめ、投了する。

つまり、負けを認めるのだ。

２３０６号室にいるシャオトンを救い出すのに、能條と村岡だけでは手が足りない。会場にいるＦＢＩの捜査官たちの協力を仰ぎたい。しかし、ゲームが続いている間は、レンレンを含む捜査官たちは会場を出ることができない。

「プロメテ、十万ドルはあきらめよう」

村岡の提案はそういうことだった。

「シャオトンを救出するのが先決だ。会場にいる捜査官を二手に分ける。チーム１はシャオトンを救出し、残りはジェフリー・カートを追跡する。シャオトンを救出し、カートがシャオトンの誘拐に関係していることがわかれば、逮捕できる」

能條は村岡の提案を受け入れた。それが妥当な線だろう。

「心配するな、プロメテ。パンドラだって子どもじゃない。チェスの試合は、テロリストを会場におびき寄せるためのゲームだ。それくらい、わかっているさ」

だといいんだが。

能條はこっそりつぶやいた。パンドラは確かに天才で、ＦＢＩの特別捜査官としての腕もいいのかもしれないが、変なところで子どもだと思う。十四歳で、天才少年と騒がれていた頃を知っているだけに、余計にそう感じるのかもしれない。

コンピュータ対コンピュータの戦いとは言うものの、結局のところ、勝っても負けてもコンピュータは喜びもしなければ、悔しくもないのだ。

「ミスタ・ブロディ、試合はどうなった?」

『終わったよ。パンドラが第六手で投了した』

ブロディが力なく答えた。

『会場からブーイングが起きていた。投了前は、パンドラがやや優勢に見えていたからな。会場の見学者は、FBIとテロリストだけかと思ったら、ネットマスター社が普通のファンも呼んでいたようだな』

何のことはない。ブロディも勝負の行方に未練を残しているのだ。

「レンレンと話せるか」

『今、無線機を接続する』

『レンレンだ。試合は終了して、会場から客が引き上げ始めた。カートは会場から出たので、チームを組んで追跡中だ。俺は今からノージョーと合流する』

「パンドラはどうした」

『カートの追跡チームと一緒に行ったよ。あいつなりに、今回のミスに責任を感じているらしい』

「なんだって」

能條は村岡と顔を見合わせた。パンドラは腕力専門の捜査官ではない。どちらかと言えば頭脳戦専門だし、サイバーテロ対策チームのリーダーなのだから、勝手に動かれては困る。

「連絡が取れれば、呼び戻してくれないか。パンドラが責任を感じる必要はないんだ」

『少し待て。俺もうすぐそちらに着く』

待っていると、エレベーターが二十三階で止まる音がした。

『どこだ。ノージョー』

手を振ってやった。エレベーターから降りたのは、レンレンと三人の男性捜査官だった。

こちらに気づいて、走ってくる。

「さっさとシャオトンを助け出そう。プロメテは下がっていてくれ。救出は俺たちでやる」

さすがにそちらは専門外だ。能條はおとなしくレンレンに道を譲った。

「行くかね」

村岡が悠然と２３０６号室のドアの前に立ち、ノックした。

『なんだ』

室内の声が緊張している。

村岡が笑いを含んだ声で答えた。

「おめでとう。ジェフリーから伝言がある。ドアを開けてくれないか」

『ジェフリー？』

ドアチェーンを外す音がした。外の様子をうかがうように、薄くドアが開く。

そのとたん、村岡がドアに体当たりした。

「何だ、おまえは！」

ドアを開いた男は、村岡の体当たりの勢いで後ろに転がったようだ。その上を踏みつけるように、レンレンたちが室内に飛びこんでいく。銃声が響いた。

――やれやれ。

能條は緊張しながらも、ため息をついた。自分は幸いなことに、アクション担当ではない。村岡やレンレンの仕事ぶりには、まかせておける安心感がある。

三年前の自分に、おまえはあと三年もすれば、ＦＢＩやインターポールと一緒に、ラスベガスのホテルでテロリストを退治しているのだと聞かせてやれば、何と言っただろう。

まあ、信じないのは確実だ。

「プロメテ、入っていいぞ」

レンレンが叫んだ。

能條はこわごわ部屋に足を踏み入れた。肩を撃たれた男が床に倒れているのを見たときには、声を上げそうになった。血の匂いが、かすかに漂っている。

「や、兄ちゃん」

シャオトンが、ベッドの下から笑顔で這い出してくるところだった。

「おまえ――」

白いシャツに半ズボン。銃声を聞いて、ベッドの下に素早くもぐりこんだらしい。

「ほんと助かったよ。このまま一生、連中の手伝いをしなくちゃいけないのかと思ってた。レンレンもサンキュー」

ころころとレンレンの足にまとわりつく。レンレンが心にもなくふんと鼻であしらう。

人間万事、塞翁が馬。そんな言葉を、座右の銘にする子どもだ。まったく、ませガキめ。

「とにかく、優先度ナンバーワンはクリアしたわけだな」

レンレンが能條を見た。

「シャオトン。ジェフリー・カートという男を知ってるか？　おまえを誘拐したのは、その男だろうか」

「ジェフリーは連中のナンバー・ツーなんだ。僕を誘拐したのも、ジェフリーだよ」

レンレンが無線機を握った。

「カートを逮捕してくれ。シャオトン誘拐事件に関係しているとの証言が取れた」

能條は村岡に近づいた。

「いつも、あんなに派手で果敢なのか？」

村岡が眉を上げ、能條を見つめた。

「ま、たまにね」

まったく、食えない男だ。

「プロメテ、緊急事態だ」

レンレンが無線を握ったまま、こちらに強い視線を投げた。

「なんだって？」

緊急事態の連続は、もうごめんだ。胃が痛くなってくる。

「カートを見失った。おまけにパンドラがいなくなった。カートに連れて行かれたらしい」

一瞬、頭が理解を拒んだ。能條は目の前が白くなるのを感じた。

「大丈夫かね、プロメテ」

気がついたら村岡に支えられていた。

まったく——まったく、冗談ではない。ようやくシャオトンを取り返したと思えば——

「今度はパンドラだと？」

「落ち着け、ノージョー。とにかく探そう」

もしも三年前に、おまえはＦＢＩと組んでテロリストの捜査に当たるのだと聞かされていたら。絶対に、こいつらと関わりを持つのは避けただろうに——

「行くぞ」

レンレンが飛び出した。村岡が目でうながす。シャオトンの頭をひとつ、軽くたたいた。

事件を解決して能條がぶじに解放される日は遠いようだ。

プロメテウス・デバッグ

「集音マイクはどうなった？　パンドラはマイクを身につけていたはずだ」

　ネットマスター社が主催するチェス大会の会場から、パンドラが姿を消した。ネットマスター社の責任者で、テロリストのナンバー・ツーと見られるジェフリー・カートを尾行していたＦＢＩ捜査官の報告によれば、カートに拉致され車で連れ去られたらしい。チェス大会の会場に選ばれたホテル・ベラッジオの前には、ＦＢＩの車が五、六台並び、捜査官たちが無線を片手に怒鳴るような大声で指示を下している。ベラッジオの客たちが何事かと怯えた様子でこちらを見て通り過ぎるが、そちらに気を配る余裕がない。

　能條は捜査官をかきわけ、村岡を探した。村岡はＦＢＩの車の脇にいた。ドアを開いて車にかがみこみ、後部座席に設置された機械のツマミをを調整している。音響機械のようだ。

「村岡さん！　パンドラのマイクはどうなったんだ？」

「駄目だ。向こうはパンドラの正体に気づいていたらしい。捕まってすぐに外されたようだね。今、捜査員がマイクを探している」

「あいつ、捕まる前に何か言い残さなかったのか？」

「録音を聞き直してみたが、特に何も。音響の専門家に、誘拐される前後の背景音などを分析してもらっているところだよ」

「こちらの声はパンドラに伝わらないのか？　パンドラのやつ、かつらの下に骨伝導の受信機を貼り付けていただろう」

村岡が車の助手席から黒いかたまりを取り上げて能條の鼻先につきつけた。一瞬ぎょっとして避けたが、ただの黒髪のかつらだった。

「誘拐現場の近くで見つかった。パンドラが変装用に装着していたものだ。受信機も捨てられていた」

「何も身につけてなかったのか、発信機とか、スマホとか――まさか、後を追う手がかりが何もないなんてことはないんだろう」

いつもは何が起きても憎らしいくらい飄然としている村岡だが、今日は生真面目な表情を崩さず、眉根を寄せる。

「こんな事態になるとは思わなかったからね。発信機はつけさせていなかった」

そら、と投げてよこしたものを見ると、銀色のスマホだった。パンドラのものにしては、随分地味な型だ。パンドラ本人のスマホには、アニメの主人公のシールがべたべたと貼られていた。あくまで自己主張が激しい男なのだ。

「個人のスマホを持たせると、うっかりミスで正体がばれないとも限らないから、ＦＢＩ支給のものを持たせておいた。それも誘拐現場の近くで捨てられていた。ただ、現場を目撃した捜査官の証言から、ジェフリー・カートが乗った車のナンバーがわかっているので、車の行方を追っている」

能條は苛立って、スマホを握りしめた手を逆の手のひらに打ちつけた。やすやすと敵に捕まって車に乗せられたパンドラもパンドラだが、彼の子どもっぽい性格を考えれば、こうなることはある程度読み取れたような気がする。

自分のせいだ。自分がパンドラの行動を読むことができなかったせいだと、自分を責めるのは容易だが、それでパンドラが戻ってくるわけではない。

（必ず助けてやるからな、パンドラ――）

焦燥を感じながら、スマホをお守りのようにポケットにしまい込んだ。

「落ち着きたまえ、プロメテ。彼らはＦＢＩの捜査官をそうかんたんに殺したりはしないから」

村岡が、落ち着き払った中にも厳しさを感じさせる声で言った。

「どうしてそう思う」

「チェスの試合に観客として現れたネットマスター社の顧客が、富裕層ばかりだったからだよ。観客全員の顔写真をひそかに撮影して、本部で身元を調べさせたんだ」

村岡は能條でも知っているような大企業の名前をいくつか挙げた。そのオーナーや幹部たちが、観客として来ていたというのだ。

「それと何の関係がある？」

ネットマスター社は、わずか数日前に決まったチェスゲームの決勝戦のために、ラスベガスの一流ホテルの会議室を借りてみせた。ネットマスター社の経営者の影響力や、顧客、背景に関心を持ったのは能條も同様だった。

「つまり、テロリストが今後もネットマスター社を使って資金を集めようと考えているのなら、そうかんたんに富裕層がそっぽを向くような犯罪に手を染めることはないということだ。今ならまだ、ジェフリー・カート個人が暴走してFBI捜査官を誘拐したと見えなくもない。しかし、FBI捜査官が殺されれば、追及もさらに厳しくなる」

「それはそうかもしれないが――」

「とにかく、早くパンドラと彼を乗せた車を見つけることだ」

能條は村岡の言葉に同意した。

「それにしても、手際のいい奴らだ。マイクも受信機も見抜いていたなんて――」

言いかけて、能條は首をかしげた。

「それならどうして、会場でパンドラの身体検査をするなりして、正体を暴露しなかったんだろうか。ネットマスターのルールでは、外部との通信は不可だったよな。ばれたら、ゲームはパンドラの不戦敗だったのに」

パンドラがゲームに勝つ可能性だってあったわけだ。勝てば十万ドル。決して少ない金額ではない。

「他に目的があったのだろうね」

「たとえば、ＦＢＩ特別捜査官の身柄を拘束するといったようなことか？」

能條の言葉に村岡が首をひねる。

誰かに呼ばれたような気がして、能條は周囲を見まわした。パンドラの、ややかん高い「ノージョー」という呼び声が聞こえないと、物足りない。

「ミスタ・ムラオカ、プロメテも外にいたのか」

呼んでいたのは、まだ武装を解かずにいるレンレンだった。身体にぴったりと吸いつくような黒いシャツに、黒いラム革のジャケット。そう言えば、村岡はもう生成りのジャケットを着て胸のホルスターを隠している。

「シャオトンを監禁していた連中の尋問を始めるが、いいか？」

ホテルの部屋でシャオトンを見張っていたのは三人の男だった。いずれも体格の良い白人で、軍にいたことでもあるのかと思わせるような、刺青を二の腕に彫りこんでいた。ふたりはレンレンと村岡に肩や腕を撃たれて武装解除され、ひとりは降参して取り押さえられた。

「かまわず始めてくれ。たぶん彼らは金で雇われた連中だろう。雇い主については、ほとんど何も知らないのではないかな」

パンドラがいない間は、村岡がテロリスト対策チームのリーダーらしい。いつもよりきびきびして見えるのは、そのせいかもしれなかった。

「どうしてそう思う、ミスタ・ムラオカ」

「金で動く傭兵のようだ。それに、表に立って動く連中には詳しいことを知られないように、テロリストは注意を払っているようだ」

「確かに」

能條は頷いた。

クラッカー・サイオウこと、シャオトン少年とその姉にも、協力させるだけさせておいて、彼らの目的や本拠地、構成員など詳しいことは何ひとつ教えていなかった。知らなければ警察やFBIに捕まった時でも白状しようがない。彼らは単なる使い捨ての駒と見られていたのだろう。

「ネットマスター社の背後関係を、詳しく洗うべきだと思う」

能條は車の屋根に腕を乗せ、その上に顎を乗せた。陽射しにあぶられて屋根が熱くなっている。

「ネットマスター社の顧客が、知らない間にテロリストの資金源になっていたり、活動の隠れ蓑になっていたりする可能性が充分にある」

「そうだな。本部に連絡して、ネットマスター社を捜査させよう」

「レンレン、シャオトンはどこにいる？　少し話したいんだが」

救出された後、シャオトンは医師の診察を受けている。けがもなく栄養状態も良好で、ひとまず健康と言っていいようだが、医師は長期にわたる軟禁生活が十歳の子どもの精神に与えた影響を懸念していた。

「問題ないよ。というか、シャオトンのほうでプロメテを探していた。だからあんたを呼びに来たんだ」

レンレンが肩をすくめ、ついて来いと合図する。

「医者に鎮静剤をたっぷり打たれたはずなんだが、平気そうに早速パソコンを触っていた。やっぱり化け物だな、あのガキは」

十歳にして、〝人間万事、塞翁が馬〟などということわざを座右の銘にするような子どもだ。並みの神経ではない。医師の懸念は杞憂に終わるかもしれない。それだけが、今のところ明るい情報だった。


「ジェフリー・カートについて、ちゃんと調べるべきだと思ったんだよね」

ふかふかのソファにちんまりと座って、せわしなくキーボードを叩きながら、シャオトンがこちらに目もくれず説明した。ホテル側の了解を得て、捜査陣がスタッフ用の部屋を借りている。シャオトンはＦＢＩが落ち着き先を用意するまで、しばらくそこで警護されることになっていた。

「何しろ連中に捕まっていた間は、連中の目を盗んでネットマスター関連の情報を集めるわけにもいかなかったから」

「何かわかったのか？」

「事件に関係があるかどうかはわからないけど、興味深いことがわかったんだよ」

子どもとは思えない大人びた口をききながら、シャオトンはソファの横に置かれたサイドテーブルから、小ぶりの小籠包をつまんでぱくりと口に放り込んだ。ふんふんと頭をしきりに振りながら、幸せそうに咀嚼している。

「うん、いけるね。FBIのお兄さんたちは食べものの趣味がいいよね。ネットマスターの連中は、こういう趣味がわからなくてサ」

こういうところは、常にドーナツを手放さないパンドラと妙に共通点がある。苦笑いする能條に、シャオトンはプリンタから吐き出された数枚の印刷物を渡した。

「ジェフリーの経歴だよ」

横からレンレンが覗き込む。

「妹が、三年前に亡くなっているだろ」

「テロの犠牲者か――」

ジェフリー・カート、四十一歳。ハーバード大学卒のMBA取得者。卒業後は石油メジャーに入社し目覚ましい活躍を遂げた後、友人と投資会社を設立し独立。きらびやかな経歴だが、妹のジョイスを溺愛していたらしく、妹がテロの犠牲になった直後に投資会社を共同経営者に売却して自分は手を引いている。

「そのテロというのが問題なんだ」

シャオトンがまたひとつ小籠包を取り、今度は小動物が少しずつ果物を齧《かじ》るように、目を細めて翻りながら言った。

三年前、一機の民間航空機がロスアンゼルスの超高層ビルに激突した。世界貿易センタービルのように、ビル全体が崩落するようなことはなかったものの、大規模な火災が発生し、百人以上の犠牲者が出る惨事になった。ビルには政府の対テロ機関が入居しており、それを狙っての犯行だとアラブ系テロ組織が犯行声明を出した。9・11テロの再現だと世界中が騒然とした事件で、東京にいた能條もテレビで繰り返し流れる衝撃の映像を何度も観た記憶がある。

「ところが、その事件は対テロ機関の〝やらせ〟だったという疑いがあるらしいんだ。三年も前のことなんて僕よくわかんないし、面倒だからレンレンから説明してあげてよ」

無造作なシャオトンの振り方に、レンレンがやれやれと顔をしかめながら説明を始める。

「俺も聞いたことはあるが、あくまでも噂だ。都市伝説と言ってもいい。テロ組織に対する国民の嫌悪感を煽り、テロ組織壊滅の正当性を高める目的で、対テロ機関が計画した自作自演の犯行だというんだ。テロが実行された当日は、対テロ機関の職員の九割が休暇や出張に当たる日で、ビルに残っていた職員はほとんどが非正規職員だった。つまり、パートタイマーみたいなものだな。しかも、その非正規職員を含めた犠牲者の八割以上が、非白人だった。そういう事情があって、その噂には信憑性があると考える人も多いらしい」

「しかし、まさか――」

「陰謀史観って面白いんだもん。心を惹かれる人も多いよね」

ことともなげにシャオトンが話を引き取ると、肉汁に塗れた指先をぺろりと舐めた。

「その噂が真実かどうかは、置いておくとして。問題は、ネットマスターやジェフリーが僕に依頼したクラッキングの内容なんだけど」

そうだった。能條はそれを聞き出すために、シャオトンと話そうとしていたのだ。ネットマスターが、クラッカー・サイオウにどんな情報を入手させようとしていたのか。それがわかれば、彼らの目的に近づくことができるはずだ。

「財務省や国防省の情報にアクセスさせられたこともあったけど、確かにその対テロ機関のコンピュータにもアクセスしたんだよ。だけど、そこだけは歯が立たなかったんだ」

「おまえが？」

「だってさ。すごくおっかないんだよ。侵入したとたんに、逆探知されてるのがわかるんだ。おかしなプロセスが実行されていないか、権限のないユーザーがプロセスを実行していないかとか、リアルタイムにチェックする常駐プロセスがあるみたいなんだ。そういうプロセスを発見したとたんに、自動的に逆探知を開始する」

眉を〝八〟の字に寄せた情けなさそうな表情をして、シャオトンはぶるっと身体を震わせた。本気で怖がっているらしいのは、頭の中身はどうあれまだ十歳の子どもなら当然の話だ。

「慌てて通信を切って、僕を監視していた連中に事情を説明して、その場所を逃げ出したんだ。逃げた直後に、警察がその部屋の立ち入り捜査をしたらしいよ。もう一度やれと言われたけど、あそこだけは断った」

「なるほどな」

対テロ機関ともなれば、セキュリティ・チェックに通常ではありえないほどの注意を払っていて当然だ。

「ジェフリーは政府や対テロ機関が三年前のテロを裏で計画したのだと疑っていて、シャオトンに侵入させようとした——ということか」

こくりとシャオトンが頷く。

「ただの金銭目的の犯罪組織ではないかもしれないってわけだ」

「それでも、サイバーテロはサイバーテロなんだけどね」

レンレンのスマホが鳴った。しばらく話していたレンレンが、ぱっと顔を上げて能條を見た。

「パンドラを拉致した車が、発見されたそうだ」

微妙な言い回しだった。パンドラが見つかったわけではないのか。能條もシャオトンも、固唾を飲んでレンレンの次の言葉を待った。

「車は廃ビルの近くで発見された。パンドラとジェフリー・カートは、どうやらそのビルにいるらしい」

「ホテルを出てからのカートの車の行き先を、衛星画像や目撃者の証言を組み合わせて追跡したんだ。ラスベガスを出る道路は全て封鎖したから、どこかで車を乗り捨てるだろうとは考えていた。ビルに逃げ込んだつもりだろうが、逆に袋のネズミだな」

FBIの車で現場に急行しながら、村岡が車を発見した経緯を説明してくれた。

ホテル・ベラッジオのあたりは、ラスベガスの巨大なホテルやカジノが林立しており、高層ビルに見下ろされる通りだったが、カジノ街を少しはずれてワシントン・アベニューまで来ると、だだっ広い土地に平屋の建物がぽつぽつと建っているだけの、閑散とした光景が広がり始めた。わずかな隙間も利用する東京のビル群を見慣れた目には、ずいぶんぜいたくな土地の使い方に見える。

「問題のビルは、地元の生命保険会社のシステムセンターだった建物だ。老朽化が進んだので新しいセンターを別の場所に建て、先週末に元のビルから立ち退いたところだ。セキュリティ設備や防災システムが古くなっているので、来月にも取り壊す予定だそうだよ」

「どうしてカートは、そんなビルに逃げ込んだんだろう？　しかも車を近くに乗り捨てていたら、すぐに見つかるし逃げきれないのはわかりきってるじゃないか」

助手席の村岡が、さあと呟いて首をかしげた。

「FBIの追跡が迫っていることに気づいて、後先考えずに逃げ込んだだけじゃないか？」

レンレンが面倒くさそうに答える。危険なので、シャオトンは警護をつけてホテルに残してきた。

「あれだ」

その地区では珍しい、三階建てのビルだった。既にFBIの黒塗りの車輛が数台、ビルを取り囲むように到着している。

「こんなに堂々と囲んで、カートを追いつめないかな」

自暴自棄になって、パンドラに危害を加えられると困る。能條の心配をよそに、村岡は先に到着していた捜査官から状況を聞いたらしく、能條たちを手招きで呼んだ。この場では、村岡が捜査官たちの間でリーダーシップを発揮しているようだ。

「取り壊しまで残っていたビルの管理人が、一階の管理人室で意識を失った状態で見つかった。命に別状はない」

「建物の内部はどうなっているんだろう？」

「一階がオフィスで、二階と三階がマシンルームだったそうだ。金融機関のシステムセンターなので、古いわりにセキュリティに関する設備が充実している。二階・三階のマシンルームの入り口は特殊なIDカードを読み込ませなければ開かないそうだが、カートは管理人のIDカードを奪って階上に行ったようだね」

「それじゃ、廃ビルだと言っていたけど、まだ電気が来ているわけか」

「廃棄対象のコンピュータ類も多少残っているらしい。取り壊しまでは電気も水も契約したままだったそうだ」

二階と三階の窓には、白いブラインドシャッターが下りていた。中の様子を窺うことはできない。パンドラも捜査官の端くれなら、ジェフリー・カートごときにいつまでも捕まっていないで、さっさと逃げてきたらどうなんだ。そんな理不尽な怒りも覚えながら、ビルの窓を見上げる。

「一時間以内に、特殊部隊が熱源探知機を持ってくるそうだ。それで中にいるふたりの位置を特定する」

「一時間もかかるのか？」

村岡が肩をすくめた。その瞬間、どこかでスマホの着信音が鳴り始めた。能條でも聞いたことがあるような、クラシックの名曲だ。

「君のポケットじゃないか？」

村岡が首をかしげ、能條のジャケットを指差す。ようやく気づいた。

「パンドラのスマホだ！」

ポケットに入れて忘れていた。チェスの試合に参加するにあたり、パンドラは数学の天才青年に化けていた。いつもならクラシックなぞ聞きそうにないヤンキー青年なのだが、キャラクター作りの一環と言うわけだ。まったく、凝り性め。

「この電話にかけてきた相手の居場所をつきとめてくれ！　通話内容の録音も頼む」

村岡が捜査官たちに指示する。

「プロメテ、出てくれたまえ。相手が誰でも、なるべく話を引き延ばして、時間を稼ぐんだ」

「わかった」

通話ボタンを押し、銀色の端末を耳に押し当てた。パンドラがかけてきたとは思えない。

誘拐犯のジェフリー・カートか。

「ヘロー？」

しばらく、ノイズ以外の反応はなかった。相手の息づかいが聞こえるような気がしたが、気がつくとそれは自分自身の息づかいだった。パンドラが聞いたら呆れ顔で「ノージョー、しっかりしてよ！」とでも言うに違いない。

「ヘロー！　ヘロー！」

相手はずっと黙っている。本当に電話の向こうにいるんだろうか。焦りを感じて大声を出すと、しばらくして咳払いが聞こえた。

『——こちらは、ジェフリー・カートだ。ＦＢＩの人かな』

「そうだ。パンドラもあんたと一緒にいるんだな」

『黙って聞いていてくれ』

カートは能條をさえぎるように性急に話し始めた。

『ＦＢＩ特別捜査官のパンドラこと、ポール・ラドクリフ君を預かっている。君たちはきっと、私の経歴を細かくほじくり返すように調査したことだろう。だから、私の妹が三年前に起きた自爆テロの犠牲者だということも知っているはずだ。妹は——ジョイスは、まだ二十七歳だった。遺族として私は、妹の死について真実を知る権利があると考えている』

「だからネットマスターのサイバーテロに加担したのか？」

ちらりと村岡を見ると、ヘッドホンを耳に当てていた村岡が左手の親指と人差し指で丸を作って見せた。ＯＫ。相手の位置の割り出しに成功したらしい。

「間違いなくあのビル内から発信している。ＧＰＳで位置を割り出せた」

村岡とレンレンが低い声で囁きあう。

『ＦＢＩの諸君、取引をしないか』

カートは能條の問いかけなど気にもとめない様子で、話を続けた。

『私は君たちの仲間をひとり預かっていて、君たちが持っている情報を欲しがっている。情報をもらえるなら、捜査官は無事に解放するつもりだ。君たちがあくまで取引を断るつもりなら、捜査官は生きて帰れないものと考えてほしい』

村岡が首を横に振っている。

『私が手に入れたい情報については、シャオトンのメールアドレスにリストを送った。メールの返信として回答をもらえればいい。今から三十分以内だ。それでは——』

「待ってくれ。パンドラは無事なのか？　パンドラを電話に出してくれ。声を聞かなければ、彼がまだ生きていると判断できない」

通話を切られまいと口早にまくしたてたが、通話終了の電子音が聞こえてきただけだった。

「くそっ」

「上出来だよ、プロメテ」

村岡が気の毒そうに慰める。レンレンは早速シャオトンに電話をかけ、カートからメールが届いていないか確かめているようだ。

「これで、カートがビルの中にいることが確認できたわけだ。念のためにカート本人に間違いないかどうか声紋鑑定で確認させている。カートの声は、チェスの試合で録音させてもらったからね」

「ＦＢＩは取引に応じるんだろう？　捜査官の命がかかっているんだぞ」

「いや――」

村岡の表情が曇っていた。嫌な予感がする。

「もちろん私は本来ＦＢＩの人間ではないので、彼らの判断を待つしかないのだがね。こうした場合に、捜査機関が犯人と取引をする可能性は低い。もちろん、カートが要求する情報の内容によるかもしれないが」

「そんな――」

「組織というのは、こういう場合には非情なものだよ、プロメテ」

シャオトンからカートのメールを転送させたレンレンが、今度はＦＢＩの上層部にメールを転送して事情を説明している。

「ダメだ」

抑えた怒りを浮かべた表情で、レンレンが戻ってきた。

「上は、犯人との取引はしない方針だと」

レンレンは直情なタイプだ。パンドラが危険にさらされているのに、何もできない自分に苛立っているのだろう。

「カートはどんな情報を欲しがっているんだ」

「これだよ」

メールで送ってきたというリストを、モバイル・パソコンの画面で表示して見せてくれる。

「それ、俺に転送してくれないか」

能條も常にモバイル・パソコンを持ち歩いている。今も車の中にあるはずだった。

「おい、プロメテ――」

レンレンが目を細めた。

「そいつはダメだ」

「まだ何もやってないんだが」

「おまえ、FBIが許可しない情報を盗んで、カートに送るつもりだろう」

「おや、鋭いね」

能條は唇をゆがめた。当然だ。FBIの見解など知ったことではない。パンドラは馬鹿で見栄っ張りで、いい歳をして子どもっぽくて、ジャンクフードばっかり食べていてどうしようもない奴だと思うけれど、それでも十代の頃からの友人だった。殺されるかもしれないのに、黙って手をこまねいているわけにはいかない。

「FBIがなぜ許可しないのか、俺には理解できない。犯人は目の前にいて、FBIに包囲されているんだぞ。情報をやって、パンドラを助け出したらすぐに逮捕すればいいじゃないか。逃げられるわけがない」

「聞けよ、プロメテ。俺だって、パンドラを助けたいんだ。しかし、たとえカート本人が逮捕されても、メールで送ってしまえば誰の手に情報が渡るかわからない。そのくらいのこと、プロメテなら理解しているくせに」

「パンドラを助けたのはいいが、それでプロメテがFBIに逮捕されたのでは後味が悪いからね。それでは我々がパンドラに叱られるだろう」

口を出した村岡が、溜め息をつきながらジャケットの前ボタンを外し、拳銃を抜いた。シャオトン救出作戦以来、どうやらバイオレンス担当の自覚に目覚めたらしい。

「腕ずくで助けに行くしかない」

「あんたが？」

レンレンが疑わしそうな声を出す。

「こう見えても、射撃でオリンピックに出たこともあるんだよ」

村岡が微笑んだ。よく考えてみれば、ICPOに参加しているということは、村岡は警察庁の職員だということだ。信じられないことだが、どうやら村岡は俗に言う警察エリートらしい。

「カートが指定した時限は三十分後だ。あと十分ほどしかない。熱源探知機を持って特殊部隊が突入準備のために駆けつけてくるのは、そのさらに三十分後だろう。ぼんやり待っているわけにはいかないね」

「わかった。俺も行こう」

レンレンがジャケットを脱いで車の中に放った。

「一緒に行くよ。役には立たないかもしれないけど」

「あんたは――」

能條の申し出を、レンレンが一撃で却下しようとするのを、村岡が表情で制止した。

「いいじゃないか。しかし、私たちの後から少し離れてついて来てほしい。危険だからね」

「マシンルームに入るカードはあるのか？」

「管理人の予備のカードを持っていく」

村岡が胸ポケットから、ハンカチをのぞかせるようにちらりとプラスチックのカードをつまんでのぞかせた。

「さあ、行くよ」


取り壊し寸前だったというビルの中は、意外ときれいに片付いている。オフィスとして使用されていた一階執務室は、既にデスクやキャビネットなどが運び出された後のようで、がらんとして殺風景だった。元は淡いグリーンだったらしいカーペットが、建物が過ごした歳月を表すように、灰色に汚れ擦り切れていた。

「誰もいないな。一階はオールクリアだ」

執務室から裏のトイレ、エレベーターホールから非常口まで確認してきたレンレンが、ヘッドセットのマイクに囁きかける。ビルの外にいる捜査員たちに連絡しているのだ。村岡とレンレンが少人数でフロアを制圧し、クリアになったフロアに捜査員たちが乗り込んでくる――という手順のようだった。

「よし、二階に上がろう」

村岡が銃を持たない左手を上げて合図した。

音がするのでエレベーターは使えない。コンクリートの非常階段を使い、静かに二階に上がった。

「ミスタ・ムラオカ。マシンルームの入り口を開けると、音がするから犯人が気づくんじゃないか」

能條の言葉に、村岡が頷く。

「開ければ気づくだろうね」

「扉を開く前に、中にいるかどうか確認するんだよ」

レンレンが口を出した。素人め、と言わんばかりの表情だ。二階の非常扉を開き、まずは村岡がさっと銃を構えながら廊下に出る。

「OK。いいようだ」

村岡に促され、マシンルームの前に出て納得した。なるほど、入り口の扉はガラス張りだ。左脇の壁にカードリーダーが取り付けられており、IDカードを読みとらせて入室管理をしていたのだろう。ガラス越しに中を確認したレンレンが、顎をしゃくった。

「どうする。一応、中を確認しておくか」

「そうだな。二階にはいないようだが――」

村岡がカードをリーダーに通した。

「おや――」

ドアが開かない。あたりは静まりかえったままだった。

「カードリーダーに通電していないんじゃないか」

能條が言った時だった。

突然、けたたましいサイレンがフロアに鳴り響いた。ぎょっとして、マシンルームの入り口から離れた三人の上に、館内放送が流れ始めた。機械的な女性の声だ。

『火災発生、ただいま館内で火災発生を検知しました』

「何だよ、これ！」

思わず能條は口走った。三階にはパンドラが監禁されているかもしれないのだ。

「どうなってる？　何だこのサイレンは！」

金属的なサイレンの音は、やむ気配もない。この手の音は、聞いている人間を不安な気持ちにさせる。苛立ったようにレンレンがマイクを相手に怒鳴った。

「わからないってのはどういうことだ！」

「レンレン、カードだ。カードリーダーに通した時に、火災報知器に連動するようにしていたんじゃないか」

「三階の窓から煙が出ているらしい」

レンレンがイヤフォンから流れる報告に耳を傾け、眉根を寄せた。

「三階に急ごう！」

村岡が非常階段に向かって飛び出していく。レンレンと能條も慌てて続いた。言い合っている暇はない。

カートは、ＦＢＩが突入してきたことに気づき、逃げられないと観念して火を点けたのだろうか。

『火災発生、これより館内に消火剤を充塡します。職員は、速やかに退避してください』

何度も繰り返される放送を聴きながら、能條は慌てて消火剤についての注意書きが三階の廊下に貼り出されていないか探した。こういったシステムセンターの消火設備は、火災が鎮火した後に機械類を使用可能な状態にしておくために、フロンガスやハロンガス、二酸化炭素などのガスによる消火剤を使っていることが多い。スプリンクラーから水を撒いてしまったのでは、高価なコンピュータが水に濡れて台無しになってしまうからだ。

消火用のフロンガスなら、吸ったところで死ぬことはないはずだが――

カードリーダーのそばの壁に、消火設備に関する注意書きが貼られていた。

「二酸化炭素ガスだ――！」

そういえば、老朽化が激しくなったのでビルを移ると村岡が話していた。古い建物なら、二酸化炭素ガスを消火剤として使っていてもおかしくない。消火剤として使われる濃度の二酸化炭素ガスは、たった数回吸い込むだけで二酸化炭素中毒を起こして死に至ることもある。

人体に有毒なので、近ごろ建設されるビルでは二酸化炭素を用いることはなくなった。

「いたぞ！」

ガラスの扉越しに、パンドラの姿が見えた。両手を後ろに回して椅子に座らされ、両足も動きを封じられているようだ。必死でがたがたと身体を動かして、逃げようとしている。

三階のマシンルームには、既に白煙が充満していた。炎は見えなかったが、火の手が広っているのだろう。パンドラが咳き込んでいる。密閉性が高いのか、廊下側にほとんど煙は洩れてきていないが、物が焦げる臭いが靄のように立ち込め始めている。火災で恐ろしいのは、化学合成物質が燃えて毒ガスが充満したり、一酸化炭素中毒になったりすることだ。

村岡がIDカードをカードリーダーに通した。ダメだ。ガラス戸は開かない。

「パンドラ！」

能條は飛びついてガラスを叩いた。鳴り続けるサイレンと館内放送の中でも、音を聞きつけたのかパンドラがぱっと顔を上げた。ジェフリー・カートの姿は見えない。部屋に火を点けて、それからどうしたのだろう。自殺でも図ったのか。このビルの出入り口はFBIがしっかりとふさいでしまっている。

「今助けるぞ！」

ふいに、パンドラが椅子から前に転げ落ちた。突然、両手と両足の縛《いまし》めがほどけたようで、あっけにとられた表情で一瞬両手を見つめ、ゆっくり立ち上がる。

ふらふらとこちらに歩き出そうとするパンドラを見て、村岡がガラスに拳銃のグリップを打ちつけた。強化ガラスなのか、びくともしない。

「何かないか！　ガラスを割るようなもの」

村岡が焦って叫んだ。この泰然とした男が焦るのは初めて見た。能條は廊下を走って、置き忘れられた消火器か何かないかと探したが、何もなかった。

「捜査員は、全員ビルの外に退避した。俺たちもそろそろやばいぞ」

レンレンがガラスに銃口を向けた。銃弾で突破口を開こうというのだ。村岡がレンレンの手首を摑んで止めた。

「よせ。パンドラに当たるかもしれない。それに、このガラスの強度なら撃っても穴が開くだけで、割れないよ」

サイレンの音が一段と高くなり、鼓膜が裂けそうな大音量になった。シューッという、天井からガスが噴き出すような音が聞こえ始めた。

「パンドラ！」

パンドラはマシンルームの中で立ちすくんで天井を見上げ、それからこちらを見て早く行けと言うように手を振った。表情も変えず、まったく普段通りの顔でくるりと後ろを向くと、どこに行くつもりなのか走りだす。奥に向かっても、逃げ道はない。三階マシンルームの出入り口は、この一箇所だけなのだ。奥に逃げるなんて、自殺行為だった。

「パンドラ！　戻れ！　逃げるんだ」

叫ぶ能條の肩を、村岡が摑んだ。

「プロメテ、息を止めて一階まで走れ！　我々も、もう逃げなければ危険だ」

「そんな、パンドラがまだ中に──」

能條は叫ぼうとし、次の瞬間みぞおちに叩き込まれたレンレンの拳にうっと呻《うめ》いた。息が詰まる。目の前が真っ暗になる。レンレンの奴、と気が遠くなりながら呟いた。パンドラがまだ中にいるのに──

「走るぞ」

意識がなくなる直前に、村岡の声が聞こえた。

＊

──パンドラ！

奇妙に寂しげな表情のパンドラが、じっとこちらを見つめている。

くるりと後ろを向いて走りだしながら、何か言いたいことがあるのか、横顔を見せて呟くように唇が動く。

何を訴えたいんだ、パンドラ。教えてくれ。どうして逃げるんだ。早くこちらに来てくれ。そっちに行くな。そっちは危険なんだ。

（何かがおかしい）

どこか、つじつまが合わない。どこかにバグがある──と能條はぼんやりした頭で考えていた。プログラムの誤りのことを、システム開発者は「虫《バグ》」と呼ぶ。

そう、この事件にはどこかにバグがあるのだ。

早くその原因を見つけて、誤りを直さなくては――

＊

はっと目を開くと、レンレンの心配そうな表情が視界に飛びこんできた。レンレンの向こうはラスベガスの青空だ。ターコイズの絵の具をパレットにぶちまけたような、ひどく思い切りのいい青空。

夢に現れたパンドラの表情が蘇る。

「パンドラは！」

叫んで起き上がろうとすると、貧血を起こしたようにめまいがした。レンレンが手を肩に当てて支えてくれなければ、そのまま後ろに倒れていたかもしれない。

「やあ、目が覚めたようだね。プロメテ」

村岡ののどかな声が聞こえた。その落ち着いた声を聞く限り、何も変わりのない、いつものロスアンゼルスの光景なのだと勘違いしそうだった。

「ようやく鎮火したので、今ガスを抜いて地元の消防がパンドラを探している」

能條は黙って村岡を見返した。

「君は二酸化炭素を吸い込んで、意識を失ったんだよ」

嘘をつけ。レンレンが殴って気絶させたくせに。顔をしかめ、腕時計を見た。良かった、まだ意識を失って二十分とたっていないようだ。

「ジェフリー・カートは見つかったか？」

能條の問いに、村岡が目を細めて唇をゆがめた。

「まったく、君は油断のならない男だね」

「いなかったんだろう」

困惑したように村岡が肩をすくめる。レンレンを見ると、こちらも苦い表情でそっぽを向いた。カートはまだ見つかっていないのだ。それどころか、おそらくカートがビルの中にいなかったと思われる証拠が見つかったのに違いない。

「中にカートがいたなら、二酸化炭素ガス中毒で意識を失っているか、遺体が見つかっているはずだ」

もちろんそれは、パンドラにも言えることだった。考えを整理して話しながら、能條はきりきりと胸を刺すような痛みを感じた。

「しかしカートは見つからない。当然だ。カートはあのビルに入ってパンドラを監禁し、両手・両足を縛めて逃げられないようにしてから、色々と仕掛けをして、FBIがここを発見する前にビルを脱出したんだ。俺たちがここに到着した時には、ビルの中にはパンドラしかいなかった」

村岡が溜め息をついた。

「君の想像通りだと思う。ビルの近くに昨夜からオートバイが停めてあるのを、近所の人が目撃していた。そのオートバイは、今はない。カートが乗って逃げたんだろう」

この廃ビルに逃げ込んだのは、偶然ではなかった。あらかじめ綿密な計画を練り、都合のいい建物があったので、利用した。そうでなくては、前もってオートバイを用意しておけるはずがない。手回しが良すぎる。

「ビルの中からの電話は、カートの声の録音だろう。タイマーか何かで、一定の時刻になれば通話が始まるように仕掛けていたんだ」

ひどく一方的な通話で、カートは絶えずこちらの話をさえぎるような話し方をしていた。録音だったのなら、つじつまが合う。

「その通りだったよ、プロメテ。カートのスマホには、タイマー起動で録音メッセージを通話するアプリケーションが組み込まれていた」

「あの電話がかかってきて、GPSでスマホの位置を特定できたせいで、俺たちはカートがこのビルにいると思い込んでしまった。その間に、カートは悠々と逃げおおせたわけだ」

ラスベガスは広い。いくらFBIや市警察が道路を封鎖していると言っても、その気になればどこかのホテルにもぐりこんで、数日を過ごすくらいはかんたんだろう。ほとぼりが冷めた頃に、逃げればいいのだ。

「カートは二階と三階のカードリーダーに、誰かがIDカードを通したとき、発火装置が作動するように仕掛けをした。それで二階のマシンルームに俺たちが入ろうとした時に、火災が発生して消火システムが動き始めたんだ。大騒ぎになって、カートが実際にはビルの中にいないことや、とっくに逃げ出している可能性があることなんか、誰も思いつきもしなかった」

村岡が頷き、腕を組んだ。何も言わなかった。

「問題は——なぜカートは、そんな手の込んだことをしたのかということだ。騒ぎを起こして、その隙に自分が逃げるためだろうか。もちろんそれもあるかもしれない。だけど——」

カートは、パンドラの命と交換に情報を得るため、FBIと取引をしようとしていた。パンドラを誘拐してFBIからデータを奪おうとしたカートと、そのままパンドラを置き去りにしてビルから脱出したカートの行動には、どこか矛盾があるような気がするのだ。

(何かがおかしい。この事件には、バグがある——)

「ノージョー!」

かん高い声が聞こえたような気がした。幻聴だ。パンドラが生きているはずがない。あいつの声が聞こえるはずがないのだ。能條は目を閉じて首を振った。

「ノージョー! 大丈夫? 生きてる?」

能條は跳ね起きた。ごちんという音がして、額を何か硬いものにぶつけた感触がした。あいたっと誰かが叫び、能條もぶつけた額をさすりながら目を開けてまじまじと目の前にかがみこんでいる男を見つめた。

パンドラこと、ポール・ラドクリフを。

「痛いよ、ノージョー」

思い切り額をぶつけたらしく、赤くなっている額を押さえて涙目になりながら、パンドラが甘えた声で訴える。

まったく。まったく、まったく、まったくこの男は――

「いったい、どこにいたんだ！」

能條は絶叫した。

あの時パンドラは、三階のマシンルームの奥に向かって走って行った。マシンルームの出入り口は、能條たちがいた一箇所だけで、そのガラス扉はびくともしなかった。パンドラに逃げ場はなかったはずだ。

「三階のマシンルームの奥には、テープ庫があったんだ。ほら、ノージョーもシステム屋だったから知ってるよね。ああいう金融機関なんかのシステムセンターには、耐火性のある巨大な金庫があって、万が一の火災の時でもデータを守ることができるように、バックアップテープを金庫に保管しているものだ。金庫と言っても、何年にもわたるテープを保管しなきゃいけないから、人間が何人も悠々と入れるくらいの大きさで、しかも密閉性が高いんだ。それを思い出したから、僕は消火剤のガスが噴出する音を聞いて、すぐに奥の金庫に走って行って、中から扉をしっかり閉めてしまったんだ。耐火金庫だからさ、金庫の中まで消火剤を充塡したりしないからね」

能條は啞然とし、言葉を失ったまま呆けたようにパンドラの顔を見つめ続けた。まさかあの瞬間に、とっさの判断でそこまでできるとは――

「もう、ノージョー。忘れてるかもしれないけど、僕だって一応はMITを首席で卒業したんだからね」

パンドラがへらへら笑った。そうだった。本当に忘れるところだったが、この男は十四歳の頃、天才少年と呼ばれていたのだ。

村岡とレンレンが、真面目な表情を作ろうと努力しながら、こらえきれず肩を震わせるのを目の端に捉えた。不謹慎な奴らだ。それならそうと、さっさと教えるべきなのに。

「悪かったよ、ノージョー。本当言うと、今度こそ僕もネングのオサメドキかと思ったんだけどさ――」

日本アニメのオタクで、意外と日本通なパンドラが、妙な言葉を使ってふうと溜め息をついた。

「何しろ、ホテル・ベラッジオから出て行くカートの車を見た時には、かっとしちゃって。試合でもらうはずだった十万ドル、ふいになっちゃったでしょ。近寄って文句を言おうとしたら、あっと言うまに捕まっちゃって、スマホは捨てられるわ、タイピンに仕込んだマイクは捨てられるわ、窓からかつらは投げられるわ――あいつ、公共マナーがなっていないよね」

そういう問題じゃない。

飛び出しそうになったその言葉をぐっとこらえ、能條は唇をへの字に曲げた。

「カートの行き先はどうなんだ。何か言ってなかったのか」

「知らないよ。あいつ、僕をマシンルームの椅子に縛り付けておいて、さっさと出て行ったから」

能條はレンレンの手を借りずに何とか立ち上がり、頭を振った。まだ日差しは強い。二酸化炭素中毒と言うより、こんな戸外に寝かされていたせいで、日射病になりかけていてめまいがするんじゃないかと思うくらいだ。

「大丈夫？　ノージョー」

パンドラが子どものように不安げな表情で、能條の顔を覗き込んだ。

この男はまったく、どうしようもない男だが、それでも——

能條はパンドラの肩を抱いた。生きてくれて、良かった。うっかり気を許すと涙が出そうだ。冗談じゃない。そんなことをすると、一生嬉しそうに甘えてたたられる。

「ノージョー？」

パトカーのサイレンが遠くから聞こえてきた。三台の警察車が、列をなしてワシントン・アベニューをこちらに向かっている。熱源探知機を持ってきた特殊部隊だろうか。今さら来ても遅い、と能條はややげんなりした気分でパトカーを見守った。

ビルの前で停まったパトカーから、次々にラフな服装の捜査官たちが降り立った。目つきの鋭い、少なくともパンドラや村岡を見慣れた目には、違和感を覚えるような捜査官たちだった。

ひとりがパンドラの金髪に目を留め、大股でこちらに近づいてきた。大柄で、見るからにタフそうな肩幅の広い男だ。男性誇示という第一印象で、能條が好感を持つタイプではなかった。

「FBIの、ポール・ラドクリフ特別捜査官だな？」

「そう——ですけど」

パンドラがおずおずと答える。さっそく相手に威圧されているらしい。元天才のくせに困った奴だ。

男が書類を見せ、パンドラに手錠をかけた。驚くほどの早業だった。

「市警察のサイモンだ。サイバーテロの実行と教唆の容疑で、逮捕する」

ぽかんと立ち尽くすパンドラの横で、能條も驚いてサイモンと名乗った男を見守った。何かがおかしい。かみ合わなくなった歯車が、少しずつずれて外れていくように、何かが少しずつ、ゆっくり、狂い始めている。

「待てよ。パンドラは事件の被害者だぞ。どうして、そんな——」

目を尖らせたレンレンが食ってかかるのを、サイモン刑事は冷ややかに見つめた。

「文句があるならあんたも一緒に逮捕するが？」

「レンレン」

村岡が静かだが力のこもった声で引き止める。

何が起きているのかさっぱり理解できないが、ジェフリー・カートが見つからなかったことで、パンドラに疑いがかかっているのではないかということは、うすうす理解ができた。

「ノージョー」

パンドラがこれ以上はないくらい、情けない声を出した。

「必ず助けるから」

能條はパンドラに頷きかけた。事件の背後関係を暴き、真実を洗い出して助けに行く。必ず。

市警察のパトカーに連れて行かれながら、パンドラは子どものように何度もこちらを振り返った。

やましいことがないのだから、警察がパンドラを調べたところで何も証拠は出ないはずだ。ただ、彼らがスケープゴートを欲しがっているのなら、話は別だった。

「どうする。プロメテ」

パトカーの列を見送りながら、村岡が暗い目をして尋ねた。

「まずは、ネットマスター社を洗う」

カートの行方を追うのは、警察やFBIに任せておくべきだ。能條にしかできないこと。それは、ネットマスター社の本当の目的と、背景を調査することだった。

「必ず、パンドラを助け出す」

村岡とレンレンがしっかりと頷いた。

とんでもない事件に巻き込まれた。その予感はあるが、身のうちに湧き上がる力も感じる。反骨の半神の名を与えられたプロメテウスにしかできないことがあるのなら、とことんやるまでだ。

（待ってろよ、パンドラ――）

きびすを返すと、村岡が能條の右に、レンレンが左にすっと寄り添うように立った。鳴り響くゴングを聞いた気がした。

プロメテウス・マジック

他の誰にもできない偉業になるはずだった。

(君にしかできないよ)

クラッカー同士が腕前を競いあう裏の掲示板で、能條は何度もそうそそのかされた。

(もちろん、できるとすれば僕くらいのものだろうね)

能條は得意になって掲示板に書き込み、「プロメテ」とサインを残した。正直なところ、得意の絶頂だったことは確かだ。

十代の頃から国内外を問わず一流クラッカーのひとりとして名前を馳せていたし、米国に留学した後は、この広い米国で彼以上のテクニックを持つクラッカーに出会ったことがなかった。もっと腕のいい技術者は大勢いたのだろうが、彼らは裏の掲示板に群れて自分の技術を誇るような子どもではなかった。何しろ、当時の能條たちが掲示板で自慢しあったのは、他人のシステムへの侵入結果だったのだから。立派な犯罪だった。

今から考えると、掲示板であれほど能條をけしかけるような発言が重なったのは、プロメテを生贄《いけにえ》の子羊として当局に差し出すという、暗黙の了解があったのかもしれない。

もちろん、それは能條が後に、二十代前半の三年を独房の中で無駄に過ごす間、ひとりベッドに入り悶々と考えた末の結論だったので、真実かどうかはわからない。

当時の能條は、自分を待ち受ける悲劇の影など見向きもせず、目の前に立ちふさがる強敵の存在に、しゃにむに奮い立ったのだった。

難攻不落の『カーニボー』。

『DCS・1000』と改称され、二〇〇五年に廃止されたFBIのインターネット監視・盗聴システムだ。ちなみに『カーニボー』とは、『肉食動物』を意味している。今から考えると『カーニボー』などかわいいものだが、当時は充分な脅威だった。

六百万ドル以上かけて開発したとされるこのシステムの存在を、FBIが公表したのは二〇〇〇年七月のことだった。一九九八年頃から使用されていたらしいが、公表されたとたんに、その是非について議論が沸騰した。『カーニボー』は、犯罪やテロ、スパイ行為に関係している可能性のある人物について、電子メールなどインターネットを通じてやりとりされる通信の内容を傍受することができた。

(プロメテならきっと、『カーニボー』を停止させることができるよ)

掲示板にそんなことを書き込む連中が現れたのは、七月の終わり頃だったろうか。

(停止させたら、ヒーローになれるよ)

能條は、もっとセキュリティの緩やかなＦＢＩの他のシステム――経理システムとか、文書管理システムなど――には、既に侵入を果たしていた。システムの重要度によってセキュリティのレベルも異なるものだ。セキュリティのレベルを高くしシステムの安全性を守るためには、コストがそれなりに高くつくし、利用するユーザーにとっても面倒なことが増える。『カーニボー』に侵入するのは、それほど難しくないように思えた。ＦＢＩの他のシステムに侵入して、彼らのシステムが持つ癖のようなものに気がついていたし、自分ならある程度時間をかければ、『カーニボー』に忍び込むことくらいはできると思った。

侵入するだけなら。

システムを停止させるのは、また別の話だ。

管理者権限を奪うことができれば、システムを一時的にダウンさせることは可能だ。しかし能條は、それだけでは満足しなかった。

どうせやるなら、『カーニボー』のインターネット監視そのものをやめさせなくては、システムを停止させたとは言えない。そこまでやってこそ、プロメテの名前に箔がつく。

マシン上に置かれているプログラムを削除しても意味がない。システムにはバックアップが存在するからだ。ハードウェアを壊しても無駄だった。技術者が新しいマシンに置き換えるだけだ。さらには『カーニボー』を、まったく別の擬似インターネット環境に接続してしまうことも考えた。面白いアイデアだったが、日々成長を続ける膨大なインターネット環境を、もうひとつ別にこしらえることなど、できるわけがなかった。

それなら——

能條は、その作戦を思いついた際の興奮を、今でもありありと思い出すことができる。『カーニボー』を完全に停止させるには、システムの信頼性を失わせればいい。このシステムを使い続けても、正しい情報が得られないと信じこませることができれば、彼らはそのうちあきらめて『カーニボー』を停止させるだろう。役立たずで大飯食らいの『カーニボー』。開発にかけた六百万ドルは惜しいだろうが、システムを動かし続けるにも膨大な費用がかかるのだ。ＦＢＩはそのうち真相に気づくかもしれないが、ある程度の時間が稼げる。

大学は夏休みに入っていた。八月。あまりの暑さに下宿のエアコンはいかれていたが、夢中になっていたので気にもならなかった。ひとまず窓を開け放し、時おり風が入るのにまかせておいた。

能條はたっぷり時間をかけて『カーニボー』に侵入し、主要なプログラムを自分のパソコンにダウンロードした。逆コンパイルしてプログラムを解読し、ＦＢＩがこのシステムを使ってインターネットを監視しても、正しい結果を得ることができないように、プログラムを書きかえた。ＦＢＩの技術者は、今まで正常に稼動していた『カーニボー』が突然異常な動きを始めれば、当然プログラムのバグを疑い、ソースプログラムを洗いなおすだろう。しかし、彼らが書いた、正しいソースプログラムだから、どこにも異常はない。ソースプログラムと実行モジュールの内容が異なっていると気づかない限り、彼らは『カーニボー』を利用することができない。

能條は、「プロメテ版」プログラムを、誰にも知られず『カーニボー』に置いてくるために、再度の侵入を果たすことにした。

今でもはっきり覚えている。『カーニボー』は二十四時間稼動している。仕込みはいつでもOKだ。深夜二時、能條は巨大なマグカップにたっぷりコーヒーを注ぎ、スナック菓子を用意してパソコンの前に座った。下宿に住んでいる他の連中は、夏休みの間ほとんど実家に帰るかキャンプに出かけていて、あたりは静まりかえっていた。

前回の侵入時に、バックドアとして管理者権限を持つユーザーIDをひとつこしらえておいた。幸い管理者には気づかれなかったようで、その偽ユーザーはまだ有効だった。

ログイン。目的の場所にたどりつき、プロメテ版のプログラムをシステムに送りこむ。元のプログラムと見分けがつかないように、プログラムのサイズとタイムスタンプも苦労して同じにした。もちろんアクセス権限やオーナーも。抜かりはない。

最後にログを削除して侵入の痕跡を消し、作成したユーザーIDも消してしまう。それで完了だった。

――なんて他愛のない。

思わず笑みがこぼれた。この偉業を、誰も共に祝ってくれないことが、少し残念だった。クラッカーは孤独だ。孤独だから、掲示板に群れて少しでも自分と似た連中の温もりを欲しがるのだ。

歴史的瞬間を前にマグカップを手に取り、ちょっと芝居がかって乾杯するように高く掲げた。ログオフしようとキーボードに手を伸ばした。

コンピュータが、いきなりかん高いビープ音をたてた。

『逃げろ！』

コマンドプロンプトに、その文字がいくつも続けて表示された。まるで、迫りくる危険から能條を救うために、コンピュータが命を持ったかのようだった。

とっさにキーボードを叩いた。反応がない。ディスプレイに表示された画面は、『カーニボー』からログオフする直前の画面のまま、フリーズしている。

能條は焦り、椅子から腰を浮かせた。「逃げろ」の意味がわかった。『カーニボー』がこのコンピュータを捕捉したのだ。畜生。罠だった。連中は、能條の狙いを正しくつかんでいて、じっと網を張って待っていたのに違いない。逃げろと言われても、留学生の自分にはこの国のどこにも逃げる場所などない。

モデムからケーブルを引き抜き、フリーズしたままのパソコンの電源を、無理やり切った。慌てて置いたマグカップからコーヒーがこぼれて、散らばったプリンタ用紙に茶色い染みを作っていた。息が荒い。心臓がとてつもない速さで脈を打っている。

静かだった。

やがて、パトカーのサイレンの音が遠くから聞こえ始めた。サイレンは、着実に能條の下宿に向かって近づいていた。

何もかもが思いがけない形で終わったことに、そのとき能條はようやく気がついた。

＊

「コーヒーだ。プロメテ」

レンレンが紙コップを渡してくれた。

上の空で口にし、能條は軽く眉をひそめた。いつものような、芳醇な香りがない。

「――インスタントだな」

レンレンが肩をすくめ、さして気にする様子もなくコーヒーを啜《すす》る。

「しかたがないだろう。パンドラが釈放されるまでは、こいつで我慢しろ」

パンドラは口が寂しくなると、近くのドーナツ屋に走って山ほどドーナツを買い込んでくる。そのついでに、いい豆を使って美味しいコーヒーを淹れてくれるスタンドで、仲間の分まで気前よくコーヒーを仕入れて来てくれるのだ。気前の良さとコーヒーに関する趣味の良さは、数少ないパンドラの美質のひとつだった。

そのパンドラは、まだ市警察に捕まったままだ。

「ミスタ・ムラオカは？」

「市警察からは戻ったが、ＦＢＩの上層部と善後策について検討中らしい」

能條はため息をついた。

「パンドラもついてないな」

レンレンは黙って肩をすくめた。ついてない、などという一言ではすまないくらい、ここ数日というものパンドラは不運続きだった。

ネットマスター社主催のチェス大会終了後、テロリストに誘拐された。火災に巻き込まれ、一時は生命の危険すら迫ったが、何とか逃げ延びたと思えば、今度はサイバーテロリストの仲間だと見なされて逮捕だ。一夜明けても、まだ釈放の見通しは立っていない。

「プロメテ。本当に、パンドラは事件と無関係だと信じているのか」

レンレンが、細い目をさらに細めて首をかしげる。

「疑う理由がない。おまえはあいつを疑っているのか？」

「俺には信用する根拠がない」

「あいつが怪しいなら、そのへんで遊んでるガキだって怪しい」

能條はむっつりと紙コップを机に戻した。サイバーテロを追う、パンドラ、村岡、レンレン、能條の四名からなるチームに与えられた会議室だ。床には落ち着いたブルーグレーのカーペットが敷き詰められている。

連邦ビルにある、ＦＢＩのロス支局。そんな場所に、まさか昔逮捕された自分が入りびたるはめになるとは、思いもよらないことだった。

「だいたい、市警察はどういう理由でパンドラをテロリストの仲間だと疑ったんだ？」

ＦＢＩ特別捜査官を逮捕したのだから、それなりの事情があるのに違いない。

「市警察の思惑は知らないが、ＦＢＩの内部に内通者がいることは俺も疑っていた」

「へえ？　どうしてそう考えたのか、聞こうじゃないか」

実は、能條自身もその可能性については漠然と考えている。この際、事態を整理しておくべきだった。村岡が不在だが、じきに戻るだろう。

レンレンは長机を挟んで能條の正面に椅子を引き、腰を下ろした。

「今回のチェス大会に関するＦＢＩ側の準備が、ネットマスター側に洩れすぎている」

能條がうなずく。

「たとえば？」

「パンドラを連れ去った時、彼が身につけていた集音マイク、受信機を仕込んだかつらを、あっさり見破って捨てた。あんたも知っているとおり、どちらもそうと知らなければそんなにかんたんに見つかるような代物じゃなかった。それに、連中はパンドラのコードネームを知っていた」

「そいつは認めるよ。俺も気になっていた」

特にパンドラのかつらは、特殊メイクのプロが身につけさせたというだけあって、試しに能條がかつらを引っ張ってみたところ、パンドラが痛いと叫んで飛び上がったほど、本物そっくりだった。敵がかつらを脱がせる時は、さぞかしパンドラは痛がったことだろう。

「もうひとつは、パンドラが監禁されていた廃ビルには、チェス大会の開催前から仕掛けが施されていた形跡があることだ。前日の夜から、逃亡用のオートバイが停められていた。俺たちがＩＤカードをリーダーに通すことで、火災を起こすための仕掛けが発動したんだが、それだってパンドラを拉致してすぐ準備できるようなものじゃない。前日、あるいはもっと前から仕掛けられていたものだ。つまり、このチェス大会が罠だと、ネットマスター社側はあらかじめ気づいて準備していた公算が大だ」

「だからFBIに内通者がいる——か」

「そうだ。チェス大会で俺たちが罠を張っていることを、いったい何人が知っているか、検討してみた。俺たち四人。『グラン・ブルー』の製作者であるジェイムズ・ブロディ。パンドラの上司や、FBIの上層部。チェス大会の現場に入ってもらったFBI捜査官が二十名ほど。彼らには、チェスの試合に出る男がパンドラというコードネームの特別捜査官だと説明していた。万一の際には、パンドラを援護してもらう必要があったからな。いま挙げた三十人ほどの中に内通者がいるか、あるいは彼らから情報が洩れたかのどちらかだ」

「ブロディの研究室にいる学生はどうだ。サーバーをホテルに運びこむ時、手伝ってもらったじゃないか」

「彼らはパンドラの名前を知らない。チェス大会について、詳しいことも教えていない。ブロディ教授がラスベガスで妙な実験をするくらいにしか知らされていないんだ」

ブロディはとんだとばっちりで、チェス大会が終わってようやく大学に帰ることができたものの、どうやらまだFBIの監視を受けているらしい。赤毛の大男の仏頂面が目に浮かぶようだ。

「三十人はけっこう多いぞ」

レンレンが同意の印にうなずいた。

「そうだ。しかし、ひとりひとり洗っていくしかない。他に考慮すべき要件はあるか？」

「シャオトンはどうだ。あの子は、ネットマスター社に軟禁されている間も、コンピュータ・チェスにアクセスしてくる人間の動きを見守っていて、俺たちが救出に乗り出してきたことにも気づいていた」

だからこそ、能條にホテルの部屋番号を知らせるという離れ業をやってのけたのだ。

いまシャオトンは、証人保護プログラムにのっとり、FBIの証人として保護されている。テロリストに脅迫を受けていた事情が明らかになったので、姉のメイチンともじきに再会できるだろう。

「シャオトンか。プロメテは、あの子がネットマスター社とまだつながっているという可能性を考えているのか？」

「いや。シャオトンにできるなら、ネットマスターの他のやつらにもできたかもしれないってことだ」

「あの天才坊やと同じ真似を？」

レンレンが疑わしそうに眉をひそめる。確かに、見た目はアライグマの子どもみたいなシャオトンだが、中身はそこらのハッカーが束になってかかっても勝てないほどのコンピュータの天才だ。だいいち、テロリストの仲間にシャオトンのような才能を持つハッカーがもうひとりいるのなら、ネットマスター社はわざわざあんな子どもを、脅迫までして、仲間にする必要はない。

「つまり、色々考え合わせると、市警察がパンドラ逮捕に踏み切ったのは、まんざら見当はずれでもないわけだ」

レンレンの言葉に、能條は唸った。パンドラのあの性格を知っていれば、市警察もターゲットから外したはずだと思うのだが。

「何の話かね」

突然、開いたドアから村岡の声が降ってきたので、能條はぎょっとして振り返った。まったくこの男はどうしてこう、足音を忍ばせて歩くのだろう。

「ミスタ・ムラオカ!」

レンレンとそろって声を上げる。

「パンドラの様子は?」

村岡は、パンドラが逮捕された理由を市警察にただし、場合によってはFBI上層部から釈放をかけあってもらうために、走り回っていたはずだ。それにしては、麻のジャケットをいつものようにおしゃれに着こなして、涼しげな表情をしている。

「パンドラには会えなかった」

眉を寄せた能條が苦情を言おうとする気配を察知したらしく、手のひらを向けて軽く制した。何をやらせてもスマートな男だが、時と場合によっては鼻につく。こんな緊急事態には、特にだ。

能條は、村岡の背後でドアをくぐろうとしている、大柄な男に気がついた。身体が大きいだけでなく、威圧感を与える目つきに覚えがある。

「市警察のサイモンだ」

パンドラを逮捕して連れ去った男だ。小さな会議室に緊張が走った。サイモンと名乗る男は、背広を着ていてもたくましさがわかる体格で、海兵隊上がりのような、日焼けした肌と短く刈りこんだ砂色の髪をしている。

「座りたまえ、プロメテ」

村岡が宥めるように手を振った。

「我々が考えているより、状況は少し深刻なようだ」

「市警察と、ＦＢＩの上層部に話は聞けたのか？」

サイモンを横目で睨みつけるが、相手は平然としたままだ。

「ひとまずね。パンドラは、我々が知っているよりもずっと、ＦＢＩと関係が深い」

村岡は長机に椅子をひとつ引き寄せると、ゆったりと腰かけて足を組んだ。サイモンはドアをくぐったきり、会議室の壁にもたれて、黙って彼らの会話に耳を傾けている。どう見ても、友好的な態度ではなかった。能條はレンレンと顔を見合わせた。

「ＦＢＩの特別捜査官という身分以外にも、何かあるというのか」

「パンドラの説明では、サイバーテロリストの動きに対抗して一年ほど前からＦＢＩに雇われたという話だったね」

「俺もそう聞いた。違うのか？」

「そこまでは事実だった。しかし、パンドラが隠していたことがある」

村岡は、彼自身も困惑しているかのように軽く首を振った。

「彼は、十代の頃にも一度、FBIのサイバー顧問をしていたんだよ」

＊

「サイバー顧問？」

思わず声を上げた能條は、唖然として村岡を見守る。パンドラはMITに十四歳で入学した、早熟な天才児だった。MITを首席で卒業したが、その後は引きこもりになって仕事もせず、最近までぶらぶらしていたと言っていたはずだ。

「まだ彼がMITにいた頃の話だ。二年間、FBIのサイバー顧問としての立場で、コンピュータ・システムに関する助言を行ったそうだ」

「十代の子どもが？　FBIに？」

「正確に言うと、FBIの顧問はMITの教授を中心とする『チーム』だったんだ。しかしその中でも、パンドラの活躍はずば抜けていたそうだ」

能條はもう十五年も昔の、パンドラと出会ったころを思い返した。向こうは十四歳、どこから見てもほんの子どもで、同じ授業を受けたこともあるが、積極的に接点を持とうとしたことはない。教授の秘蔵っ子とか、何年もスキップを繰り返した天才児という噂が先行していて、自分とは関係がない相手だと考えていた。能條自身もコンピュータやハッキングに関しては超一流だと考えていてゼミの仲間や他の学生など歯牙にもかけていなかったし、本音を言えば教授すら相手にしていなかったのだ。今から考えると、若気の至りというか、傲慢だったのだろう。

そう言えば、一度だけ――

パンドラを助けたことがあった。もちろん、コンピュータのことではない。バスの路線を間違えたらしく、運転手に道を尋ねて困惑していたパンドラを偶然見かけ、正しい路線に乗り換えるのを手伝ってやったのだ。それだけだった。海外から来た留学生にすらわかるバスの路線を間違えるほど、当時のパンドラには浮世離れしたところがあった。思い切り俗なアニメオタクになった現在のパンドラを見ていると、信じられないが。

「パンドラが学生時代にサイバー顧問だったというのは事実かもしれないが、別に隠していたわけじゃないだろう。自慢みたいになるから言わなかったんじゃないか」

パンドラをかばう義理はないが、あの青年の精神構造ならありそうなことだ。どこかに、十四歳のシャイな気持ちを残している。

「そうかもしれないね」

村岡が静かにうなずく。その落ち着き払った態度はいつもと変わりがないが、微妙に奇妙な感じだった。村岡こそ、何かを隠しているようだ。尋ねて素直に白状する男でもない。

「パンドラが昔からＦＢＩと接点を持っていたとして、市警察やＦＢＩは何と言っているんだ？」

「市警察とFBIの立場は違う。FBIはむしろパンドラを擁護している。問題は市警察だね。彼らが問題にしていることがいくつかある」

サイモンはぎょろりとした目で会議室の面々を見比べるだけで、口を開く様子はなかった。

「内部情報が、ネットマスター社側に洩れすぎていた？」

能條の言葉に、村岡は眉を軽く上げて、レンレンと能條を見比べた。

「さすがに、ふたりともそれについては考えていたようだね」

「市警察のおっさんの前で、どこまで話していいものかわからないが、俺たちはFBIに内通者がいる可能性について話していたんだ」

レンレンがサイモンを挑発するように身を乗り出し、能條との今までの会話を整理して村岡に説明した。

「疑惑の対象は三十人か。そりゃ多いな」

村岡がため息をつくように呟いた。

「俺たちも入れて、三十人だ」

能條の念押しに、彼らはふと押し黙り、視線を交わした。

「──なるほど。我々は、今回のサイバーテロリスト対策のために集合した、いわば寄せ集めのチームだからね。パンドラとプロメテはMITの同窓で、知人と言えるかもしれないが、それ以外はお互いに過去も個人的な事情も何も知らない」

「そうだ。パンドラですら、俺が直接知っていたのは十代の頃で、その後はメールやチャットのつきあいだったからな」

「もちろん、FBIやICPOに入った時点で、我々はそれなりに過去や思想、背景についても調査を受けているわけでね。だからこそ、お互いを信頼して仕事ができる」

——どこの馬の骨とも知れないプロメテウス以外は。

言外にその事実を指摘している村岡の言葉に、能條は憮然と唇を曲げる。

サイモンがようやく壁を離れ、会議室のパイプ椅子を引き寄せて自分も腰を下ろした。

「その議論には、市警察の立場から、自分も参加させてもらう」

「へえ。あんたは何のために来たのかと思い始めていたところだよ」

「市警察が、パンドラことポール・ラドクリフ特別捜査官を疑った理由は四つだ」

レンレンが挑発的に冷やかすのは無視して、サイモンが指を顔の前に持ち上げ、一本ずつ折り曲げて数えあげた。やはり能條たちを威圧するように、青い目でじっと見回す。

「ひとつ。今回のチェス大会の準備そのものが、テロリスト側にあらかじめ洩れていたこと。パンドラの変装とコードネームが相手側に知られていたし、彼らは数日前から廃ビルの仕掛けを進めていたと見られる」

それについては、能條とレンレンも話し合ったばかりで、異議がなかった。

「ふたつ。パンドラが試合の肝心な部分で、駒の進め方を間違えたこと」

能條はとっさに反論しようとしたが、できなかった。

「パンドラだからなあ」

レンレンがぼやくように呟き、髪の毛をかき回した。とりあえず同感だ。サイモンがむっとしたように、唇を曲げた。あれは天才だったんじゃないのか、と言いたげな表情だ。

「彼のキャラクターを知る者はそう言えるが、市警察はパンドラがわざと間違えて駒を置いたと考えているんだよ」

村岡の説明に、能條は首をかしげた。

「しかし、それによってテロリスト側に有利になったことと言えば、十万ドルを払わなくて良くなったことくらいだと思うが？」

「そう。まさに、そのためにパンドラが一芝居打ったんじゃないかという推理だ。私の個人的な意見を言うなら、もしパンドラとネットマスター社がつながっていたとしても、『たったの』十万ドルのために、協力者に危ない橋を渡らせる必要はなかったと思うがね」

村岡の判断はあくまでも冷静だ。サイモンが、気をとりなおしたようにもう一本の指を折り曲げた。

「みっつ。廃ビルでパンドラを椅子に縛りつけていた縄に、仕掛けが見つかった」

「仕掛けというと？」

「縄の素材が特殊で、室温が上がると急激に弱くなる。つまり、切れやすくなる」

「そう言えば、あの時たしか急に縄が切れて、パンドラがびっくりしたような顔をしてひっくり返ったんだ」

火災が発生し、煙が充満し始めた室内で、パンドラは必死になって椅子から逃れようともがいていた。それが、突然、縄が切れて身体ごと前に倒れこむようになったので、能條も不思議に思ったのだ。

「パンドラがテロリストの仲間なら、やつらが彼を生かしておくためにその仕掛けをしたことになる。火災が起きて室温が上がった時に、縄が切れて逃げることができるわけだ」

「だけど、そんなのは調べればすぐにわかることだし、俺ならかえってパンドラに罪をかぶせるために仕掛けたんじゃないかと思うけどな」

レンレンが不満げに首をかしげた。村岡がひと息入れ、レンレンが入れたコーヒーの紙コップをひとつ取った。香りを嗅いだだけで、テーブルに戻してしまう。そこまでまずくはないと思うのだが、お上品な村岡の口には合わないらしい。

「私もそう思う。発覚した事実がそれだけならね」

村岡の意味ありげな言葉に、能條は身を乗り出した。

「まだあるわけだ。パンドラを疑う理由が」

「最後のひとつがね」

村岡が言葉を切り、端整な表情を崩さぬまま、まじまじと能條を見つめた。サイモンは興味深げに村岡と能條を見比べている。

「なんだ？」

「プロメテ。君はＦＢＩに協力を要請された理由について、パンドラからなんと説明されたか覚えているかね」

何を今さら。あんたとパンドラが、平和に働いていた俺をまんまと罠にはめて、ロスアンゼルスまで連れて来たのじゃないか。──そう言いたい気持ちをぐっとこらえて、能條は肩をすくめた。

「FBIのコンピュータが、テロリスト側のクラッカー『サイオウ』──つまりシャオトンだよな──を追いつめるのに相性がいいのが、俺だと割り出したんだろ」

「私もそう説明されていた」

村岡の口調が、奥歯にものが挟まったようだ。

「パンドラの説明は嘘だった。彼は、FBIの上層部にも同じ説明をしていたが、調査し直したところ、実際にはFBIのコンピュータが『サイオウ』と相性のいいハッカーを指名するなんてことは、なかったそうだ」

「そう。それが、市警察がパンドラを逮捕した、四つ目の理由だ」

サイモンが重々しくうなずく。

どういうことだ。そう尋ねようとしたが、喉の奥にものが詰まったように、声が出なかった。嫌な予感がする。

──パンドラ。

おまえは、俺たちに見せていたのと別の顔を持つのだろうか。あの、気のいいアニメ好きで、子どもっぽいところもあるが基本的には誰にでも親切な元・天才少年の顔と。

「プロメテをロスアンゼルスに呼んだのは、パンドラだった。彼がひとりで決めて周囲を欺き、君をここに連れてきたんだ。十四年もの昔、FBIのシステムに侵入して、危うくシステムを停止させるところだった天才クラッカー『プロメテウス』をね」

＊

「目的は何なんだ」

レンレンが、村岡を睨むように見つめた。そういう表情をすると、危険な印象になる。

「さあね。パンドラは、市警察の取調べを受けても理由を話そうとしないそうだよ」

「だから私がここまで来た。君たちはパンドラから何も聞いていないのか」

サイモンが、ほとんど不思議そうに尋ねる。

くそっ、と口の中で呟いたレンレンが、右のこぶしを左の手のひらに打ちつけた。

「何がどうなっているのか、さっぱりわからねえ」

村岡が静かにうなずいた。

「プロメテ。サイモンや私がここまで君に明かしたことで、私たちの立場と真情を理解してもらえるものと思っている。私は君を信用しているし、パンドラには何か事情があったのだと考えているんだよ」

「信用してくれるのはありがたいが」

能條は肩をすくめた。

「俺にもパンドラが何を考えていたのかわからないし、知りたくもない」

子どものころから、能條にとっては友達同然だったコンピュータを取り上げられ、たったひとりで過ごした独房での三年間の後、能條はワクワクするようなハッキングから遠ざかって生きてきた。もちろん、知識欲を満足させるのは別だ。技術者として、常に最新情報を入手し、自分の知識が古びてしまわないように、気をつけていた。

それほど注意深く、今後の人生から危険を排除しようとしていた能條を、FBIとサイバーテロリストの全面戦争に引きずりこんだのがパンドラ個人の意思だったと言われても、どう考えればいいのかわからない。

「そもそも、君が日本に強制送還された後、パンドラとはどうやって連絡を取るようになったんだ？」

村岡が尋ねた。能條は眉をひそめる。

「覚えてないな。知っている通り、俺は三年間、刑務所にいた。日本に戻って、メールアドレスも以前とは違っているのに、突然パンドラからメールが来たような気がする」

何がきっかけだったのか、もう思いだすことができないが、連絡をよこしたのはパンドラからだったはずだ。

能條はサイモンに向かいあった。

「市警察に聞きたいことがある。ラスベガスで姿を消した、ジェフリー・カートの行方は追っているのか？　ネットマスター社も、調査すればいろいろ出てくるだろう。パンドラの逮捕でうやむやになっているんじゃないだろうな」

「そんなことはない。市警察もFBIと共にカートを追っている。ネットマスター社はもぬけの空だったが、現在その顧客や取引先を含めて調査を進めているところだ」

ひとまずその線は、市警察にまかせておくしかないということか。

「これからどうすればいいんだ」

レンレンが途方にくれたようにこぶしを唇に当てた。小さな会議室に、沈黙が落ちる。

「どうもしないさ」

能條は立ち上がった。会議室の隅に転がっていたボストンバッグを、ひょいと持ち上げる。

「ここまでバラバラになったチームに、テロリスト退治なんて無理だ。俺は帰る」

「帰るって、どこへだね」

おっとりした表情のまま、村岡が顔を上げる。この男は、能條が「今からバズーカを持ってホワイトハウスに乗りこんでくる」と言ったところで、顔色ひとつ変えないだろう。

「とりあえず近くにホテルを取る。その後は、一応あんたたちからの連絡を待つよ」

例の報酬として手に入れた三百万円は、まだほとんど手付かずのまま残っている。ドルに両替して、しばらくホテルに潜むだけの余裕は充分あった。偽造パスポートも、チャイナ・タウンに転がりこんだ時にも肌身離さず持ち歩いていたノートパソコンも、ボストンバッグの中にある。

「待て。パンドラの件が決着するまで、このチームのメンバーには、市警察の目が届くところにいてもらいたい」

サイモンが立ち上がり、大柄な身体でドアをふさぐ位置に移動した。能條は自分の体格と比べてみたが、渾身の力を込めて体当たりしたところで、一ミリも動かすことはできなさそうだ。

「別に、ロスを離れるわけじゃない」

「我々と連絡が取れるようにしておいてもらえるかね」

村岡の質問に、もちろんと大真面目に答える。サイモンが村岡と能條を見比べ、眉をひそめたが、それ以上何も言わなかった。

「ネットマスター社が、君を狙っている可能性もある。気をつけてほしいね」

「わかった。ホテルを決めたら連絡するよ」

能條は村岡にひらひらと手を振った。

サイモンを押しのけて会議室を出る。サイモンの青い目に、一瞬嘲笑に似た表情が浮かんだのが気になったが、かまわず通り抜けた。それ以上、サイモンが邪魔をすることはなかった。

「プロメテ！　待てよ」

慌てたようなレンレンの声が聞こえたが、こちらも追いかけてくる気配はなかった。村岡が止めたのかもしれない。

このまま黙って、パンドラの釈放を待つつもりはない。なぜか、能條をロスアンゼルスに呼び寄せたパンドラ。そのためにいま、市警察に逮捕され事情聴取を受けても、理由を明かそうとしないパンドラ。

エレベーターでエントランスに降りながら、能條は覚悟を決めた。

知りたいのは、真実。そのためには、どんな手段を使うことも厭わない。たとえ、再びFBIを敵に回すことになっても――

『カーニボー』に挑んだあの時、能條はまだ学生だった。無力で、権力に対抗できる頭脳を持たない、ただのコンピュータマニアだった。

今は違う。

（見てろよ、パンドラ）

パンドラを釈放させる。

そして自分は、真実を掘り起こす。たとえそれが、パンドラにとって、あるいは能條自身にとって、不愉快な記憶をよびさますことになったとしても――

ボストンバッグを提げ、連邦ビルの玄関をくぐる。ロスアンゼルス、ウィルシャー通り一一〇〇〇番地。ここにはもう二度と戻らないような気もする。

「いま帰りかい、ノージョー」

しばらくここにいるうちに顔見知りになったアフリカ系の警察官が、玄関の警備に立っていた。能條は軽く手を振った。このビルの出入りはセキュリティ・チェックが厳しい。一般人は、身分を証明するものを見せるだけでなく、まるで空港のように所持品の検査を受けなければいけない。何度かチェックを受けるうちに、顔を覚えてしまったのだ。

「うん。またな」

そう言いながら、能條は自分がこの建物で暮らした数日間を懐かしんでいることに気づいた。外に出て、陽光をまぶしく反射する連邦ビルを見上げる。村岡には近くにホテルを取ると言ったが、FBIとは少し距離を置くつもりだった。

ビルの前で客を待っていたタクシーに乗りこんだ。

「ダウンタウンに、安くていいホテルないかな」

へっ、と呟いてヒスパニック系の運転手が目を輝かせる。

「お客さん、ここからダウンタウンまで？」

あとはエビス顔の運転手にまかせて、能條はパソコンを起動した。いつでもどこでもネットにつながるように、通信カードを入れてある。

新しいメールが届いていた。差出人は、見たこともないフリーメールのアドレスだった。署名も挨拶文すらなく、パンドラの上司の名前と、チェス大会に動員されたFBI捜査官二十名の氏名が書かれていた。つまり、チェス大会に関してネットマスター社と内通した疑いのある関係者のリストというわけだった。

村岡のしわざだ。署名せず、FBIの正規のアドレスも使わなかったのは、これが犯罪行為であり、発覚すれば彼の立場も悪くなるからだ。

さすが村岡。能條はため息をついてノートパソコンの蓋を閉じた。あの男は、能條がFBIを出て何をするつもりか、正確に読んでいるらしい。

ダウンタウンの中心部からは少し離れるが、交通の便がよく買い物に出やすいエコノミーホテルを選んだ。部屋は三階の角部屋。とりあえず一週間の連泊を依頼する。一泊六十ドルほどだから、価格は日本のビジネスホテルとそう変わらない。

シングルベッドに小さなテーブル。テーブルは、ノートパソコンを置く程度なら充分な広さだった。あとは電子レンジと冷蔵庫で、しばらく引きこもるのに何も問題はない。

まずは、隠れ蓑が必要だった。

『カーニボー』に侵入した自分があれほどかんたんに捕まったのは、インターネット環境で自分の正体を隠す技術を熟知していなかったからだ。

今度は失敗できない。二度と、独房の中でネットのない生活をするつもりはない。

「ダウンタウンのホテルにいる」

約束通り村岡に短い電話をかけ、代表電話の番号を教えておいた。これで誰かが見張りにつくかもしれないが、それは問題ない。テロリストが何を考えているかわからない以上、自分の身が危ない可能性もある。FBIを護衛につけておくに越したことはない。

問題は、通信環境だった。

能條の現在位置を知られた以上、ホテルの電話やネットワークを使うことはできなくなった。

二〇一三年、米国の国家安全保障局《NSA》やCIAの職員だったエドワード・スノーデンが、米国政府機関による個人情報収集の手口を全世界に向けて告発した。

それで明らかになったのは、『カーニボー』など、まるで子どもだましだったということだ。『プリズム』という通信監視プログラムは、グーグルやヤフー、フェイスブックなど米国の主要なウェブシステムにバックドアを持ち、通信内容を初めとする大量の情報を根こそぎ盗聴していることが明らかになった。

もはや、捜査機関がその気になれば、市民の通信内容に秘密はない。

能條が宿泊しているホテルを教えた以上、その電話番号もホテルのLANを経由したネットワークも、FBIに筒抜けと見たほうが良かった。以前、能條がパンドラたちのもとを逃げ出した時に購入した通信カードとスマホも、村岡のことだからとっくに番号を押さえているることだろう。新しいスマホや通信カードを手に入れる必要があった。それも、能條が購入したと悟られずに。

(さっきの運転手、ちゃんと買い物を届けてくれるかどうか)

タクシーの運転手にメモと購入代金を渡して、ホテルに届けてくれれば礼金を支払う約束をした。スマホや通信カードの購入代金に目がくらむことさえなければ、買ってきたものをホテルのフロントに渡して、礼金を受け取れるように手配している。彼がホテルに来るまでに、能條はいかにも用ありげに外出し、FBIや市警察の尾行をこちらに引き付けておく必要があった。運転手に何を頼んだのか、知られたくないからだ。

「たまには、旅行者の真似ごとでもしてみるか」

ネットで検索すると、ステイプルズ・センターではロスアンゼルス・レイカーズとユタ・ジャズのバスケットの試合があり、ドジャース・スタジアムではコロラド・ロッキーズとロスアンゼルス・ドジャースの試合をやっているらしい。チームに思い入れがないのが難点だが、野球見物も悪くない。部屋のキーを指で回しながら、階下に降りていく。

強引にロスアンゼルスに連れてこられてから、ろくに観光をする暇もなかった。プロメテが突然ダウンタウンの観光を始めれば、ＦＢＩの連中はパンドラ救出をあきらめたと思うのではないだろうか。

ホテルを出て、タクシーに乗りこみながらさりげなく周囲を観察すると、案の定、タクシーの数台後ろに滑りこんでくる乗用車が見えた。ＦＢＩ、または市警察だろう。

「ドジャー・スタジアムへ」

運転手に指示しながら、能條は満足げにシートにもたれた。

視線を感じたのは、能條がどうにか外野のチケットを一枚確保して、ポップコーンを片手にシートにもぐりこんだ時だった。ドジャー・スタジアムの外野席は勾配が急で、階段を降りるのにちょっと不安を感じるほどだ。だがそのおかげで、安い値段の外野席でも、試合の全貌がよく見える。

ＦＢＩか市警察だかの尾行者は、能條がスタジアムに入るのを見とどけると、捜査のために入場したいと慌ててチケット売り場で交渉を始めた様子だった。

スタジアムの中は、これから始まるゲームへの期待で熱気が充満しており、ポップコーンやコーヒー、ドジャー・ドッグのマスタードの匂いがたちこめ、騒然としている。わざと気楽そうに大口を開けてポップコーンをほおばり、ふと右からの視線を感じてそちらを見やると、その男がじっと能條を見つめていた。

濃いサングラス。この季節ですらきざな印象を与える、白のスーツ。白髪混じりの褐色の髪を綺麗になでつけ、サングラス越しにこちらに視線を投げ、微笑している。その人を小ばかにしたような微笑に見覚えがある気がして腰を浮かしかけると、男がすっと外野席から離れ、出口に向かうのが見えた。

ジェフリー・カートだった。

間違いない。能條はモニター越しに見ていたのだが、対戦相手のパンドラに見せた、あの薄笑いはまさにカートのものだ。ラスベガスで姿を消した後、いつの間にかロスアンゼルスに来ていたのだ。

「カート、待て！」

野球の試合どころではなかった。ポップコーンのバケツを放り出し、座席に向かう人ごみを掻き分けながら、カートを追った。

追って来たはずのFBIの姿も探したが、ダークスーツに身を包んだ男は肝心な時に役に立たず、能條のはるか後方で、人ごみに右往左往するばかりだった。

「カート！」

純白のスーツも、いつの間にか見失った。能條はスタジアムの喧騒の中に立ち尽くした。

＊

「ジェフリー・カートが、ドジャー・スタジアムにいたんだ！」

スマホに向かい、能條は声を張り上げた。

午後八時。

既に、ホテルの部屋に戻っている。スタジアムのチケットを取るのはそれなりに苦労したが、もはや野球の試合どころではなかった。

カートの姿を見失った後、依然として背後でもたもたしているFBIの捜査官らしき尾行者を、能條は恨みがましく見つめた。自分の警護だか尾行だか知らないが、指名手配中の容疑者が目の前を歩いているというのに、気づかないとは許しがたい。

『カートはロスに来ているのかね』

電話の向こうで、村岡がため息をついている。尾行者から何らかの報告を受けているのかもしれない。

「そっちの捜査官が俺を尾行していたくせに、すぐ近くにいたカートには気づかず逃がしたんだ。何のために俺に張り付いていたのか、理解に苦しむね」

能條が使っているスマホは、FBIから脱出してひとりでチャイナ・タウンに潜もうとした際に購入したものだった。もちろん、番号は村岡も知っている。村岡に知られてかまわないのは、このスマホとホテルの電話番号だけだった。

『気を悪くしないでくれたまえ、プロメテ。君の安全を守るためだから』

能條を尾行させていたことは否定せず、村岡が穏やかな口調で言った。この男は動揺することがないので可愛くない。

『捜査官もカートには気づいたんだが、人が多いのと、万が一カートが囮《おとり》で、彼の仲間が君を狙った場合を考えて君からあまり離れられなかったと言っている』

「そいつが言い訳でないことを願うよ」

一瞬、もっと腕利きを寄こせと要求しかけて、やめた。本当に腕利きが来ると、能條の企みに気づいてしまう可能性もある。それはまずい。

「おいおい。俺のためだとか言って、部屋に盗聴機なんか仕掛けてないだろうな？」

能條はぐるりと部屋を見渡した。

『まさか。プライバシーには、十分配慮しているつもりだよ』

どこまで本気なんだか。

「それにしても、カートは何のためにロスに来ているんだろう」

ジェフリー・カートはサイバーテロリストのフロント企業、ネットマスター社の責任者だと名乗っていた。シャオトンの話によれば、テロリストのナンバー・ツーでもあるらしい。

そんな男がパンドラを誘拐し、ラスベガスから辛くも脱出した後に、わざわざロスにやってきた理由が解せない。ロスは能條たちサイバーテロリスト対策チームの本拠地だった。つまり敵の本拠地に堂々と乗り込んできたわけだ。しかも、パンドラがテロリストとの内通を疑われ、市警察に逮捕されて対策チームが身動きできないこの時期に。

『カートのことはこちらにまかせてくれ。ＦＢＩが総力を挙げて探すから』

「頼むよ、ミスタ・ムラオカ。でなきゃこっちはのんびり野球観戦もできやしない」

村岡が肩をすくめるのが見えるような気がした。どうせ能條の下手な芝居など村岡には見え見えだろう。

「それから、シャオトンと会話することは可能だろうか」

『あの子は証人保護プログラムに基づき、ＦＢＩの保護下にある。場所は言えないが、ＦＢＩがしかるべき場所に隠しているんだ。どうしてもというなら、理由を話してもらえれば電話で話すくらいは許可できると思う。ただし、ＦＢＩ支局の中から電話してもらいたい』

盗聴を懸念しているのだろう。万が一、シャオトンの居場所が外部に洩れるようなことがあってはならない。

「わかったよ。近いうちにそっちに行こう」

通話を切り、能條はホテルの狭いデスクと、ベッドの上いっぱいに広げた機器類を確かめた。ノートパソコンが三台と、スマホが六台。どれも新品だ。小型のプリンタも一台あった。

パソコンやスマホなどの購入を依頼したタクシーの運転手は、きちんと約束を果たしてくれていた。中身がわからないように、取扱説明書を含む全てを段ボール箱から出して、新品の大型スーツケースに入れ替える。クッション材で機械類を保護し、スーツケースのままホテルのフロントに預けておく。そういう指示をしておいた。ホテルのフロントに渡しておいた手間賃と、今後二か月分のスマホの固定契約料を受け取って、満足して帰ったそうだ。本音を言えば、機械類の購入代金をだまし取られるんじゃないかとほんの少し不安だったが、気のいい男で助かった。支払いは渡米の際にFBIからもらった現金を使った。

迷ったのは毎月の料金の支払い方法だった。クレジット・カード払いが通常だが、能條のカードを使えばたちまち足がついてしまう。それで、運転手に頼んで彼自身のカードを使って契約してもらったのだ。データ通信なら一か月にかかる費用をほぼ固定できる。運転手は、一か月後には携帯電話会社に連絡して、解約を申し出る。二か月分の契約料と、解約時にかかる費用はあらかじめ能條が現金で支払っておく。

（とにかく、さっさと仕事を片付けることだ）

ドアには「起こさないでください」と印刷されたプラスチック・カードを下げ、窓の遮光カーテンをきっちりと閉めた。万が一、誰かが向かいのビルの窓から覗き込まないとも限らない。パソコンなどを運び入れてセッティングしてしまえば、もう気楽に外に食事に出たり、散歩に行ったりすることもできなくなる。掃除もベッドメイクも断ったほうがいいだろう。合鍵を使えば誰でも部屋に入ってこられるし、自分がここで何をやっているかは、絶対に誰にも知られたくはない。新しいスマホの番号も、他人に知られるわけにはいかなかった。薄々感づいているらしい村岡にも、もちろん秘密だ。

部屋に冷蔵庫と電子レンジが置かれているので、レンジで温めればすぐに食べられるような、インスタント食品をいくつか買い込んできた。引きこもる準備は万全だ。

能條の手元には、匿名のメールアドレスから送られてきたFBI関係者の名簿がある。パンドラの上司や、チェス大会に動員されたFBI捜査官二十名の氏名、住所、仕事用の電話番号などが記載されていた。彼らのうち誰かが、ネットマスター社に情報を洩らした可能性が高い。真犯人を探し、パンドラの無実を晴らす。それが当面の能條の目標だった。

全ての真実を明らかにするのは、それからでいい。

（まずは、彼らが使っている可能性のある電話番号を全て洗い出す）

村岡とパンドラ、レンレンも調査の対象から外すわけにはいかない。ネットマスター社のジェフリー・カートもだ。

パソコン一台とスマホ一台を接続し、作業にとりかかる。作業は慎重にやらなくてはいけない。誰かに電話番号を押さえられた時点で、そのスマホは使用できなくなる。番号ひとつで現在の居場所を特定できるからだ。

携帯電話の会社のコンピュータに侵入すれば、調査対象者の電話番号が手に入るはずだった。米国の主な携帯電話会社と言えば、AT&T、ベライゾン・ワイヤレス、スプリント、Tモバイルの四社だ。

（さて、もう引き返せないぞ）

能條は新しいノートパソコンをベッドに置いて、自分はその前にあぐらをかいた。

パンドラたちに連れられて渡米して以来、何度も他人のシステムへの侵入を繰り返してきた。テロリスト捜査のためという大義名分があったし、ほとんどはFBIの了解の下で実行していた。今は違う。

（これで捕まれば、また何年も塀の中だ）

それだけはごめんだ。

能條は、それぞれの企業の業務用コンピュータに侵入し、氏名と住所からリストの二十名が持つ番号を割り出していった。ほとんどの人間が、ひとり一台ずつの保有だが、複数の会社にわたりスマホ等の契約を結んでいる人間もいる。家族に渡しているのかもしれないし、自分が複数持って用途を使い分けているのかもしれなかった。念のために、妻や子ども、両親など家族名義の契約がないかどうかも、氏名と自宅の住所などから割り出した。ジェフリー・カートの場合は、ネットマスター社の名義になっているものも含めて探す必要がある。

リストの二十名と、パンドラ、村岡、レンレン、カート。その二十四名で、家族名義のものなども含めると、五十二台分の番号になった。パンドラや村岡たちもAT&Tで一台ずつ契約している。FBIの職員たちは、個人的に契約しているスマホとは別に、FBIから支給されている仕事用の端末を持っている。その番号は、リストから拾った。FBIの目を欺く目的で使うのに、FBIから支給された電話を使うとも思えなかったので、これは念のためだ。

合わせて八十台以上の電話番号リストを作成した。能條が今使っている電話のように、手間をかけて別名義で契約していた場合にはリストから洩れる可能性がある。網羅性という観点で言えば百パーセントとまではいかないが、関係するほとんどの番号を押さえたはずだった。

さらに、ここ三か月ほどの期間中に、それぞれの電話から発信した電話番号と、受信した電話番号のリストも作り上げた。まずは一段階終了だ。ほっとする。

電話番号がわかれば、次はいよいよ――

部屋のドアをノックする音で、我に返った。深夜一時を過ぎていた。こんな時刻に、尋常な客がホテルの部屋を訪問するとは思えない。

急いでノートパソコンのふたを閉め、その上から羽毛蒲団をかぶせて隠した。

「誰だ？」

あまりドアに近寄らないようにして、慎重に尋ねる。ドアに近づきすぎると、外から撃たれた場合に弾がドアを貫通して怪我をする可能性もある。

「開けてくれ。俺だ。レンレンだ」

「レンレン？」

ドア越しでくぐもってはいるが、声を聞く限りは確かにレンレンのようだった。ゆっくりドアに近づき、魚眼レンズに目を当てて廊下に立つ人物を見た。レンレンがサングラスをむしり取るところだった。

「なんで来た？」

ドア越しに尋ねた。

「あんたを手伝うよ。パンドラを助け出すつもりだろう？　俺たちはチームだ。あんたがなぜ支局を飛び出したのか、わからないとでも思ったのか？」

「レンレン。気持ちはありがたいが、ダメだ」

廊下の向こうが一瞬沈黙した。傷ついたような表情をしている。

「どうしてだ。あんた、俺のことも疑っているのか」

見えないことはわかっていても、能條は大きく首を横に振った。

「特別に誰かを疑っているわけじゃない。ただ、俺の調査は始まったばかりだ。まだ誰かを対象者のリストから外すところまでは行ってないんだ。それまでは、レンレンだろうがミスタ・ムラオカだろうが、この中に入れるつもりはない」

「あんたはいったい、何をするつもりなんだ？」

いぶかしげな声。能條は何も答えなかった。

「頼むよプロメテ。パンドラが釈放された時に、悲しむような真似だけはやめてくれ」

レンレンがそう言って、ドアを軽くこつんとたたくと、立ち去る足音がした。魚眼レンズ越しに、念のために廊下を確認した。レンレンの姿は消えていた。能條は深いため息をひとつつき、ドアに額をつけた。

危険を冒して、協力を申し出てくれたレンレンの好意はありがたい。しかし、協力させるわけにはいかない。レンレンもパンドラと同じ、ＦＢＩ捜査官だ。おそらくは、万が一の際に能條をかばう盾になるために来てくれたのだろうが、自分の行動について他人に責任を取らせるつもりはなかった。

三年間を塀の中で暮らした時は、正直に言って、死ぬほど後悔した。天才クラッカーとおだてられ、調子に乗ってFBIの盗聴システム『カーニボー』などに侵入しなければ良かった。できることなら、侵入を始める直前にまで時間を戻したい。馬鹿みたいに何度も繰り返しそう考えた。

もう、後悔はしない。後悔するぐらいなら、やらないほうがマシだ。

能條は、新たな接続先への侵入を開始した。とうに日付は変わっているが、眠気を感じない。「プロメテ」と意気込んで署名を残していた頃の、寝食を忘れてコンピュータに向かう元気が戻ってきたようだ。

ネットワークに侵入。PINGスイープで、稼動中のコンピュータのIPアドレスをスキャンする。侵入検知システムが、こちらのPINGスイープを探知するかもしれない。探知されてもかまわない。まず相手にわかるのはこちらのIPアドレス。何重にもプロクシ・サーバーを通していて、本当のIPアドレスにたどりつくまでには時間がかかるに違いない。奴らがこちらのスマホにたどりつくまでに、今夜の作業を終えて次のスマホに切り替える。時間との戦いだ。

――わくわくしてきた。

能條は夢中になってノートパソコンの液晶画面を見つめた。数十のアドレスが引っかかってきた。そのうち、三つ四つに見覚えがある。サーバーが置かれている場所、フロアや部屋番号まで知っている。

ＦＢＩロスアンゼルス支局。

通信を傍受し監視する、ＦＢＩの『ＤＣＳネット』――その傍受ルームだった。支局に出入りしている間に、支局内に置かれたコンピュータのＩＰアドレス付与ルールを把握してしまった。これは、システム屋の癖のようなものだ。

（俺なんかを支局の中に入れた、そっちが悪いんだからな）

能條は心の中で呟きながら、リモートアタックを開始した。

ＦＢＩが、通信機器の傍受を行う監視システムを構築していたことが明らかになったのは、二〇〇七年のことだった。米国の情報自由法に基づき、電子フロンティア財団が政府資料を入手した中にシステムの情報が含まれていたのだ。

正式名称は、デジタル・コレクション・システム・ネットワーク。略してＤＣＳネット。固定電話、携帯電話、それからインターネット電話を傍受するシステムだ。二〇〇五年まではここに、『ＤＣＳ・１０００』と改称された『カーニボー』も含まれていた。

現在このシステムは、大きく分けて三つの機能を持っていると言われている。

ひとつは『ＤＣＳ・３０００』、別名をレッド・フック。電話機からかけた相手の電話番号など、信号情報のみを収集し、記録する。このシステムは、通話中に行われた会話の内容など、通信の内容については関知しない。レッド・フックで手に入る情報は、先ほど能條が直接電話会社のシステムに侵入して入手した、受信・発信番号のリストと同じものだった。

ふたつめは『DCS・5000』。スパイやテロリストを対象とした通信傍受に使用されていると言われている。

そしてみっつめが、『DCS・6000』、別名をデジタル・ストーム。通話の内容を収集し、記録する。音声だけではなく、音声を読みとらせ文字に変換したデータも保有している。

これらのシステムで使われている情報は、通信事業者の交換機とFBIのシステムとを仮想プライベートネットワークを利用して結び、直接得ているらしい。すさまじい情報量だ。

ただしもちろん、全ての情報をDCSネットが盗聴し記録しているわけではない、とFBIは主張している。FBIが捜査対象の電話番号を指定し、受発信番号記録を取るための申請を上げる。それに対して裁判所が執行命令を出すことにより、盗聴が可能になる。プライバシー保護のために、法律で定められているのだ。何もかも、一切合切を盗聴する『プリズム』に比べれば、ずいぶん穏健だ。

能條が狙ったのは、デジタル・ストームの通話記録だった。リストに挙がっている二十数名の中に、通話記録を取られている人間がいないかどうか。あるいは、全ての通話記録の中に、チェス大会を話題にしているものがないかどうか。

こういう時には、コンピュータほど便利なものはない。電話番号、あるいは「チェス」という単語などで検索をかけてやるだけで、その文字列を含む通話記録がリストアップされる。

検索の結果をパソコンにダウンロードし、DCSネットのログを削除して自分の作業履歴を消し、通信を切った。DCSネットでチェス大会のことを調べたとわかれば、足がついてしまう恐れがある。

そのままスマホの電源を切り、他のと間違えないようにティッシュで包んで紙袋に入れた。こいつは「使用済」だ。DCSネットへの侵入は、遅かれ早かれ間違いなく気づかれる。詳しく調査すれば、FBIは当然侵入に使われた電話番号を知るだろう。電話番号がわかれば、GPSの位置情報を使って居場所を特定することも可能だ。こうして電源を切ってしまえば、GPSを使っても位置が知られることはない。

やがてスマホの料金を支払っているクレジット・カードの番号から、例の運転手の住所がわかるだろう。彼らが運転手の自宅に踏み込んで事実を聞かされても、能條が泊まっているホテルにたどりつくまでには時間がかかる。

とりあえず身の安全を確保して、検索結果を電話番号と追加のキーワードで絞り込んでいった。

一件だけ、一昨日のチェス大会に関わりのありそうな通話記録が見つかった。音声から変換された文字データを、能條は目で追いかけた。

『――大丈夫。もうすぐ何もかも終わるから。心配しないで。このチェス大会が終わったら、ちゃんとそっちに帰るからね。そうだ、僕ね、明日は変装して黒い髪になるんだよ――』

能條は一瞬呆然とディスプレイに表示された文字を見つめ、やがて頭を抱えた。今まで信じていた世界が音を立てて崩れるほどの衝撃だった。

発信日はチェス大会の前日。発信者、ポール・ラドクリフ。

——パンドラだった。


「昨夜、何者かがDCSネットに侵入したそうだよ」

会議室に向かいながら、のんびりした口調で村岡が言った。いかにもさりげない世間話のようだった。

「へえ。なかなかやるじゃないか」

軽い口調で能條が受け流す。村岡は気にした様子もなく首を振った。

「システム担当者は、サイバーテロリストの仲間に違いないと言っている」

能條は目を瞬いた。なるほど、この状況でFBIのシステムに侵入する者があれば、そう見られてもしかたがない。

「シャオトンの後釜ってことか？」

「だと、システム担当者は考えている。君とパンドラがいないものだからレンレンが呼び出されたが、追跡中に相手が通信を切ってしまったらしく、それ以上の追跡は不可能だった」

村岡は皮肉な口調で呟いた。

FBIロスアンゼルス支局。シャオトンとの電話会議用に、村岡が支局内に用意してくれた会議室に向かう途中だった。自分の心にやましさがあるので、まるで敵地に侵入したスパイの気分だ。

「村岡さん。パンドラの逮捕について、ＦＢＩは何か俺たちに隠していることがあるんじゃないのか？」

「隠していることとは？」

村岡が相変わらずとぼけた様子で首をかしげる。

「たとえば、パンドラを逮捕するに至った理由とか」

「彼を逮捕したのはＦＢＩじゃない。ロス市警だよ、プロメテ」

それならどうして、ＦＢＩがパンドラのスマホを盗聴していたのか。そう言ってやりたかった。ＤＣＳネットにパンドラのスマホの通話記録が残されているということは、ＦＢＩがパンドラを調査の対象に挙げていたということだ。

ひょっとして、村岡は本当に知らないのだろうか。思い切って問い詰めたいところだが、今は場所が悪い。

レンレンが先に会議室で待っていた。能條を見ると、もの言いたげな表情になって目をそらした。昨夜のことを考えればしかたがないが、なんだかよそよそしい感じだ。チームの中に、急速に冷えた風が吹き込んだようだった。

「よし、始めよう」

村岡ひとりが常に変わらぬ表情で、席についた。合図すると、レンレンが電話会議システムのスイッチを入れ、マイクに向かった。

「こちらはそろった。そっちの準備がよければ、始めてくれないかな」

『了解。子どもはもう来ています』

　この通信回線は暗号化されているが、万が一ということもあるので、シャオトンの名前は出さないようにと指示されている。能條がマイクに向かった。

「こちらはプロメテだ」

『兄ちゃん』

　シャオトンが、どこか元気のない声で応じた。レンレンがふと心配そうな表情になり、まるでシャオトンがそこにいるかのようにスピーカーを見つめた。

「どうした。元気がないな」

『聞いてよ。おじさんたちが僕のパソコンを取り上げて、返してくれないんだ。メールもネットも使えないんだよ』

　思わず村岡の顔を見た。村岡が肩をすくめ、こちらの話し声がシャオトン側に聞こえないようにミュートボタンを押した。

「シャオトンの居場所を特定される可能性が皆無とは言えない。だから電話もネットも厳禁している。安全が確保されるまでは、このままだと思ってほしいね。君からそう説明して説得してくれないだろうか、プロメテ」

『せめてiPhoneくらいは使わせてくれなきゃ、こんなの地獄だよ。退屈で死にそう。こんなことになるのなら、あいつらのところにいたほうが良かったよ』

ネットマスター社と一緒にいれば、少なくともパソコンだけは好きに触ることができたはずだ。塀の中にいた三年間を思い出し、シャオトンが現在置かれている環境を想像すると能條まで泣きたくなってきた。ネットのない生活なんて、今では想像もできない。同病相憐れむというやつだ。

ミュートを解除して、マイクを握る。

「今だけだ。君の自由と安全を守るためなんだ。絶対にそのおじさんたちの言うことを聞かなきゃだめだ。俺は昔、馬鹿なことをしたばかりに、三年もネットのない環境に行くことになったんだ」

『こんなところに三年もいたら、死んじゃうよ』

シャオトンが涙声で嘆いた。シャオトンも、ここまで来れば立派なネット依存症だ。

「教えてほしいことがあるんだ」

能條はマイクに身を乗り出した。

「君は以前、ジェフリー・カートは組織のナンバー・ツーだと言っていた。どうしてそう思ったんだろう。誰かに聞いたのかな」

『違うよ。――ええと、僕は誘拐された後、長い間ネットマスター社の中にいたんだ。ネットマスターの連中は、ジェフリーがボスだと思い込んでいたんだよね。会社の責任者だったから。だけど、ジェフリーが本当のボスに電話しているのを、僕こっそり聞いちゃった』

シャオトンが、くりくりした目を動かしながらマイクに向かっている様子が見えるような気がした。

「電話していた？」

『うん。チェス大会の準備について報告して、今後どうすればいいかって指示を仰いでいたんだ。あれは絶対、影の黒幕がいるんだよ。ジェフリーがトップのふりをして、黒幕の存在を隠してるのに違いないんだ』

あいかわらず、たった十歳の坊主のくせに難しい言葉を使いたがる。

「それ、いつの話だ？」

『はっきり覚えてないけど、チェス大会の数日前だよ』

「カートは相手の名前を呼んだりしなかったのか」

『プロメテ兄ちゃん、そんなの聞いてたら僕とっくにみんなに教えてるって』

それもそうだ。

「その黒幕について、何か他に思い当たる点はないか？」

スピーカーの向こうで考えこむ気配。

『残念だけど』

「カートが具体的に何を言ったか、覚えてるか？」

『ええと、僕にはっきり聞こえたのは――ネットマスター社のサーバーの準備状況を話していたと思う。準備万端で抜かりなしって感じ。それから、ホテルから脱出する方法について、聞いたんだ。そしたら相手が、人質に発信機をつけておくから、探さなくてもすぐに目標の位置がわかるとか何とか言っていた』

目標というのは、カートが脱出時にパンドラを人質にとったことを言っているのだろうか。

それより――

会議室の中が緊張した。能條は思わずマイクをつかんだ。相手が天才とはいえ、まだ十歳の子どもだということを忘れて大声を上げそうになった。

「ちょっと待て。カートは電話していたんだろう。どうしておまえが相手の言葉まで知ってるんだ」

『だって、ジェフリーが執務室でスマホをスピーカーホンにして使っていたんだもん。パソコンで作業している時に電話がかかってきたんだよ。あいつの部屋、ソファがあって寝心地がいいから、時々こっそりもぐりこんで昼寝に使ってたんだ』

「それじゃ、相手の声を聞いたんだな？」

レンレンが息を呑んでいる。能條は村岡と顔を見合わせた。

『だって聞こえちゃったんだよ！』

シャオトンが情けない声を出した。

「カートはロスに来ているんだな」

レンレンがぽつりと言った。

「ああ。昨日の夕方、ドジャー・スタジアムで見かけた」

「カートを捕まえて、締め上げて聞こう。それしかない」

今にもカートの首を締め上げそうに、両手を握っている。能條はため息をついた。

「どこにいるかもわからないのに」

「プロメテの言う通りだ」

村岡がやや憂鬱そうに表情を曇らせながらレンレンを見つめた。

「今は自重してくれなければ困る。パンドラもいないことだし」

能條は電話会議用の会議室を見回した。

「ミスタ・ムラオカ。この部屋、盗聴されてないだろうな」

レンレンがぎょっとした表情になる。村岡が眉をひそめた。

「どういう意味かね。もちろん盗聴などされていない。実は、電話会議の直前に、念のため盗聴器の類も調査しておいた」

さすが村岡だ。ぼんやりしているように見えて、押さえるところは押さえてある。

「聞きたいことがあるんだ。実は、昨日ちょっとした経緯で、ある情報をつかんだ」

村岡の眉がぴくりと跳ねた。明るい色の目に、面白がっているような光が躍っている。

「チェス大会の前日、パンドラが誰かに電話で『明日僕は変装で黒髪になる』としゃべっている通話記録がDCSネットに残っているらしい」

レンレンがはっとしてこちらを睨んだ。何か叫びかけて、口をつぐんだ。昨夜の侵入が誰のしわざなのか、疑ってはいたのかもしれないが、ようやく確信が持てただろう。

「調べたところ、パンドラの電話の相手は、テキサスにいるあいつのおじいさんだった。テキサスで牧場を経営しているんだ。パンドラはその電話で、もうすぐ何かが片付いてテキサスに帰れると言っていたんだ」

「家族にそんな話をする程度なら、何も問題はないんじゃないのか」

レンレンが疑わしそうな表情をする。

「もちろん、通話の内容そのものには問題はないと思う。そうじゃなく、パンドラの通話記録が、DCSネットに残っていること自体が問題なんだ。つまり、パンドラはFBIの捜査対象になっていたわけだから」

能條は、自分の言葉の意味がレンレンたちに浸透するのを待った。

「DCSネットを使って電話を盗聴するには、FBI内部で申請を上げて、裁判所の認可が必要になるからだね。誰でも勝手に盗聴できるわけではない」

村岡が長い指を組み、その上に顎を乗せた。

「その申請を誰が何の目的で上げたのか。それが知りたいんだ」

「調べてくるよ。何もできずに、じっと座っているよりはマシだ」

レンレンが硬い表情をして、会議室を出て行った。

「プロメテ。無茶をしているのじゃないかね」

村岡が穏やかな笑顔を向ける。この男はいつでも余裕たっぷりで、時にはそれが憎らしいと思うこともあるのだが、今回のような場合には頼もしい限りだ。

「無茶はしてるさ。いつも」

あんたたちがさせているんだ、とは言わずにおいた。

「昨日の調査で、わかったことを教えてもらえないだろうか」

とぼけた表情で村岡が尋ねた。能條はわざとらしく咳払いをした。

「ジェフリー・カートが使っていたと思われるスマホ数台について、ここ一か月の受発信履歴を調べた。カートにかかってきた電話と、カートがかけた電話の相手のリストを作って、そいつをFBI関係者二十名のリストと突き合わせた。今のところ、当たりは出ていない」

「カートが他にもスマホを持っていた場合は、前提が崩れるのではないかね」

「その通りだ。同様に、FBI関係者が偽名で契約していた場合も、こちらにはわからない。契約者の氏名だけでなく、電話料金を支払うクレジット・カードの名義や、引き落とし口座の名義人についても調べているが、それも偽名ならどうしようもない。念のため、家族名義になっているものについても調査している」

「大変な数だな。収穫があることを祈るよ」

能條は肩をすくめて村岡のエールに応えた。いったん出て行ったレンレンが戻ってきた。早かったなと言おうとして、レンレンが奇妙な表情をしていることに気がついた。

「どうした」

「――プロメテ。驚かずに聞いてくれ。パンドラのスマホを監視する手続きをとったのが誰だかわかった」

村岡が期待を込めるように、そっと両手の指先を組んだ。

「ポール・ラドクリフ特別捜査官。パンドラ本人だ」

＊

「なんだって？」

能條は、思考停止の淵からかろうじて這い上がった。もう、何がなんだかわからなくなってきた。

「パンドラが、自分の端末を監視させていたってことか？　あいつ何を考えているんだ」

「俺に聞くな」

「パンドラが申請したというのは確実なんだろうか。何かの間違いではなく？」

村岡が首をかしげながら尋ねる。

「申請書にパンドラのサインが残っていた」

「他の電話番号の中に、パンドラの番号を誰かがこっそりまぎれこませていたんじゃないのか。あいつならうっかり見逃すかもしれないぞ」

「同時に申請した番号はない。パンドラの番号一件だけを盗聴する旨の申請を、パンドラ本人が上げているんだ。ちゃんと調べてきたんだ。間違いないよ」

くたびれた表情でレンレンが両手を上げた。しばらく三人とも黙って顔を見合わせていた。

能條はため息をつき、立ち上がった。

「どこに行くのかね」

「もう、パンドラに直接会って話を聞くしかない。そう思わないか」

パンドラが逮捕された直後に、村岡が市警察とFBIの上層部にかけあったが、無駄足に終わったことは能條も知っていた。村岡を見やると、意外なことに力強くうなずいてくれた。

「いいだろう、プロメテ。新しい発見もあったことだ。市警察にもう一度かけあって、面会の時間を取ってもらおう。実を言うと、パンドラ本人が、プロメテ相手になら事情を説明すると市警察に言っているらしいんだ。──パンドラが何のために自分のスマホを監視させていたのか、ぜひ彼の口から聞かせてもらいたいところだね」

パンドラが自分になら話すと言っている？　能條は首をかしげた。

「OK。それじゃ行こう」


「よう」

市警の取調室に現れたパンドラは、日ごろの彼らしくもなくしょげ返っていた。能條の軽い挨拶に弱々しく微笑むと、パイプ椅子を引いて腰を下ろし、うつむいたまま黙っている。市警に逮捕されてからまだ二日とたっていない。それにしては随分なやつれ方だった。

「警察で拷問でも受けたような雰囲気だな」

立会いのため取調室にいた市警のサイモンが、唸るように抗議の声を上げようとしたが、村岡がウインクして黙らせた。もちろん冗談だよ、というわけだ。パンドラが力なく首を横に振る。

「DCSネットでおまえのスマホが監視されていたことがわかったんだ」

能條はレンレンが取ってきてくれた申請書の写しを、デスクに載せた。レンレンもじっとパンドラの様子を見守っている。

「半月ほど前に、おまえ自身が監視対象として申請している」

パンドラがちらりと申請書に目をやり、能條、村岡、レンレンと順に上目遣いに見つめて小さくため息をついた。

「僕、テロリストに内通したりしてない」

小さな声だった。それでも黙っているよりはマシだ。能條はデスクに身を乗り出した。

「俺たちは、おまえがテロリストの仲間だなんて疑っていない。何か事情があったんだろう。ただ、調べれば調べるほど、おまえの行動に不審な点が多いから、何を信じればいいのかわからなくなってきたんだ。本当のことを教えてくれ。なぜ、自分自身のスマホを監視対象に挙げたのか。それから、わざわざ日本から俺を呼び寄せた理由は何なのか――」

パンドラが息を呑むのがわかった。

「FBIのコンピュータが、クラッカー『サイオウ』に適合するハッカーはプロメテだと、ご神託を下したという冗談はなしだ。でたらめだってことは、みんな知ってる」

知らず知らずのうちに、口調に怒気がこもっていたかもしれない。正直なところ、能條は腹を立てていた。MITではそれほど仲の良い友達ではなかったかもしれないが、日本に戻ってからの数年間、メールやチャットでのやり取りを通じて、それなりに親しくつきあってきたつもりだった。裏切られた気分になるのも当然だ。

村岡が軽く能條の肩に手を置いた。

パンドラがごくりとつばを飲みこんだ。

「僕のスマホを監視させたのは、誰かが僕のスマホを勝手に使っているような気がしたからなんだ」

「勝手に？」

「プロメテがこっちに来る前のことだよ。よくわからないんだけど――誰かが僕のスマホを使って、電話をかけているような気がしたんだ。だからDCSネットを使って犯人をつきとめようと思った」

「スマホだろ？　ずっと持ち歩いているんじゃないのか」

レンレンが口を挟む。パンドラが困惑の表情で首を振る。

「そうなんだけど、ホテルで寝てる時まで、ずっと握りしめてるわけにもいかないだろう。うっかりデスクに置き忘れることだってあるし。それで盗聴してみることにしたんだけど、それ以後は誰かが使った形跡はないんだ」

妙な話だ。能條は村岡と視線を交わした。ひょっとすると、パンドラは何かの神経症を患っているのだろうかと、本気で心配になってきた。

「それから、ノージョーをこっちに呼び寄せたのは――もちろん、ノージョーが一流のハッカーで、その腕を信頼していたからなんだけど――」

唇を噛んで、青い顔でもじもじと黙りこむ。能条が初めて見る、パンドラの表情だった。

パンドラは、のんきで陽気なヤンキー青年だったはずなのに、いったい何がこんなにこの男を落ちこませているんだろう。

「そうだ。FBIのコンピュータが俺を指名したと、嘘をついてまでな。そうまでして、どうして『俺』だったんだ?」

「君に謝りたかった」

ぽつりとパンドラが洩らした。

「謝る? 俺に?」

能条は両腕を広げた。パンドラに謝られなければいけないような、不愉快なことをされた覚えはない。嘘をついたことを謝るというのなら話は別だが、そういう意味ではなさそうだった。

「どういうことだ?」

「十四年前」

パンドラが舌で唇を湿らせた。

「僕はFBIのサイバー顧問の一員として、システムのセキュリティ対策を担当していた。当時、FBIに限らず公共機関のコンピュータに侵入しようとする未熟なクラッカーが何人かいて、僕は彼らを罠にかけて捕まえるためのプログラムを書いていたんだ」

パンドラの話の行方が、ようやく見えてきた。能條は身体を硬くした。パンドラの声は、告白が進むにつれ少しずつしっかりとゆるぎないものになっていった。全てを明らかにする覚悟が決まったのだろう。

「夏期休暇に入ったある夜、よりによって『カーニボー』に侵入した腕のいいクラッカーがいた。そいつは『カーニボー』の信頼性を落とすプログラムを置いて逃げた。ほんとに頭のいいやつで、僕はそいつのやり口を見ながら舌を巻いていた。僕のプログラムはそいつの足取りを追いかけて、IPアドレスからプロバイダの契約者情報を押さえた。パトカーを急行させる手配をして――それからやっと、僕はクラッカーの住所と氏名をこの目で読んだんだ」

パンドラが目を閉じた。

「――君だった。プロメテ。ノージョーの住所と名前が、書かれていたんだ」

（逃げろ！）

ふいに、能條の脳裏に、十四年前のあの夜、ディスプレイに突然現れたテキストが浮かんだ。まるでコンピュータが意志を持って能條を助けようとしたかのような、あの言葉。

近づいてくるパトカーのサイレンの音が、はっきりと耳に蘇る。逃げ場などどこにもなかった。助けを求める相手もなく――ただ呆然とパソコンの前に座っていた。

外国で逮捕され裁判にかけられ、実刑判決を受けて刑務所に入った後も、時おり夢に見る瞬間だった。あの孤独。あの恐怖。

あの夜、『カーニボー』のそばにはパンドラがいて——ただひたすら、愚かなクラッカーが自分の仕掛けた罠にはまるのを待っていた。

知らなかった。

——あれは不可抗力だった。そう言ってやろうとした。パンドラが悪いわけではない。おだてられ、天才クラッカーと祭り上げられて、FBIのコンピュータに侵入したのはまぎれもない能條自身だ。逮捕された事実に間違いはなく、能條が責任を取るべきことだった。

パンドラに何か言ってやろうとして、声が出ないことに気がついた。

「ごめん、ノージョー」

パンドラが赤い目をして、うつむいた。

「君は僕の友達だった。僕は気づかないうちに、友達を捕まえる罠を作っていたんだ」

そうじゃない。おまえのせいじゃない。——パンドラが手の甲で目をぬぐう。

「君が逮捕され、実刑判決を受けても、僕は誰にも本当のことを言えなかった。怖くて、僕がひどい人でなしだって、知られるのが嫌で。MITを首席で卒業すると決まったときも、本当は嫌でたまらなかった。本来なら君が首席だったかもしれない。卒業しても、仕事を探す気にもなれなくて、ネットを渉猟して君が刑期を終えて自由の身になるのを待っていたんだ。ノージョーが日本に戻って、そのうちシステムエンジニアとして働くようになって、やっとメールアドレスを調べて連絡を取ろうと思った」

そうだ。能條はゆっくり思い返していた。MIT時代の知人には、日本でのメールアドレスなど教えていないはずだったのに、ある日急にパンドラからメールが届いたのだ。学校の事務局に問い合わせたとか言っていたが、事務局にすら教えていないのにおかしな話だった。

「『サイオウ』の件でFBIから協力要請を受けた時には、これでやっと君に借りを返せると思った」

サイバーテロ事件解決の報酬は、能條が過去に起こした犯罪をなかったことにすること。犯歴データベースなどから、十四年前の事件を消してしまう。そういう約束だった。

（——そういうことだったのか）

その条件をFBIに呑ませ、能條に協力させる。無事に事件が解決すれば、能條の犯罪歴は削除され、大手を振って米国に出入りできるようになる——

「もちろん、失われたものを完全に取り返すことはできない。だけど、せめて君から犯罪者の烙印を消したかった」

だからFBIに嘘をついてまで、能條をロスに呼んだ。それが仇になり、今は自分自身がテロリストとの関係を疑われている。かわいそうで、愚かなパンドラ。

能條は黙って立ち上がった。いつも持ち歩いているショルダーバッグを、握りしめていた。感情が混乱していて、何かを言う気になれなかった。口を開くと、思ってもみないことを口走ってしまうような気もした。

「ノージョー」

パンドラが自分を振り仰ぐのすら、うっとうしい。パンドラが能條に許されたがっているのはわかっている。あるいは、責められたがっているのは。

そのまま黙って取調室を出た。しばらくして、誰かが追いかけてくる足音が聞こえた。振り返らなくても、村岡だとわかる。しなやかすぎて、慣れた人間でないと聞き分けられないほどソフトな足音だ。

「あんた、うすうす気づいていたんじゃないのか。村岡さん」

声がとがるのを抑えられなかった。

「人の気持ちというのは厄介なものだ。パンドラは、君に自分の口から謝罪しない限り、次のステップに進むこともできなかった」

村岡が静かにため息をつく。

「今まで嘘をついていた理由の裏づけが取れれば、彼は釈放されるだろうね」

能條に歩調を合わせ、並んで歩きながら非常にさりげない口調で指摘した。

「おそらくテロリストの捜査は、パンドラをチーフに据えたまま続行することになるだろう。それで――能條、君は今後どうしたい？」

「今後？」

歩調を緩めた。今後のことなど何も考えていなかった。

「君を日本から呼び寄せた時には、私もパンドラの思惑についてはまったく知らなかったのだが、もし君がこれ以上ＦＢＩに協力する気がなく、捜査の途中でも日本に帰りたいと言うのなら――」

日本に帰る？

能條は立ち止まり、村岡の言葉に耳を傾けた。日本に帰っても、自分にできることは、またシステム開発の請負仕事くらいだろう。なんだかんだ言っても日本はまだ学歴社会で、高校を卒業して海外に留学し、おまけに卒業もせず前科までくっつけて戻ってきた人間をまともに扱ってくれる会社はそれほど多くない。

「急いで決める必要はない。しばらくホテルでゆっくり考えてくれればいいから」

村岡がそっと言葉を添えた。

「村岡さん。俺は――」

自分でもどうしたいのか、よくわからなかった。時間がたてば、パンドラの謝罪を受け容れることができるのかどうかも。もちろん、パンドラに何の罪もないことは理性ではわかっている。感情は別だった。今後、パンドラに今まで通り接することができるかどうか、それすらよくわからないのだ。村岡が、穏やかな表情のままうなずいた。何もかも呑みこんだ表情をしていた。

ポケットでスマホが鳴った。メールの着信音だ。メールアドレスは、ほとんど誰にも教えていない。いぶかりながら画面を確認する。発信元のアドレスにも覚えがなかった。

「どうかしたかね？」

村岡がけげんそうに見守っている。

「いや――」

メールを読み下し、能條は絶句した。署名者、ジェフリー・カート。

（親愛なるプロメテウス。折り入って話したいことがある。今から一時間後に、ハリウッドのユニバーサル・スタジオで会いたい。騒ぎを起こしたくなければ、あなたひとりでどうぞ）

「能條？」

村岡にスマホの画面を見せた。

「ジェフリー・カート？　本物だろうか」

「わからない」

「行くつもりかね」

「もしこれが本当にカートからのメールだったとして、やつが俺に危害を加える可能性は低いと思う。それならカートに接触してみたほうが、捜査が進展するかもしれない」

昨日、ＤＣＳネットでチェスゲームについて触れている通話記録がパンドラのものだったとわかった時には、これ以上サイバーテロリストのナンバー・ワンを追いかけるのは無理ではないかと思った。連中は恐ろしく抜け目がなくて、能條の何倍も先回りしているようだ。あるいは、ナンバー・ワンが本当にパンドラなのかもしれないとさえ考えた。あの告白を聞くまでは。

――捜査のための糸は切れていない。

まだ追える。

村岡が考え深い目で首をかしげた。

「行ってみるのは賛成だが、ひとりで行かせるわけにはいかないな」

「どうして――」

「カートが君に危害を加えるとは私も思わない。ただし、テロリストと内通していたのはプロメテだと、ＦＢＩや市警に誤解させようという作戦かもしれない」

村岡が何を言いたいのか、よくわからなかった。自分が内通者だと思わせて、テロリスト側にどんなメリットがあるというのか。

「本当に気づいていないのか、プロメテ。チェスゲームの失敗で、彼らは『サイオウ』こと、シャオトンを失った。今後もテロ行為を続けるつもりなら、シャオトンに替わる、腕利きのクラッカーが必要だ」

能條は村岡と視線を合わせた。聡明な茶色い瞳が、じっと能條を見つめた。

「そして昨日の夜、君はＦＢＩのＤＣＳネットさえも手玉に取ることができる腕前だと、証明して見せたわけだ。最強のクラッカー、プロメテウス――そんな男を、テロリストが放っておくと思うかね」

「俺を――シャオトンの後釜にするというのか？」

「シャオトンは、いくら早熟でコンピュータの天才だとは言っても、しょせんは子どもだ。君も見ていただろう。あの子は姉のメイチンを人質に取られていなければ、テロに加担しなかったはずだ。それに比べて、もし君が自分の意志でテロリストに協力すれば、ＦＢＩの大きな脅威になるだろう。彼らは君を陥れ、ＦＢＩに戻れない状態にして、仲間に引き入れようとするかもしれない」

「あんたは——」

能條は村岡を睨もうとした。できなかった。悔しいが、村岡の言葉が正しい。自分にはもう、それほど多くの選択肢は残されていないのだ。

『カーニボー』に侵入した瞬間から、自分の運命は決まっていたのかもしれない。

「私が一緒に行こう。万が一の場合には、ＦＢＩに対する証人になる」

「つまりあんたは、俺が敵側に寝返らないように、見張る必要があるってわけだ」

村岡が微笑んだ。

「私は君を信じているよ。ただしどんな場合でも、あらゆるケースを想定して保険をかけておく必要がある」

「好きにしてくれ」

能條はさっさときびすを返して市警察の玄関に向かった。心はジェフリー・カートと、テロリストのナンバー・ワンだという男に飛んでいた。村岡が追いついてくる。

「行くぞ」

タクシーを停め、陽光のまぶしいロスアンゼルスの街に乗りこんでいった。

＊

「ユニバーサル・スタジオなんて、生まれて初めて来たよ」

パーカーの襟につけた無線機のマイクに向かって、能條はぼやいた。

チケットブースで大人一枚と告げて、妙な表情をされた。周囲は家族連れかカップル、友人同士のグループがほとんどで、三十代男性がひとりで歩いている姿は珍しい。

これがパンドラなら、嬉々とするだろうと思い、慌てて首を振った。今はパンドラのことなど考えたくもない。

『観光客にまぎれて会おうということだろう。ここでの銃撃戦は、さすがのFBIも遠慮するだろうからね』

無線の向こうで、村岡がとぼけた表情をするのが目に浮かぶようだ。ジェフリー・カートと名乗る人物は、能條ひとりでここに来いとメールをよこした。村岡が近くにいるのはまずいという判断で、互いに無線機を身につけ、村岡は少し離れて能條を監視している。能條はときどき村岡の姿を探してみるが、どこにいるのか見当たらなかった。なかなか巧妙だ。

『そろそろ指定された時間だ。カートはまだ何も言ってこないのかね』

「今のところ何も──ちょっと待った」

メールの着信音が鳴った。随分いいタイミングだった。カートは近くにいて、自分を監視しているのだろうかといぶかりながら、スマホを見た。

「パブで待てと書いている。クローバーのマークの看板があって──アイリッシュ・パブだそうだ」

『了解。今、地図を見ている。スタジオ内にアイリッシュ・パブは一軒しかないね。そのまま直進して角を左に曲がってくれたまえ。「ターミネーター2」の看板を上げた建物が見えたら、その手前を探すといい』

「わかった」

さりげなくイヤフォンを掛けなおす。

ロスアンゼルスは本日も快晴。青空にパームツリーが映え、家族連れは大喜びでヒット作のテーマパークに並んでいる。映画の街ハリウッドの面目躍如だ。このどこかに、ジェフリー・カートが潜んでいる。米国政府を脅かすサイバーテロリストが。能條は急ぎ足でパブに向かった。

陽光の下、短パンにTシャツ姿でビールを飲んでいる若者たちをうらやましげに見ながら、開きっぱなしのドアをくぐった。室内に入ると、エアコンのひんやりした空気が身体を包んだ。時計を見る。午後五時。まだ外は明るいが、パブの中では小さなカウンターに陣取った観光客がひとり、ラフな姿でビールのグラスを傾けている。

ざっと見たところ、カートらしい男はいない。

(飲まなきゃやってられないな)

黒いポロシャツを着たバーテンからギネスの入ったカップを受け取り、能條は外に出た。石畳にしゃれたデザインのテーブルを置いてある。一番目立つ席に座った。カートが来ればわかるはずだった。

少し遅れて村岡が店に入り、カクテルグラスを手にして能條のテーブルからは少し離れたテーブル席に移動するのが見えた。ミントの葉をグラスに入れたカクテルだ。確か、初めて日本で会った時にも飲んでいた。村岡は手にした雑誌を熱心に読むふりをしながら、周囲に視線を配っている――はずだ。

（偽装も巧妙すぎると、雑誌に集中しているようにしか見えないな）

村岡も妙な男だった。警察庁の官僚で、現在ＩＣＰＯに出向中。優秀な警察官なのだろうが、とても警察エリートには見えない。

ちびちびとギネスを飲みながら、カートの連絡を待つ。

電子音が鳴った。メールではなく、電話の呼び出しだった。急いで電話に出た。

『君はひとりで来なかったな』

カートにささやくような声で言われ、能條は思わず周囲を見回した。

『君から私は見えないよ。心配しなくていい。ひとりで来なかったのは当然だ。このまま電話で話そう』

「俺に何の用だ」

周囲の客を意識して、声をひそめる。それでも無線の高性能なマイクは、能條の声を拾ってくれるはずだった。村岡がさりげなく視線をこちらに送ってくる。残念なのは、カートの話し声が村岡に聞こえないことだ。パンドラが拉致された時、確かにパンドラのスマホにかかってきた声だった。あれは録音だったと後でわかったのだが、今回はリアルタイムで話しているようだ。

『聞いてもらいたいことがある。君はもう知っているかもしれない。私の妹のことだ』

「テロリストに爆破されたビルに勤めていた妹さんのことか」

『そう。爆破した犯人は、公式にはイスラム原理主義者のテロ組織だとされている。私はそうは思わない』

「あんたはシャオトンを使って、爆破事件の真相を探ろうとした」

『あの子に聞いたんだね』

カートが笑った。

『話が早くて助かる。その通りだ。私はシャオトンの力を借りて、政府機関のコンピュータに侵入し、爆破事件に関する資料を探した。ところが、シャオトンの才能をもってしても、どうしても侵入を許さないコンピュータがあった――』

「俺は手伝わないよ」

ものうい口調で能條は答え、ギネスをひと口啜った。常温のギネスだった。常温で飲めるビールは、こいつだけだ。カートが今度こそ声を上げて笑った。

『君は気が早いね』

「俺の勘違い――自惚れかもしれない。それなら気にしないでくれ」

カートのくすくす笑いは、なかなか納まらなかった。

『プロメテウス。君は十四年前、FBIの盗聴システム『カーニボー』に侵入して、停止させようとしたそうだね』

「その件はFBIの極秘事項だったはずだが、最近は極秘事項がよく洩れるらしい」

『聞いてみたかったんだが、君はどうしてそんな無茶をしたんだ？　当時の君はまだ、マサチューセッツ工科大学の学生だったはずだね』

「周囲におだてられたのさ」

『それだけじゃないはずだ』

確信に満ちたカートの声に、能條はとまどった。能條自身も知らない何かがあるとでも言うのだろうか。

『君はネットで使うハンドルネームに、プロメテウスと名乗った。プロメテウスは、神々の決定に逆らって人間に火という財産を与えた反骨の半神だ。なぜその名前を選んだのか、自分でも気がついていないのか？』

能條は細かいビールの泡を見つめた。

そして、あいつが選んだ名前はパンドラ。プロメテウスを裏切る宿命を背負い、神々が遣わした者だ。あいつがパンドラと名乗ったことに意味があったように、自分がプロメテウスを名乗ったことにも、意味があったというのか。

『君は、自分の人生を他人の思惑で左右されたり、他人に干渉されたりするのを心底嫌うタイプだ』

能條は軽く鼻を鳴らした。

「誰でもそうだ」

『もちろん。しかし、君の場合は度を越している。つまり、君は誰かが自分の通信内容を監視していると考えただけで、寒気を感じるだろう』

『確かにぞっとするが、俺だけじゃないさ』

「確かにね。しかし、みんながみんな、実際に『カーニボー』に戦いを挑むわけではない」

「それだけの技術がないからな」

『そうじゃない。みんな考えもつかないのさ。気に障る巨大な存在と自分が戦うなんてこと』

カートが思わせぶりに言葉を切り、しばらくふたりとも無言でお互いの息遣いを聞いていた。この男は、近くで能條を見ているのに違いない。能條は電話で話しながら、カートの居場所について考えをめぐらせた。

『君は自分を束縛したり、抑圧したりする存在に耐えられない』

「へえ。まるで俺のことをよく知っているような口ぶりだな」

『じっくり研究させてもらったからね。君のことを』

「それはどうも。正直に言うと、それこそ寒気がするね」

危ない、危ない。能條は軽く首を横に振り、冷静になろうとした。カートは能條のことばかり話している。人間は自分について話をされると強い興味を持つものだ。カートはその心理を応用しているだけだ。

『気を悪くしないでくれ。しかし、君に聞いてもらいたかった。たとえば君は、『プリズム』について聞いたことがあるはずだ』

『プリズム』。スノーデンの暴露により明らかになった、全ての通信網を監視していると言われる、巨大な監視システムのことだ。

『私たちの生活——電話での会話や、メールや、インターネットを介したデータの送受信や——あらゆる通信が、常に監視を受けている。いったい誰がその行為の正しさを保証するのだ？』

私たちがやろうとしているのは、監視システムの監視だ、とカートが口早に続けた。

『人は私たちを、公共のシステムに侵入するサイバーテロリストと呼ぶかもしれない。しかし、私たちは情報を収集する以上のことは何もやっていない。システムをダウンさせるわけでもなく、システムに偽のデータを紛れこませたわけでもない。侵入を果たすことで、金銭的に得るものがあったわけでもない。自浄作用のない公共システムを、ひそかに監視しているだけなんだ。今の法律では、それが犯罪になってしまう。だがそれは、たとえ犯罪者扱いされようとも、誰かがやらなければいけないことだと信じている』

能條はギネスビールをぐいと飲み干した。無性に喉が渇いてきた。

「口では何とでも言えるよな。あんたたちはサイバーテロリストで、シャオトンのような子どもを脅迫して利用した卑劣なやつらだ。いくらきれいごとを並べても、その事実には変わりがないだろう」

『シャオトンのことは、そう言われると一言もないな。しかし、それは私たちがシャオトンの技術力を高く評価していたからだ。あの子はまだ子どもだから私たちの考えを理解することができなかったが、成長すれば必ず私たちに賛同してくれたと思う。プロメテウス。私の言葉を疑うのなら、私たちがこれまでに実行した侵入行為について詳しく調べてみるといい。私たちは政府機関のシステムにアタックをかけ、侵入した。情報を盗み読んだ。資料として保存もしている。だが、その情報を誰かに売って金に換えたわけでもなければ、誰かにとって不都合な情報を悪用して、相手を強請《ゆす》ったわけでもないよ』

「あんたが情報を誰かに売っていたとしても、俺にはそれを知る手段がないじゃないか」

カートの術中にはまっている。能條は、腹立たしいことながらそれを認めざるを得なかった。これではカートの理屈を、留保をつけつつも認めてしまったようなものだ。彼らがシステムに侵入して情報を盗むだけなら、法律的にはどうあれ、能條はそれを罪悪とは思わない。そう認めているのだ。

なぜなら――自分だってやっているから。

『残念ながら、それを証明することは不可能だ。私たちがもし、これは公にすべきだと思う情報を手に入れていたら、スノーデン氏やウィキ・リークスのジュリアン・アサンジ氏を見習い、マスコミを使って公開しただろうね。今のところそういう事態には至っていない』

村岡をちらりと見やった。グラスを持ち上げ、飲み干すところだった。ミントの葉をたっぷり入れた涼しげな飲み物――確か、ミント・ジュレップと言った。

――ミント・ジュレップ。

O・ヘンリーの「ハーグレイブズの一人二役」に出てくるカクテルで――

能條は息を呑み、村岡のカクテルを凝視した。まさかと思ったが、色々なことが一瞬で意味を持ち、情報がつながり始めた。

「そういうことか――」

『プロメテウス？　どうした』

「カート。あんたはいったい、今どこにいるんだ？」

カートの声が沈黙した。

能條は通話を強制的に切り、立ち上がって村岡の席に歩み寄った。穏やかな表情で、村岡が雑誌から顔を上げた。

「茶番は終わりだ。村岡さん」

村岡が首をかしげ、もうひとつの椅子を勧める仕草をした。能條は村岡から視線を外さずに、ゆっくり椅子を引いて座った。

サイバーテロリストのボスの前に。

「どうかしたのかね、プロメテ」

「すっかり騙されたよ、あんたには」

村岡が眉を上げ、優雅に微笑した。いつもと変わりない穏やかな表情だが、村岡のもうひとつの役割に気づいた今は、人間はここまで自分の感情を隠しおおせることができるのかと、空恐ろしさすら感じる。

じっと見つめると、村岡が平然と能條の目を見返してきた。

「カートの話は終わったようだね」

「いつまでも、ナンバー・ツーと話していてもしかたがない。そろそろ影の代表者と話すべき時だろう。それに――カートはロスにはいない。そうだろう？」

「なぜそう思う？　君をここに呼び出したのに」

「ロス市警もＦＢＩも、カートを探している。俺がドジャー・スタジアムで見かけた男はカートだったかもしれないが、俺がＦＢＩに通報した時点で、奴はロスを離れたはずだ。危険だからな。どこに逃げたのか知らないが、ネットマスター社の顧客リストを見てもわかるとおり、あんたたちには金持ちの協力者が多い。連中の助けを得て、奴をどこかに隠すくらいは朝飯前なんだろう？　カートは俺に対する美味しいえさだった。違うか？　捕まる危険を冒してまでロスに現れ、わざわざ俺に姿を見せ、なおかつこの場所に俺たちを呼び出したのは、ＦＢＩから確実に離れた環境で俺と話したかったからだ」

「ほう？」

「あんたは市警察から俺を連れ出し、他の尾行者がいないところで俺とカートに話をつけさせるつもりだった。カートは俺の行動を見計らったかのようなタイミングでメールを送ってきたり、電話をかけてきたりしたが、当然だ。あんたが俺たちの行動を逐一知らせていたんだ」

「やれやれ」

村岡がゆっくり首を振った。

「話を聞く前に、酒でも頼んでおくことにしよう。少し長くなりそうだ。そうだろう？」

微笑が深くなった。


「よく考えてみれば——あんたの行動には、奇妙な点や、できすぎたところがいくつかあったんだ」

能條は、新しいギネスをテーブルに置き、長期戦の構えで村岡を見据えた。村岡は、今度はアイリッシュ・ウイスキーをちびちびとやっている。

村岡が楽しげに微笑んだ。

「たとえばどんなところかな？」

「シャオトンのチェスゲーム。ネットマスター社が、シャオトンが作ったゲームを利用して、ネットで荒稼ぎしていると俺たちが気づいたのは、あんたがそのゲームにはまっていたのがきっかけだった」

「なるほど」

村岡は心からこのゲームを楽しんでいるように、ウイスキーを舐めながらうなずいた。

「もちろんあんたは、わざとあの画面を開いておいたんだ。俺たちが気づくように。なかなか手がかりに行き着かない俺たちに、あんた内心ではイライラしていたのかもしれないな」

「しかしそれだけでは弱いね。立証は不可能だ。私は単にチェスが好きなだけかもしれないよ。下手の横好きというやつで」

軽く肩をすくめる。能條もうなずく。

「ひとつだけならな。考え始めると、いろいろ思い出してきたよ。パンドラが拉致され、FBIから支給されたスマホが捨てられていた。そのスマホは警察に拾われて、あんたが俺に見せてくれた。その後――あんたはわざわざ、そいつを俺に渡して寄こした」

「そうだったかな」

村岡がとぼける。

「そうさ。そのスマホに、ジェフリー・カートから電話がかかってきた。その通話は、カートの声の録音だった。通話を聞くのは、あんたではまずかったんだ――あんた以外の誰かが聞いて、カートからの電話だと大騒ぎするのでなけりゃ、意味がなかった。だからあんたは、スマホを俺に渡した」

「君に渡したところで、また私に返してくるかもしれないじゃないか？」

「あんたはパンドラと俺の仲を知っていた。十代の頃からの付き合いだってな。俺はあんたが予想した通り、パンドラの分身みたいな気分で、スマホを自分のポケットに大事にしまい込んだ」

こらえきれないように村岡が笑う。とんだ間抜けなプロメテウスってわけだ。

「なるほどね——しかしそれも、弱いんじゃないかな。私はうっかりパンドラのスマホを君に渡してしまったが、他意はなかったかもしれない。他には？」

「シャオトンを救出する時、あんたは真っ先に武装して部屋に飛びこんで行った。普段のあんたからは考えられないくらい、すばしこくて勇ましかったよな。やっとわかったんだ——あの部屋には、ネットマスター社が雇った男たちがいてシャオトンを監視していた。あんたは、一番に飛び込むことで、やつらを殺さずにおいたんだ。違うか？　もし、レンレンやその他のFBI捜査官が先に飛びこんでいたら、連中を撃ち殺していたかもしれない。あんた、射撃でオリンピックに出たこともある腕前だと言っていたよな。わざと急所を外して撃って、連中を生かしておいた。あんたたちはあの時点で既に、ネットマスター社を閉めるつもりだった。チェス大会で表に出るカートの正体がばれることも覚悟していた。だから連中を殺して口を封じる意味もなかった」

「なかなか面白い——続けて」

村岡の表情は茫洋としている。

「次は声だ。シャオトンはあんたがジェフリー・カートと電話で話す声を聞いていた。その可能性に気づいていたあんたは、あの会議で——シャオトンから事情を聞くための会議で——自分が発言する際には、ミュートを使ってこちらの声がシャオトンに聞こえないようにした。あんたはシャオトンに声を聞かれたくなかったんだ。よく考えれば、あんたがシャオトンと直接顔を会わせたのは救出時の一度きりだったよな。パンドラが誘拐された直後、シャオトンが俺に会いたいと連絡してきた時も、あんたは俺とレンレンにまかせて、会おうとしなかった。できるだけ避けていたんだ」

「悪いがプロメテ。ひとつずつ取り上げれば、全て偶然ですまされるようなことばかりだ。君が挙げたのは、状況証拠ばかりだよ」

村岡が微笑んでいる。その通り。足がつくような証拠は残さない男だ。状況証拠しか見つからないのは、村岡という男がどれだけ念入りに、自分の正体を隠し続けてきたかということの、反証のようなものだ。

「それなら、もうひとつ」

能條は目を閉じ、深く息を吸い込んだ。村岡にいまさら言い逃れをさせるつもりはない。

これで本物の——チェックメイトだ。

「あんたはさっき、うっかり俺に自分の正体を告白した」

村岡は無言で先を促すように、首をかしげた。

「あんたほどの男でも気づかなかったか？　ロス市警を出る時あんたは、俺がＤＣＳネットを手玉に取ることができる腕前だと、テロリストに証明してみせたと言った。だけど——それをやったのが俺だと知っているのは、あんたとレンレン。そのふたりだけなんだ」

パブの客が、少なくなっていた。もうすぐ午後七時だ。そろそろ、閉園時刻が迫っているのかもしれなかった。

村岡が顔を伏せた。一瞬、どきりとした。この男が観念なんかするはずがない。案の定、くすくすと肩を震わせて笑っている。

「それで、プロメテ——いつ気がついたのかね？」

顔を上げた村岡が、きらきら目を輝かせて尋ねた。

村岡がようやく認めた——。能條は静かに息を吐き出し、肩の力を緩めた。

「さっきだよ。あんたがミント・ジュレップを飲んでいると気づいた時だ」

「ほう」

目を細める。懐かしげな表情になった。

「初めて歌舞伎町のバーで会った時も、あんたはミント・ジュレップを飲んでいた。O・ヘンリーの短篇に出てくるカクテルだと俺に話しかけたよな。『ハーグレイブズの一人二役』——その時は何のことかわからなかったが、後で調べたんだ。てっきり、ICPOのあんたが犯罪者を装って俺に近づいたことを言っているんだと思っていたが——」

村岡が、今度こそ心から満足そうな微笑を浮かべた。

「あんたは最初から、自分の正体を明かしていたんだな。警察官とサイバーテロリスト。一人二役を演じているんだと」

「しかし残念ながら、君には証拠がない」

言われるまでもなかった。シャオトンは、カートと黒幕が電話で会話しているところを聞いている。しかし、一度盗み聞いただけの声を、村岡の声に間違いないと決め付けることができるだろうか。しかもシャオトンはまだ十歳の少年だ。

「あんたがカートとどうやって連絡を取り合ったのか——それが証明できれば、証拠になるだろう。たぶん、俺たちが知っているもの以外にも、あんたは電話を持っているんだろうけど。それ以外は状況証拠にすぎない」

「君は理解が早いね」

ふいに思い出した。

「誰かが勝手に自分のスマホを使ったような気がするとパンドラが言ってたのは、あんたのことだったんだな」

村岡が微笑する。

「まさかパンドラが気づくとはね。遅かれ早かれ、FBIの内部にスパイがいることは気づかれると思ったので、疑わしい人間をたくさん作っておくつもりだったんだ。何か月も前のことだが、パンドラのスマホを使ってカートに電話したこともあるよ」

自分のスマホを監視対象として申請したことで、結果的に自分の無実を証明することができたのだから、パンドラの防衛本能もなかなかのものだ。

「そういえば、あんたパンドラを廃ビルのコンピュータ室に閉じ込めて、殺す気だったのか？　機転をきかせて金庫室に避難しなければ、あいつ本当に死んでいたかもしれない」

村岡が初めて、困ったような顔をした。

「パンドラを椅子に縛めていたロープは、周囲がある程度高温になると、切れやすくなる材質でできていた。ロープが切れたら、扉のほうに来ると思ったんだが、彼が急に奥に向かったので私も驚いたんだよ。ガラスを割るのに苦戦している私を見て、無理だと思ったのかもしれないね。あの時は正直、慌てたよ」

「確かに、俺はあの時、あんたが本気で慌てるところを初めて見た」

「生きていてくれて、本当に良かった。もしパンドラに何かあれば、取り返しがつかないところだった」

村岡がそっと目を細めた。

「俺やレンレンには、パンドラを見捨てて急いでビルを出るように言ったくせに――」

「もちろん、君を手に入れるのが最優先課題だったからね。パンドラを傷つける気はなかったが、君とパンドラの命のどちらを選ぶかという状況になれば、迷わず君を選ぶさ」

能條はようやく、ことの発端が呑みこめたような気がしてきた。

村岡は、テロリストがクラッカー「サイオウ」ことシャオトンを失ったためにその後任として能條に目をつけたのではないかという推理を披露していた。

（――そうじゃない）

「順番が逆だった――そういうことだな」

能條はギネスをひと口飲んだ。ことのほか舌を刺す苦い味がした。このところ、自分は信頼していた仲間に裏切られ続けている。

「俺の勝手な自惚れだったら、そう言ってくれ。あんたたちは、シャオトンがあまりにも子どもで、自分の意志でテロに参加したわけではないために、今後の活動に支障をきたすのではないかと心配になった。実際、あの子は何とかしてテロリストたちの仲間から抜け出そうとしていたわけだ。だからシャオトンの後継者として、腕のいいクラッカーを探していた——それが、そもそもの始まりだった」

そこにパンドラが、テロ対策のために日本から優秀なハッカーを呼ぶという計画を持ちかけた。

「もちろんパンドラは、あんたがテロリストのボスだとは知らない。サイバーテロ対策の切り札としての『プロメテ』招聘《しょうへい》計画だ。パンドラには裏の計画もあったわけだが、その時点ではあんたは気がつかなかった。話を聞いて、あんたはそれに便乗することにした。うまくいけば、自分たちの側に引き入れてシャオトンの後釜に据える。最初からそのつもりだったんだ。つまり、何もかも——」

能條は言葉を切り、両手を広げた。自分で話しておきながら、おそろしく荒唐無稽なことを言っている気がしてきた。

チェス大会そのものも、チェス大会の後のパンドラ誘拐事件も、パンドラの逮捕も——

「おい、まさかそんな——何もかも、俺を手に入れるために仕組んだのか？」

能條は両手を広げたまま、半分こわばった笑みを浮かべた。

「最強のクラッカーを手に入れるためだ。いくら時間と手間をかけても惜しくなかった。もし、米国に来た君が、がちがちの体制派だったり、長いものには巻かれたいタイプの臆病者だったりしたら、我々は迷わずこの計画を中止していただろうね」

村岡がグラスを揺らしている。氷が涼しい音をたてた。

「実際に現れた君は――」

思い出すように目を閉じて微笑する村岡を見て、能條は忌々しさを隠せなかった。

「あんたに指摘されなくてもわかってる。体制派どころか、いつでも反体制派に飛び込みそうな、暴れん坊だったわけだ」

自分がやって見せたことと言えば、パスポートの生体認証データ偽造、ロジカル社や財務省のシステムへの侵入、あげくのはては、DCSネットへの侵入。相手がFBIやICPOの職員だと思うから、お墨付きを得た気分で油断して、手の内をさらしてしまった。

パンドラはパスポートの偽造の時に、能條の「腕試し」だとはっきり言っていた。FBI捜査官としてのパンドラのテストとは別に、テロリストによるテストも同時進行していたわけだ。たとえばパンドラに罪をきせ、能條がどう反応するかを見るといったような。能條のクラッカーとしての腕試しと、性格分析――というより度胸試し。

たぶん、DCSネットへの侵入が最終試験だったのだろう。自分でも気づかないうちに、彼らの試験に見事合格してしまった。

「君は真実と自由を愛している」

村岡が微笑んだ。

「自分が信じるもののために、巨大な組織を敵に回すことができる男だ。我々は君にひとつだけ約束できることがある。それは、君だけに戦わせることはしないということ――君はひとりではないということだ」

能條は深々とため息をついた。

ほんの数週間前まで、自分は故障したエアコンに文句をつけながら、夜も昼もなく受注したプログラムの開発に精を出していた。百パーセント、その生活に満足していたわけではないにしても、そんなのは生きている限り誰でもそうだと思っていた。

まっとうな、普通の生活。犯罪や、刑務所や、誰もいない部屋で深夜にひとりパトカーのサイレンを聞きながら震えて助けを求めるような、そんな暮らしからかけ離れた、ごく当たり前の生活。この十年をかけて、自分はそういうものを大切に育んできた。そういう暮らしを心から望んできたつもりだった。

——この男だった。

この男がバーに現れて、自分をプロメテと呼んだ。忘れかけていた名前。あの瞬間から、何かの歯車が突然動き始めたのだ。

どこか遠くの道へ、能條を連れて行く歯車だった。

「君は真実を知りたがっていた」

村岡はグラスを静かに呷り、テーブルに戻した。こんな会話の後でも、村岡の表情は穏やかだった。

「それで、真実を知った感想はどうかな」

「まだ聞いていないことがある」

じっと村岡の目を見つめた。澄んだ淡い色の瞳だった。

「ＩＣＰＯのあんたが、なぜテロリストの仲間になったんだ？」

スタジオ閉園のアナウンスが流れている。

村岡が店の前の道に視線をやった。つられるように能條も、夕暮れのユニバーサル・スタジオを眺めた。この店は出入り口からほど近い。潮が引くように、観光客たちがスタジオから出て行くのが見える。

「君と同じだよ、プロメテ」

村岡が言った。

「真実を知り、守るためだ」

店主とアルバイトが、テラスのテーブル席を拭き、片付けをはじめる。営業終了の時刻だ。ありふれた、日常の風景。その様子に穏やかな視線を注ぐ村岡の横顔は、ことのほか澄明だった。

「人間は神にはなれない。――神になろうとしてはいけないんだ。違うかね」

この世にメフィストフェレスが実在するなら、きっと村岡のように違いない。

ホテルの部屋は、今朝出かけた時のままだった。誰かが勝手にドアを開けて入った時に備えて、六台あるスマホは全て持ち歩いている。ノートパソコンは念のためベッドの下に隠しておいた。もちろん気休めにしかならないが、うっかりホテルのメイドが入った場合には、見つからないに越したことはない。

ドアの内側に、赤ちゃん用の汗疹《あせも》パウダーをひと握り、撒いておいた。何かの本で読んだ知識だ。こうしておけば、うっかり部屋に入った人間の靴跡が残る。入念にカーペットの上を透かし見て足跡がないことを確認し、能條はようやく安心して部屋に入った。

ベッドの下から、苦労してパソコンを取り出す。

「つまり俺は、サイバーテロリストにヘッドハンティングされたのか」

声に出してみると、何ともいえない皮肉な笑いが身体の底からこみ上げてきた。

ベッドの端に腰を下ろし、ノートパソコンを一台開いた。ネットワークに接続し、目的のサーバーに侵入する準備を始める。

(君にも考える時間が必要だろう、プロメテ)

村岡は最後にそう言って、パブを出て行った。彼らに手を貸すのも貸さないのも、能條の自由だと言いたいのだ。他人から強制されることを何より嫌う。能條のそんな性格を、完全に読まれている。

もし、テロリストたちが脅迫していれば、間違いなく能條は彼らを叩き潰すと誓っただろう。

村岡はそうしなかった。

(FBIに私を告発するなら、してもかまわない)

俗な世間から超越したような、あの独特の微笑みを浮かべ、村岡は立ち上がった。

（全て君次第だ。私は今回、何もかも君の判断にゆだねようと思ったんだよ。自ら半神を名乗るプロメテウスの良心に）

――何を言ってやがる。鼻で笑って能條はネットワークの海に泳ぎ出す。村岡がカートに連絡をした方法について、ひとつ考えついた。あんまり単純で、今まで気がつかなかったのが馬鹿馬鹿しいような方法だった。侵入すべきサーバーは三社ほどだったが、ひとつめであっさり見つけた。村岡俊夫の名前で契約した別のスマートフォン。

（国際ローミングサービスか）

村岡は日本で契約したスマホを、今でも持っているのだ。日常生活では米国で新たに契約したものを使い、限られた用途にだけ、日本のスマホを使う。ローミングサービスに気づいた人間がいれば、かんたんに調べることができるだろうが、ある程度の時間を稼ぐことは可能だ。

能條は侵入した日本の携帯キャリアのサーバーで、村岡の通信履歴を検索した。

「あった」

あんまりあっけないので、呆然としたほどだった。そこにはジェフリー・カートとの通話履歴が残されていた。村岡がテロリストと内通していたという、歴然たる証拠だった。

――能條がいずれ日本の携帯電話会社に目をつけることは、あの村岡のことだから気づかないはずがない。それでもこの情報をそのまま残しておいたのは、消すための技術を持たなかったからなのか、能條を見くびっていたからなのか、それとも――

（私は全て君の判断にゆだねる）

真実を知るために。

何者にもごまかされず、何者にも侵されない真実を掘り起こすために。

——人は神になれない。神になろうとしてはいけない。神になろうとするものを、そのままに許しておいてはいけない。違うかね、プロメテウス。

くそっ。

能條は口の中で呟き、立ち上がって窓からホテルの前の道を見た。今朝まで、ＦＢＩの尾行者らしい車が停まっていた場所には、ホテルのケータリング・サービスの車が一時駐車しているだけだった。それもすぐに出発し、見える範囲内に尾行者らしい車や人影がないことを確認した。村岡が能條の尾行をやめさせたのかもしれない。

（あんたはいったい、俺にどうしろというんだ）

能條にも、村岡やジェフリー・カートの意図するところは明らかだった。

情報機関の監視システムを告発したスノーデンは、一度の告発でその役割を終えたも同然だ。ウィキ・リークスの創始者、ジュリアン・アサンジも、逮捕を恐れて自由には活動できない状態が続いている。

彼らの轍を踏まず、カートの言う「監視システムの監視」を継続するためには、徹底的に地下に潜まなければいけないのだ。

事情はともかくとして、今の能條はＦＢＩ特別捜査官に招聘されたスーパーハッカーだ。

この仕事が成功すれば、昔の犯罪歴を抹消してもらえるという約束もある。そんな立場にいながら、能條がテロリストに協力すると本気で考えているのだろうか。

（見なかったふりだってできる）

何も気づかず、村岡の正体など知りもしなかった。そう装うこともできる。むしろ、そのほうが自然だ。テロリストはまた新しいハッカーを仲間にするかもしれない。彼らが新たな活動を開始した時、能條はプロメテとしての真価を発揮し、彼らを一網打尽にすればいい。

ただ問題は、何が正しいのかということだった。

正しい、正しくないは、後世の歴史が決めることだと誰かが言った。正義ほど流動的なものはない。誰しも、自分が信じる正義に賭けるしかないのだ。

（くそっ）

能條は窓から身をひるがえした。

機器類を、手早くトランクに詰めた。わずかな衣類を詰め物の代わりに押し込み、しっかり荷造りをして蓋を閉めた。パンドラが用意してくれた、派手なアニメのキャラクターTシャツが、荷物に入っているのを目に留めた。

（じゃあな、パンドラ）

たぶんもう、二度と会うこともない。

そう思うと、いつもドーナツを山ほど抱えて子どものように食べている、アニメオタクの金髪青年が懐かしいような気分になった。

ショルダーバッグにスマホと、パソコンを一台突っ込み、フロントに電話をかけてチェックアウトすると告げた。

荷物はトランクひとつとショルダーバッグひとつ。それだけだ。偽造パスポートとFBIにもらった前金は、しっかりバッグの底に入れてある。

自分は何という馬鹿なんだろう。何の義理もない相手に、命を預けようとしている。

ただひとこと――

おまえを信じていると言われたために。

国に帰れば、トップクラスのエリートとして迎えられる男が、自分自身の人生と将来を賭けてまで能條を仲間にと望んだ、その事実と――真実を求める気持ちゆえに。

(負けたよ、村岡さん)

こうなれば、とことんアンダーグラウンドに足を踏み入れてやろうじゃないか。

「今からホテルを出る」

村岡に電話をかけた。

『わかった』

そのひとことで何もかも察したように、村岡が涼しい声で答える。万が一の場合、村岡が能條の居場所を特定できるように、FBIに教えているスマホは電源を入れたままポケットに納めておく。

タクシーをホテルの前に呼んで待たせ、チェックアウトすると同時に乗り込んだ。運転手が嫌な顔をするのも気にせず、トランクも後部座席に押し込んだ。いざという時に、荷物を引っつかんで走れるように。

「お客さん、どこまで？」

能條はにやりと笑った。

「とりあえず、空港まで」

時間稼ぎだ。座席に身を沈めるなり、ショルダーバッグからパソコンを引き出し、ネットにつなぐ。車が走り出した。背後を確認したが、FBIの尾行はない。やはり村岡が引き上げさせたのだろう。追い込まれると、神経がどんどん鋭敏になっていく。五感がぴんと研ぎ澄まされて、いくらでも狡猾に知恵が回る。

――自分はこういう仕事に向いている。

シャオトンが侵入を試みて、ついに果たせなかったという対テロ機関の文書サーバーにアクセスを試みるつもりだった。村岡の言う『真実』を知るために。

シャオトンがやってみた時には、侵入したとたんに逆探知され、逃げ出した直後に警察が踏み込んだという。あの天才少年が、怖くて手が出せなかったといういわくつきのシステムだ。

侵入を逆探知される経験は、能條も持っている。今でも思い出すと、胃のあたりが冷え冷えとするほどの、恐怖の記憶だった。

（あの時、まさか相手がパンドラだったとは思いも寄らなかったが）

能條はしばらくキーボードの上で、指先を泳がせた。

これをやってしまえば、もう二度と引き返せない。自分をこんな状況に追い込んだ村岡たちが腹立たしく、恨めしい。

ただ——

十四年前、『カーニボー』の存在が許せないと思ったように、この世の全てを超越できると思い込んでいる存在がもしいるのなら、そしてそのために、コンピュータシステムを悪用しようとしているのなら、そのままにしてはおけない。

能條はなめらかなタッチでキーボードの上に指先を走らせた。

心は決まった。プロメテウスの魔法を見せてやる。

対テロ機関のシステムは、複数のサブシステムが連携して稼動している。

欲しい情報を持っていると考えられるシステムはセキュリティ・レベルが高いが、周辺システムはそうでもない。

能條は周辺システムのひとつを、OSに含まれる通信ソフトウェアの脆弱性をついていったんダウンさせ、再起動する際に侵入を果たすというやり方で、まずは周辺サブシステムに侵入した。中央にあるシステムには、サブシステム経由で侵入する経路を探す。確実なやり方だが、誰かが侵入したことも、確実にばれる。

「お客さん、もうすぐ空港だけど」

空港に近づけば声をかけるように頼んでいた。

「それじゃ、マンハッタンビーチに向かってくれ」

ビーチの名前まではよく覚えていなかったが、とっさに思い出した名前を挙げた。空港からまだ少し北に向かう。

「これからビーチ？　さっきもビーチをひとつ通りすぎたぜ」

「いいから。空港で客を降ろして、ビーチに向かう新しい客を乗せたと思えばいいじゃないか」

運転手が呆れたように肩をすくめ、アクセルを踏む。ひたすらまっすぐな道だ。この時刻、道路は意外に空いている。黙って運転していると眠くなりそうな光景だった。

「いいから、ゆっくりやってくれ。急がなきゃならない時がくれば、頼むから」

そうなれば、死にものぐるいで運転してもらわなければならないだろう。

サブシステムから中央のシステムに、データ通信をするために登録されたユーザーIDを見つけて、そのパスワードを解読した。

（さて、ここからだな）

中央のシステムに侵入成功。稼動中のプロセスをざっと確認する。

（なるほど、こいつか）

能條が侵入したとたんに、激しく活動を始めたプロセスがあった。シャオトンが話していた、侵入を検知して自動的にその正体をつきとめる常駐プロセスだ。

能條の侵入に気づき、まずはこちらのIPアドレスから突き止めようとしているらしい。常に移動しながら通信を続けているとは言え——

もうあまり時間がなかった。

ジェフリー・カートが知りたがっていた、妹が巻き込まれた爆弾テロの真相——いくつかのキーワードを使ってシステム上の全文検索をかける傍ら、文書が保存されていそうなディレクトリ名を推測し、適当にこちらのパソコンにダウンロードする。

「これだ」

ダウンロードできた文書ファイルを片っ端から開いていくうちに、それらしい情報を見つけた。

(事件当日は休日だった。対テロ機関に勤務する人間に対しては、職場に近づくなという指令を出している)

なんてことだ。カートの疑惑は、根も葉もない噂などではない。

爆破テロ事件は、対テロ機関による自作自演だった。そこまでいかなくとも、対テロ機関は爆破テロの情報をつかんでいて、自分たちだけが逃げた。その可能性がある。

急に、通信が切れた。

はっとしてパソコンに接続したスマホを見ると、けたたましい着信音が鳴り始める。侵入を検知したプログラムが、警告しようとしているのかもしれない。

能條はスマホの電源を切り、トランクに入れてある別の新しいものと交換する。こういう時のために、あらかじめ何台も予備を用意したのだ。

「お客さん、あんたいったい何する人よ」

運転手が顔をしかめた。

「何って」

「後ろから、変な車が追っかけてきてるんだよ」

とっさに振り向きそうになったが、我慢してバックミラーを覗くにとどめた。

「変な車？」

「白い車が、ずっとついてくる。頼むよ、妙なことに巻き込まれたくないんだけど」

もう対テロ機関が自分の居場所を突き止めたのだろうか。バックミラー越しに窺う背後の車は、運転席の男も助手席に座った男も、濃い色のサングラスをかけていて表情が読み取れない。

「そのへんに停めるから、降りてくれよ」

冗談じゃない。こんな場所で降ろされたのでは、別のタクシーを呼び止めるのもままならない。敵側の車に尾行されているならなおさらだ。

（とにかく、この証拠ファイルを送るのが先だ）

情報の送り先は、あらかじめいくつか選定しておいた。《ニューヨーク・タイムズ》や《ロスアンゼルス・タイムズ》、《ウォール・ストリート・ジャーナル》などに所属する複数の新聞記者のアドレスに、盗んだファイルを告発文とともに送信した。中にはひとりぐらい、妨害にめげず真実にたどりつく人間がいることを期待してもいいだろう。たどりつければ、間違いなくピュリッツァー賞ものだ。

「いいから、このまま走り続けてくれ！」

「冗談じゃない、メーターは空港まででいいから、ここで降りてくれ」

運転手が道路の脇に車を寄せようとする。

背後でパンと乾いた音がした。我慢できずに振り向くと、助手席の男が窓から半身を乗り出している。その手に握られた鋼鉄の塊が何なのか、考えるまでもなかった。タイヤを狙っているようだ。

驚愕した運転手がアクセルを踏み込んだ。ひとまず助かった。この状況から脱出しない限り、車を停めて放り出される心配はなさそうだ。

「何なんだよ、あいつらは！」

「警察やＦＢＩじゃないことは確かだな。俺はＦＢＩに協力している技術者だから」

「ＦＢＩ？」

よけいな客を拾ってしまったと言わんばかりに、運転手が唸り声を上げる。ハンドルをせわしなく左右に切りながら、スマホを操作する。警察にかけるらしい。

「助けてくれ！　車で走ってたら後ろから銃撃されて――」

銃口が上に向いた。能條はとっさに後部座席に身体を伏せた。タクシーの窓は防弾ガラスではない。粉々になった後部ウインドウが、ぱらぱらと能條の背中に降ってきた。車はビーチに向かっている。

「そっちに行ったら逃げ場がなくなるぞ！」

「どっちに行っても逃げ場なんかねぇよ！」

すっかり頭に血が上ったらしい運転手が、喚きながらハンドルを大きく切った。まだスマホを握りしめている。タクシーは海沿いの道を猛スピードで走り続けた。パトカーのサイレンがかすかに聞こえ始めた。

助かるかもしれない。

背後の車はまだ追ってくる。

思いついて、スマホのカメラを起動し、尾行車の車内を撮影した。メールで村岡のアドレスに送信する。何が起きているのか気がつけば、手を打ってくれるはずだ。

「早く来てくれ、マンハッタンビーチだ」

スマホに向かってつばを飛ばしている運転手が、あっと叫んだ。車ごと、ふわっと持ち上がる感覚がして、能條は思わずシートにしがみついた。

何がなんだかわからなかった。車が横に滑っていく。急ブレーキの音。タイヤが焦げる匂い。着弾の衝撃が、身体にも伝わる。

道路から飛び出したのがわかった。舗装されていない道を、がくがくと揺れながら走っていく。

「だめだ！」

運転手がハンドルから手を離した。

「逃げろ！」

運転席のドアを開き、転がるように飛び出していく。

冗談じゃない。この車は運転手なしで――

シートに這いあがって前方を見た能條の目に映ったのは、目の前に迫る波だった。逃げようがなかった。タクシーは、正面から海に飛びこんでいった。

割れた窓から一瞬にして海水が流れ込んできた。冷たい。車が沈むのに時間は必要なかった。

＊＊

「何をやっとるんだポール、また藁《わら》が足りんぞ！」

馬小屋から祖父のヒューバートの怒鳴り声が聞こえている。毎日毎日、よく飽きないものだと思うが、ヒューが怒鳴らない日は一日だってない。地声が大きいので、怒っているわけではないのだが、怒鳴っているように聞こえるのだ。

「ちょっと待っててよ、おじいちゃん。すぐにそっち行くからさあ」

ポール――ことパンドラは、窓から叫び返すとパソコンに戻った。

窓から見える光景は、見渡す限りの緑の牧草地帯。馬小屋から、乗馬用の馬とロバのいななきが聞こえてくる。

祖父の話によれば、千エーカーはある土地で、茶色い肉牛が、静かに身を寄せ合い、黙々と草を食んでいる。近くに寄れば、潤んだような大きな黒い瞳で、じっと見つめられるのでパンドラは苦手だった。あんなに優しい動物を、殺して解体し食肉にするのかと思うと、それだけで胸がいっぱいになるのだ。

子どもの頃、いずれ殺される運命の牛たちを見ているのが悲しくて、牧場主には絶対になりたくないと思ったものだった。今も本当は、牛たちのそばによるのが怖い。ここに来てから、あんなに好きだったビーフを食べられなくなってしまった。

パンドラはため息をつき、パソコンのキーボードに指を走らせた。

屋根裏部屋の、ささやかな自分の「城」だ。FBIを退職して祖父が経営するテキサスの牧場に転がり込んだ時、電気すら来ていなかった屋根裏を少々改装させてもらった。最新型のノート型パソコンとサーバーが数台。大容量の通信回線をここまで引っ張るのが、一番大変だった。

これからの季節はいいが、夏場は気温が上がるので、コンピュータの故障を避けるためにエアコンは必需品だ。外気の熱を遮断するため、窓も二重サッシに付け替えた。もちろん、祖父には内緒で。かくしゃくとしているとは言っても老齢の祖父が、狭い階段を苦労して上ってまで屋根裏には来ないことを知っているので、壁はジャパニーズ・アニメのポスターで埋め尽くしてある。万が一見ることがあれば、目を剝いて階段を転がり落ちるかもしれない。

——あれから三か月。

ノージョーが姿を消したのは、パンドラが十四年前の事件に隠された真実を告白した日だった。ムラオカの話では、ジェフリー・カートと名乗る男からメールが届き、ふたりでユニバーサル・スタジオのパブで待ったそうだ。カートは現れなかった。ふたりはパブで別れ、ノージョーはホテルに帰った。ホテルにはFBIの見張りをつける手はずだったが、連絡が遅れたために見張りが到着するまでのわずかな時間に、ノージョーがチェックアウトしてしまった。

ノージョーはパンドラの秘密を知り、傷心のうちにロスを去った。そういうことなのだろうと、一度はムラオカも考えたそうだ。

その直後だった。

一号線を走っていたタクシーから、警察に緊急連絡が入った。後ろの車から銃撃を受けているという。ムラオカのスマホに、写真つきのメールが送信されたのも同じ頃だった。タクシーはビーチ沿いの道路に逃れ、マリーナの手前でハンドルを切り損ねて海に飛び込んだ。

運転手は、直前に脱出した。右腕を骨折する重傷を負ったが、幸い命に別状はない。

ノージョーは車と共に海にダイブした。

タクシーの窓は銃撃を受けて割れており、そのままマリーナの底に沈んだ。警察が救援に向かったが、ダイバーが水没した車内を調査した時には、ノージョーは発見できなかった。

その数日後だった。《ニューヨーク・タイムズ》を始めとする各紙の一面で、政府のテロ対策機関の不祥事が暴露されたのは——

ジェフリー・カートの妹が亡くなった事件は、テロ対策機関が自作自演で仕掛けた爆破事故に巻き込まれたのだと、詳細な資料の裏づけと共に各紙が報道していた。調査のきっかけとなったデータが誰から提供されたものなのか、各紙は取材源を秘匿して語らなかったが、最終的に記事の元になった資料は、情報公開法に基づいて記者が手に入れた公式の資料と、裏づけ調査によるものとのことだった。《ロスアンゼルス・タイムズ》には、何者かがテロ対策機関のサーバーに侵入し、入手した情報を記者に知らせたのだと報じられていた。それが一斉報道のきっかけを作ったことは確かだった。

(そんなことができるやつは、世の中に何人もいやしない)

半神を名乗る天才クラッカー。

あのシャオトンでさえ怖くて逃げ出したという、曰くつきのシステムを相手に、侵入に成功したのだ。

該当の爆破事件が、前政権の時代に発生したということもあり、現大統領は徹底的に事実を究明するよう命令を下した。ウォーターゲート事件なみの重大事件として、議会も注目している。テロ対策機関の存続が危ぶまれるほどだ。

——あの日、いったい何があったのか。

FBIや市警察の調査のもとに、少しずつあの日のノージョーの行動が明らかになっていった。テロ対策機関のシステムに侵入。盗んだデータを各紙の新聞記者に送信。銃撃を受けながらムラオカにその模様を撮影して送信。

ちなみに、ノージョーが撮影した写真に写っている男性ふたりは、テロ対策機関の職員だったことが判明している。

(テロ対策機関が、システムに侵入したノージョーの命を狙った)

それは間違いない。

三十代と見られるアジア系男性の遺体が、少し離れたビーチに流れついたのは二週間後だ。二週間も波に洗われ続けた遺体の損傷は激しかった。着衣は失われ、皮膚も真っ白にふやけて剝落していたそうだ。身元確認のため実際に見てきたムラオカの言葉によると、皮膚がふやけた上に、魚に食われたらしく、顔の肉が一部欠けていたらしい。外見での身元確認は不可能だったが、かろうじて取れた指紋とDNA鑑定の結果、その遺体がノージョーだと判定された。

ノージョー・ヨシアキは死んだ。

公的には、そう記録された。

「……ふう」

パンドラはため息をつき、両腕を上げてうんと伸びをした。長時間、作業をしていたので腰が重い。祖父のヒューが怒りださないうちに、行かなければいけない。

パンドラの好きに改造したおかげでおおむね快適だが、天井の高さだけは変えられなかった。おかげで、不用意に立ち上がるたびに頭をぶつける。

「いてっ」

またぶつけた。顔をしかめて額を撫でていると、パソコンのスピーカーから機械的な笑い声が聞こえた。

『どうせまたいきなり立ち上がったんだろ』

いつの間にか、チャット画面が開いている。ウインドウの中で、にやにや笑うイラストのアイコンが、ウインクしている。

「うるさいよ、プロメテ」

やれやれと呟きながら、パンドラはキーボードを操作した。ノージョーのやつ。どうせまた、何重にもプロキシサーバーをかましたりして、自分の居場所など探らせやしないのだ。わかってはいるが、念のためということもある。

『あああ、たいくつだなあ。自伝を書くのも、あきたしなあ』

声がしゃべった。アイコンはあくびする絵に変わり、盛大に退屈を表明している。ちなみに、声は合成音だった。ノージョー本人の声ではない。ネットワークの向こうで誰かが文字を入力し、それが音声に変換されてこちらに届く。そういう仕組みなのだ。

回線の向こうにいるのはノージョーだ。パンドラはそれを疑っていなかった。あのノージョーが、テロ対策組織に銃撃されて海に飛び込んだくらいで死んだりするわけがない。

絶対に生きている。

ムラオカたちが何と言おうと、パンドラはそう信じ続けてきた。

パンドラの願いは、マリーナの海底から引き揚げられた車を見て確信に変わった。乗用車が水没して、人が車内に閉じ込められるのは、外側から非常に高い水圧がかかるため、ぐずぐずしていると大人の力でもドアを開くことができなくなるからだ。車に窓ガラスを割るためのハンマーを置いておくのはそのためだった。ガラスを割れば、外から水が流れ込んでくる。内部の水圧が外側に近づけば、子どもでも楽にドアを開くことができる。

ノージョーが乗ったタクシーは、後部の窓ガラスが銃弾を受けて粉々になっていた。

(これなら絶対に逃げられたはずだ)

ノージョーのトランクは車に残されていたが、ショルダーバッグは消えていた。そのバッグは今のところ、見つかっていない。

「いったいどこにいるんだよ。ノージョー」

時々パンドラは呟いてみるが、ノージョーの反応はない。米国にいるのか、日本に帰ったのか、それすらもわからない。指紋だのDNA鑑定だのの結果など、パンドラはこれっぽっちも信用していなかった。相手はあのノージョーだ。FBIのシステムにバックドアくらい仕掛けておいたに違いない。侵入して、結果を書き換えることぐらい朝飯前だ。

ノージョーが消えた後、パンドラはFBIの特別捜査官を辞めた。

テロリストのスパイだと疑われたために、居心地が悪くなったということもある。一番の理由は、スパイはノージョーだったという結論をFBIが出したことだった。彼はテロリストと通じていて、だから最終的には自分の正体を明かす危険を冒してまでテロ対策機関のシステムに侵入し、反撃された。そういう理屈だった。

（そんなことは絶対にあるはずがない）

そう思ったが、今さら反論するのも面倒だ。FBIに未練もなかった。

パンドラが退職した後、サイバーテロ対策チームはレンレンが引き継いで存続することになった。クラッカー・サイオウことシャオトンは、姉のメイチンと共に証人保護プログラムの下で名前を変えて学業に復帰した。ネットマスター社は自然消滅の形で解散し、ジェフリー・カートも行方不明のままだった。以来、政府機関に対する深刻なサイバーテロが発生したという話は聞かない。

レンレンのチームは、様子を見て解散するか、セキュリティ対策チームとしてその性格を変えることになるだろう。その際は、シャオトンの手を借りることになるかもしれない。育ち盛りのシャオトンは、たった三か月で見違えるほど背が伸びたとメールで自慢していた。

そういえば、ムラオカはICPOへの出向期間が満了し、日本の警察庁に戻ったそうだ。出向解除と共に、国際テロリズム対策課長という役職から、外事情報部長という肩書きに昇格したらしい。ああ見えて、ムラオカは東大を優秀な成績で卒業した、ぴか一の警察エリートだったそうで、警察庁長官候補のひとりなのだそうだ。あの男が長官におさまったりしたら、日本の治安は大丈夫なんだろうかと多少の不安を感じている。

『そろそろ、テキサスの片田舎にも飽きてきた頃だろ』

ノージョーが合成音でからかうように言った。

『NASAのディープ・スペース・ネットワークなんかどうだ？　成功すれば、ヒーローになれるぞ』

パンドラはぷっと吹き出した。そいつは以前、自分がノージョーをけしかける時に使った言葉じゃないか。まったくもう。

にやにやと笑いながら、キーボードを叩いた。

「だめだよ、プロメテ。今から馬小屋用の新しい寝藁を、納屋に積んでおかなきゃいけないんだ。おじいちゃんが怒ってるから、ディープ・スペース・ネットワークはまた後でね！」

『なんだと、藁――？』

ノージョーのアイコンが、ふてくされたように唇を突き出した絵に変わる。

『この田舎者め！』

「またね、ノージョー」

パンドラは通信を切ると、屋根裏部屋を飛び出した。

「日が暮れるぞ、ポール！　早く来い」

馬小屋でヒューが呼んでいる。

「わかってるよ、おじいちゃん！」

狭い階段を、どたばたと足音をたてて走り降りながら叫び返す。この家にいると、だんだん声が大きくなっていく。

学生時代、自分がFBIに協力してノージョーを窮地に陥れ、三年間も刑務所に追いやることになってしまった。その犯罪歴を消すことができれば、少しでもノージョーに対して埋め合わせができるのではないかと考えたのが、何もかもの発端だ。

ありふれたシステムエンジニアのひとりとして、トーキョーで普通に暮らしていたノージョーを、そっとしておけば良かったと思うことが今でもよくある。

MITの教授も一目置いていた優秀な技術者としての輝かしい将来は、取り戻すべくもない。しかし、いわゆる普通の幸福をノージョーは手に入れようとしていたはずだった。

パンドラが無理にノージョーをロスに呼び寄せなければ、こんなふうに彼が姿を消すこともなかっただろう。

今日のように、居場所を明かさずにチャットを仕掛けてくるノージョーは、カートたちと行動を共にしているのかもしれない。あれからシャオトンと話をして、カートたちの真意を少しは理解することができた。ノージョーが、カートたちの理念に、何か心動かされるものを感じた可能性はある。パンドラは時々、ノージョーはネットワークの免疫機構になろうとしているのかもしれないと思うことがあった。異物の存在を探知し、戦い、ネットワークから弾き出す。それは一種の、人間によるシステムの監視という役割を果たしていることになるのかもしれない。

あるいは、ネットワークの良心。何者かの暴走を止めるためのもの。

そう言えば、ネットマスター社の顧客には名の通った企業のオーナーが名前を連ねていた。

何人かに事情を聞いた時、不思議な感じがしたものだ。まるで彼らが、ネットマスター社の真の目的を知っていて、それに同調しようとしていたかのような。

(だけど、プロメテ——)

人間は神様にはなれない。この世には絶対的な善も、絶対的な悪もない。正しいことをしているつもりでも、ノージョー自身があまりに巨大な力を持て余して、免疫機構であるはずの自分自身が、いつの間にかガン細胞になり果てていることに、気づかなくなる時が来るかもしれない。

近ごろパンドラは、その時のために自分がいるのかもしれないと思うようになった。

(その時は、ノージョー。僕が止めてあげるよ)

そしてその時のために、ノージョーはパンドラとのかすかな接触を保とうとしているのかもしれない。もしかすると来るかもしれない、遠い未来のために。

麦藁帽子をかぶり、束ねた藁を引っ掛けるフォークをつかんだ。空は快晴、雲のかけらも見えない。乾燥した空気に、枯れた草の香りと、土の匂いが混じる。落ちた葉っぱや草、馬の糞、雨。何もかもを肥やしにして、どっしりと広がる大地の匂いだ。

パンドラは大きく深呼吸をし、久しく忘れていた土の匂いを深々と嗅いだ。

それからフォークを肩にかついで、ヒューのいる馬小屋に走りだした。

特別付録短編

パンドラ in 秋葉原

ビルの間からのぞく青空に向かって、パンドラは右手の握りこぶしを高々と突き上げ、叫んだ。

「キタ――――！」

何事かと振り返る人々や、くすくす笑いながら指さして通り過ぎる制服姿の女子高生たちの視線は、気にしない。これが叫ばずにいられるか。路上に座り込んでいる少年たちまでが、妙なガイジン、とへらへら笑いながらこちらを見上げている。そうだ、ボクはガイジンだ。つい昨日、アメリカからこちらに着いたばかりだ。

とうもろこしのひげみたいな明るい金髪に、そばかすだらけで子どもみたいな白い肌。どうせ、絵に描いたようなヤンキー青年だ。

カラフルな看板。あちこちの店から聞こえてくる、ポップな電子音。店頭に飾られた、とびきり目の大きな、アニメのキャラクターを模した人形たち。街を行きかう、まるでアニメーションの世界から抜け出てきたような、ゴシックな服装に身を固めた少女たち。明るい笑みを浮かべて、メイドカフェのチラシを配っている、おそろいのメイド服の女の子たち。ピンクや緑色の髪。わくわくしてくる。

パンドラの足は自然に早くなり、やがては街を駆けだしていた。

なにしろ、夢にまで見た街――秋葉原なのだ。

天才ハッカー〈プロメテウス〉こと、能條良明の急な誘いを受けて日本にやってきたのは、つい昨日のことだった。航空券の費用は、ノージョー持ち。ノージョーのマンションに転がり込んでいるから、宿代もいらない。滞在日数が短いことだけが心底残念だが、そのぶん興奮は増すというものだ。今日一日は、秋葉原で自由行動。明日にはまた、ロス行きの航空機に乗り込む予定だ。

ノージョーは最初、秋葉原を案内してくれると言っていたが、計画の準備に時間をとられているのと、あれこれ話しているうちにどうやらパンドラのほうが秋葉原に詳しいのではないかと自信を失ったようで、結局パンドラはひとりで街に出てきたというわけだった。

ロスにいる間に、インターネットの情報網を駆使して、最新の秋葉原事情を底の底まで探ってきたのだ。

(『電子のアイドル　マジカル・チーボー』のポスターは、キャン・カフェで販売中!)

(『あいラブ☆だーりん』のまりりんちゃんの等身大フィギュア、売ってないけどここなら見られる!)

（メイドカフェに行きたいだと？　それなら『ミコミコ』にしとけ！　美少女度、高し！）

（どこに行っても、ぜったい気に入るって、おまえなら）

アニメオタク仲間の中には、日本の美少女アニメを熱愛するあまり、シリコンバレーの職を擲《なげう》って、東京のIT企業に勤務し、休みのたびに秋葉原に入りびたっているような連中もいる。そういう連中とネットで情報交換し、この一日を有意義に過ごすためのタイムチャートを、しっかり作成した。買い物リストも完備だ。ポスターやTシャツ、フィギュアなど、おそらくここでしか手に入らないと思われるレアな商品を思う存分に購入して、ロスに郵送するつもりだった。ぜひ案内したいと言ってくれた仲間もいたのだが、平日の一日しか時間がとれないという事情もあって、さすがに仕事の都合がつかなかったようだ。

ちなみに、彼らと会話する時には、ポール・ラドクリフという本名を使っている。

（ああ、いい街だなあ）

パンドラは買い物リストを握りしめて、深々と息を吸い込んだ。秋葉原。──オタクの聖地だ。ここに来ることができただけでも幸せだった。ジャパニーズ・アニメのグッズが手に入るだけではない。アキバといえば、日本でも有数の電気街でもある。コンピュータの専門家でもあるパンドラにとっては、これほど有意義に時間を過ごせる街は、他にない。

朝早くから昼過ぎまで歩き回って、ポスターだのフィギュアだのトレーディングカードだの、米国でまだ発売されていないアニメのDVDだのを持ちきれないほど買い込んで、郵便局から米国の自宅に送り届ける手配をすませた。米国内未発売のアニメを見るためだけに、必死になって日本語も勉強した。今では日常会話には支障がない。伊達に元天才少年とは呼ばれていない。

「おなかすいたなあ」

リストの用をすませるとほっとして、周囲の店を見回した。

そこらでハンバーガーでも食べようか。それとも、せっかくの日本なのだから、カジュアルで美味しい和食の店を探すべきだろうか。

きょろきょろと周辺に視線をやりながら歩いていると、ぺらぺらの黒い着流しにサングラスをかけて、おもちゃの日本刀を腰に差した若い男が、パンドラの手にチラシをすべりこませてきた。拒む隙を与えない、絶妙なタイミングだった。やるなあ、と男の顔を見返すと、日焼けした肌でにやりと笑みを浮かべた。どこか挑戦的で、意味ありげな笑みにも見える。

手の中のチラシに視線を落とす。

「あれ――」

白紙だ。薄い緑色の用紙なので、白紙というよりは緑紙とでもいうべきか。裏も確かめたが、何も書かれていなかった。

「なんだ。白紙が混じっていたのかな」

そのまま立ち去りかけて、何となく気になり、パンドラは引き返した。さっきの男がまだチラシを配っている。知らないふりをしてもう一枚受け取ろうとしたのに、今度は男のほうがパンドラを無視した。既に一度、渡した人間だと覚えているのかもしれない。

（むう、なかなか手ごわい――）

　パンドラは少し行きすぎたところで立ち止まり、唇を噛んだ。

白紙だったと告げて、もう一枚もらおうか。しかし、なぜ自分がそこまでしなければいけないのか。たかが路上で配布しているチラシ一枚を受け取るために、男に頭を下げなければいけないのか。

　振り向くと、サムライ男もこちらを見ていた。サングラスのせいで目つきは読めないが、まるで非難するような顔つきだった。

（な、何か僕が悪いことをしたみたいじゃないか――！）

　むかっ腹を立て、今度こそ無視して通りすぎようとしたパンドラは、路上に重なって落ちているチラシに気がついた。チラシを受け取った人々が、捨てていったものらしい。何か印刷されている。文字まではよく見えないが、どうやらメイドカフェのチラシらしい。

　ところが――パンドラは、路上に散るチラシの色を見て愕然とした。

（ホワイトじゃないか！）

　緑色の紙なんて一枚も落ちていない。これはいったいどういうことだろう。あの男は、パンドラにだけ緑色の紙を渡したのだろうか。

（いったいなんのために――）

　パンドラはまた男を見やった。もう彼はこちらに意識を向けておらず、最初に見かけた時と同じ軽快なリズムで、通りかかる人々の手にチラシを押し込んでいく。じっと観察していたが、やはりチラシはすべて白色だった。

これは絶対、何かある。

パンドラは周囲を見回した。何か、緑色にちなむ店があるのではないか。あるいは、緑色に塗られたドアでもあるのではないか。

（O・ヘンリーの『緑のドア』みたいだ）

思い出してちょっと苦笑する。あの短篇も、往来で不思議なチラシを受け取る場面から始まるのだ。

じっくりと、手渡された緑の紙を眺めた。どう見ても、ただの紙。暗号が隠されているようにも見えないし、あぶり出しになっているようでもない。

（ひょっとして、LSDの溶液でも塗り込められていたりして――）

印刷した紙に、麻薬や覚せい剤の水溶液を染みこませて売るという話を聞いたことがある。しかし、それなら通りすがりのパンドラに、いきなり手渡す意味がわからない。

男に問いただしても、まともな答えが返ってくるとは思えなかった。この暗号を解読できないパンドラを、まるで蔑《さげす》むような表情をしていたからだ。

なぜ自分にこんな暗号めいたものを渡したのか。パンドラが、MITを首席で卒業した元天才少年だと知っている人間が、秋葉原にいるのだろうか。何か言いたいことがあるのかもしれない。あるいは、助けを求めているのかも。

（――あ、なんだかわくわくしてきた）

いかんいかん、と能天気に呟きながら、パンドラはすぐ近くのビルに非常階段がついているのを見つけて、上っていった。着物の男がこの後どんな行動をとるのか、観察してやろうと思ったのだ。

錆の浮いた鉄の階段を、手すり越しに通りを見下ろしながら駆け上がる。三階の踊り場にたどりつく直前に、非常出口の扉が大きな音をたてて開いた。はっとしてそちらを見ると、飛び出してきた人間のほうも、金髪頭の外人がいきなり目の前に立ちふさがったように見えたのか、仰天した顔で悲鳴を上げた。

「どいて！」

そんな、いきなりどいてと言われても。あたふたと狭い階段で立ち往生する。運動神経には、あまり自信がない。相手は黒と白のひらひらしたエプロンドレスに、フリルのカチューシャ、ニーハイソックス！

「メ、メイドさん！」

わずか一瞬でパンドラがそこまで読み取り、うろたえて叫んだ瞬間。相手がダイビングの勢いで飛びかかってきた。悲鳴を上げて足をすべらせ、うつ伏せになって階段をすべり落ちる。

「悪い！」

メイドさんの足が、背中を踏みつけて飛び越えていった。ぐえ、とパンドラは声にならない声を洩らし、文句のひとつも言ってやろうと頭を上げかけたところに、また三階の非常出ロが、ドアが壊れるんじゃないかと思う勢いで開いた。

「あいつだ！　下りたぞ！」

「逃がすな！」

口々に叫びながら、屈強な三人の男たちが階段を駆け下りてくる。逃げる暇もない。パンドラは頭を抱えて、彼らが通り過ぎるのを待った。背中やら足やら、さんざん蹴られ踏みにじられたが、とりあえず顔と頭は無事。ふらふらと立ち上がり、手足が痛むものの、なんとか無事に動くことと、大きな傷がないことを確認して、顔をしかめる。

（何だ今のは――！）

あまりにも瞬間的で、殺気に満ちた遭遇だったので、事態を把握するのに時間が必要だった。

「あっちだ！」

三人のスーツ男は、はるか向こうにメイド服の女性を見出したようで、はりきってどたばたと走って行った。

「あーあ。行っちゃったよ」

この秋葉原には、メイドがいったい何人いることやら。思わずパンドラは呟き、よろめきながら階段の裏側に向かって顔を出した。

「あいつら、行ったよ。キミ、そこに隠れてるんだろ」

白いカチューシャと、茶色の短いポニーテールが覗いている。連中に踏み潰されながら、パンドラは階段を走り下りたメイドさんの足音を聞いていた。一目散に道路に向かうと見せかけて、階段の裏に隠れた。後から下りた三人組は、まんまとそのトリックに引っかかったらしい。

ひょっこりと顔が出てきた。疑わしそうな表情だ。彼女の頭が引っ込んで、また階段を上がってこようとしていることに気づき、パンドラは慌てた。

「ちょっと待った！　どうしてこっちに来るのさ」

「まだ用がすんでない！」

「追われてたじゃないか！」

わけがわからない。とにかく、あの子をさっさと逃がさないと、何が起きるかわからないという予感がした。メイドさんが上がってくる前に、パンドラはなんとか動くようになった足で、二段飛ばしに階段を下りる。

「とにかくいったんどこかに隠れよう。話はそれから」

彼女の腕をつかみ、駆けだした。さっきの男たちが追跡を諦めて戻ってくる前に、逃げるつもりだ。

＊

「いただきまーす」

ぱしんと音を立てて、割り箸をふたつにする。

そう言えば、自分はおなかがすいていたのだった。

そのことに気づいたのは、中央通りを走りだしてすぐだった。パンドラはラーメン屋の写真入り看板に猛烈にひきつけられ、メイドさんの手を引いて店に飛び込んだ。ほかほかの湯気がたつ、分厚いチャーシューともやしがたっぷり入った、とんこつスープのラーメンをふたつ注文。

「何、あたしの分まで注文してんだよ！」

ラーメンをおごってメイドさんの怒りを買いながら、隅の席に引きこもる。

「だって、さっさと道路から見えない場所に隠れないと。こっち、こっち」

白木のカウンターにメイド服は、かなり目立つなあと思いながら座らせる。最初のうちこそ、モノクロのメイド衣装は店の主人と客たちの注意を引いたが、秋葉原では珍しくもないのか、そのうち誰もこちらを気にしなくなった。

「玉子の入ってないラーメンなんか、誰が食うもんか。おっちゃん、半熟玉子入れてよ」

「はいよっ」

勝手に追加注文をして、メイドさんの怒りはようやく静まった、らしい。

運ばれてきたとんこつラーメンを、はふはふ言いながら啜り、パンドラはようやく人心地がついて、ここに来た目的を思い出した。人間には優先順位がある。食欲には何物も勝てない。

「――で、どうしてあんな非常口から出てきたわけ？」

「非常口ったって、あそこは従業員が毎日使ってる出入り口なの！」

「従業員って、キミはあそこの従業員？」

「四階にあるメイド喫茶でアルバイトしてる。『天使の卵』って店。三階は芸能プロダクションが入ってるんだ」

「――ゲイノウ……？」

単語の意味は理解できても、それは何をするものかと問いかける視線でメイドさんを見ると、彼女はじっとパンドラの左手を見つめていた。

「そういや、あんた箸の使い方うまいね。左利きだけど。ガイジンだろ？」

後ろでひっつめにした色の淡い金髪を、じろじろと眺めまわしている。

「アメリカ人だって、たまには寿司やら中華やら食べるよ！　それより、キミ、名前は何ていうの？　僕はパンドラ」

何となく本名を名乗るのは気が引けて、ネットのハンドルネームを名乗ってしまった。

「パンドラ？　それって女の名前じゃないの」

「いいって。キミの名前は？」

メイドさんが、一瞬にらむような目でパンドラを見つめた。

「あたしは――ミドリ」

ええと、ミドリというのはつまりその。

「――グリーン？」

こくり、とミドリがうなずく。その様子が妙に人形めいている。年の頃は十八、九だろうか。アジア人の年齢はよくわからないが、パンドラよりは随分年下のように見えた。よくよく見ると、化粧のせいか目がぱっちりと大きくて、口が小さく、まるでアニメに出てくる女の子のようだ。

それより——

（グリーンだ！）

あのサムライ男が配っていたチラシ。パンドラにだけ渡された、何も書いていない緑色の紙。

（あの男は、やっぱり何かを知ってたんだ——）

ミドリを助けてくれる人間を探して、謎かけのように緑色の紙を渡したのかもしれない。秋葉原に渦巻く謎の陰謀。暗躍する秘密組織。悪漢に追われる美少女！

「ちょっと、あんた聞いてんのかよ」

ミドリの不機嫌そうな声に、パンドラは我に返った。なんだか白昼夢に溺れていたようだ。心はここになくとも、耳は聞いているわけで、記憶を再生すれば聞こえてくる。

「ええと、三階が芸能プロダクションの〈ワイワイプロモーション〉。さっきの連中はその社員。女優やモデルを育ててマネジメントするという触れ込みだけど、実際には高い教育費用を払わせて、全然まともな教育を受けさせてくれない、と」

「そう。五十万だよ、五十万。〈ワイワイプロモーション〉が経営してるモデルスクールがあって、登録してお金を払い込むと、そこの生徒になるんだ。ところがそのモデルスクールがいんちきでさ。素人同然の講師が教えてるから、そこで勉強したところで役者としてもモデルとしても、使い物にならないってわけ」

いっきに喋って、ミドリは残ったとんこつスープをぐーっと飲み干した。なかなか豪快な食べっぷりだ。

だん、と音をたてて鉢をテーブルに置く。

「だけど、一応は授業も受けさせるから、レベルが低いってだけのことで、詐欺だとも言い切れないと」

「そゆこと」

わかってるじゃないか、と言いたげにミドリが箸の先を振る。

「あたしの親友が――そいつユカリってんだけど――〈ワイワイプロモーション〉の社員にモデルにならないかって勧誘されて、引っかかったんだよ。それで五十万。バイトでこつこつ貯めた金だったのに、それきりパアだよ。ろくな授業じゃないことにすぐ気づいて、苦情を言って辞めようとしたけど、返金してくれるどころか、妙な言いがかりをつけるなら訴えるって逆に脅しつけられる始末さ。だから、あたしが四階のメイド喫茶に潜入したわけ」

ええと――。

パンドラは首を斜角三十度くらいに傾け、両手を大きく広げた。

「意味ガワカリマセン」

「いきなりガイジンになるな！」

塩の瓶が飛んでくる。はっしと摑みとった。

「ていうか、キミの喋り方、ガイジン相手にすっごく早いんですけど！　三階の芸能プロに用があるのに、四階に潜入するってわけわかんないし！」

「だからさあ、ちゃんとこれから説明するじゃん。ユカリは最初のうち、プロダクションを信用してたわけ。それで、他にモデルになりたい友達がいないかと尋ねられて、住所氏名のリストをメールで送ったわけよ。ところが、送った後になって、どうもこのプロダクションは怪しいと思い始めたの」

「それで、つまり、そのメールを取り返したい——とか？」

おそるおそる尋ねると、またミドリが人形のように頷いた。

「取り返すっつーか、あいつらのパソコンから消して、利用できないようにしたいわけ。どうせ悪用するに決まってるんだから。これ以上被害者を増やしたくないの。それであたしが四階に潜入して、三階の様子を窺って、パソコンからデータを消すか、パソコンそのものを持ち出そうと思って——」

「やばいよそれ、犯罪だよ」

パンドラは慌てて手を振った。

「まさか、さっき彼らに追いかけられていたのって、それで——？」

ミドリは悔しそうに、左手の親指を前歯で嚙んだ。

「あいつら、時々うちの店からコーヒーの出前を取るんだ。今日も電話がかかってきたから、あたしが持って行くことになって、三階の事務所に入ったらさ――ちょうど誰かがノートパソコンを使った後だったらしくて、珍しく電源が入って使える状態になってたんだよ」

「でも、あいつらがいたんじゃ、目の前でデータの削除はできないよね」

パンドラの指摘に頷く。

「そうなんだ。だから、そんなまどろっこしいことはやめて、いっそ――と思ってさ。あいつらの事務所に、重さ十キロぐらいの石で彫った熊の置物が飾ってあってね。そいつを振り上げて、パソコンの上に思い切り――」

ミドリがパソコンに加えようとしたらしい危害を想像して、パンドラは青ざめた。両手を振り上げたミドリが、そこでがっくりと肩を落とした。

「でも重くってさあ。持ち上げたはいいけど、思わずよろめいちゃって。何をやってると言われて置物も取り上げられて、慌てて逃げ出したんだ」

この子って、けっこう変かも。――という呟きは飲み込んだまま、パンドラはため息をついた。親友のためとは言え、友達のためにそこまでできるなんて、変でも何でも、ミドリはいいやつだ。

「コーヒーをぶっかけちゃえば良かったのに」

「え？」

「今どきのパソコン、ちょっと上から衝撃を与えたくらいではなかなか故障しないよ。本体が壊れても、ハードディスクが壊れてなければ意味がないしね。キミ、コーヒー持って行ったんでしょ。だから、パソコンにコーヒーをぶっかけたら良かったんだよ。よろめくふりして、あっ、ごめーんですむしさあ。ほぼ確実に、故障する。コーヒーより、べとべとしたジュースなんかのほうが、なおいい」

「そうなの？」

ミドリが唖然としている。

「故障しても、ハードディスクまで浸水してなければ、データをサルベージすることもできるかもしれない。だけど、彼らが自分でやらずに業者にそれを任せるのなら、業者に渡った段階で事情を説明して中身からリストを削除してもらうことも可能かもしれない」

パンドラの説明を聞いて、ミドリはがっかりした様子だった。最初からその話を聞いていれば、と思ったのだろう。

「あんたってさあ、けっこうワルじゃない？」

しみじみと呟くミドリに、パンドラは憮然とした。

「キミに言われたくない」

「あたしはもう三階に入れないよ。うちの店だって辞めさせられるかも」

「それはもう、危ないから絶対に辞めるべきだよ」

「だよねえ」

はああ、とミドリがため息をつく。どうして自分は日本くんだりまでやってきて、憧れの秋葉原で逆上したメイド少女にパソコンを壊すための心得を伝授しているんだろうか。パンドラは内心で首をひねりながら、ミドリに尋ねてみる。

「四階のお店でアルバイトする時、本名とか連絡先、教えてる？」

ミドリはぶんぶんと首を横に振った。

「学生証を見せて身分を証明する必要があったから、名前は本名だけど、連絡先は嘘を書いちゃった。だから、〈ワイワイプロモーション〉のやつらがバイト先に苦情を言っても、家までは行き着かないよ」

「でも学生証を見せたってことは、大学の――ええと、教務課？　に聞けば、わかってしまうんじゃ」

「まさか。生徒の個人情報なんて、うかつに教えたりしないよ」

「それじゃ、そっちのほうはひとまず安心か」

後は、パソコンの中のリストだ。ミドリの話を聞く限りでは、若い女性の夢を食い物にするような、えげつない商売をする連中らしい。それが本当なら、パンドラとしてもちょっとばかり制裁を加えるにやぶさかではないのだが。

「じゃあ、ちょっと教えてもらおうかな。〈ワイワイプロモーション〉にあるパソコンって、ひょっとしてそれ一台だけ？」

「そう」

「それじゃ、そいつがインターネットにもつながってるよね」

「知らないけど――いや、確かケーブルがついてたと思う」

ミドリが思い出そうとするように、目を細めた。

パンドラは脇に置いてあったショルダーバッグから、モバイルパソコンを取り出した。日本でもインターネットが利用できるように、しっかり契約をすませてある。ネットのない環境では、一日たりとも生きられない。ネット中毒という言葉が一時期流行《はや》ったが、それとも少し違うとパンドラ自身は考えている。たとえばそれは、酸素のようなもの。酸素が消えてなくなれば誰も生きていくことはできないが、だからって酸素中毒だとは、誰も言わない。パンドラにとってのネットは、そういうものだ。

目を丸くしているミドリの前で、〈ワイワイプロモーション〉のホームページが存在し、連絡先メールアドレスも掲載されていることを確認した。

「オーケイ。それじゃミドリ、ちょっと時間がかかるから、この場では無理だけど、後で僕が、そのパソコンのデータを消しておくよ」

ミドリが目をぱちくりさせた。そうしていると、意外とかわいい。

「どういうこと？」

「うん――まあ、ちゃんと説明すると長いんだけど。簡単に言うと、メールを使って彼らのパソコンにウイルスを送りこんで感染させる。後はウイルスがデータを勝手に食いつぶしていく。ホントはリストだけ選んで削除すればいいんだろうけど、そんなことをすれば、犯人が誰だかわかっちゃうからね。全部消すんだ」

「そんなことできるの？　あんたが？」

「確実にできたかどうか、確かめようなんて気を起こさないでくれたらね」

本当に削除されたかどうか確認するために、また三階の事務所に侵入したりされたら——今度こそ、警察に突き出されるかもしれない。しかもその時は、パソコンにウイルスを送り込んだのは誰だという話になる。ウイルスを送り込むのも、間違いなく犯罪だ。

（やっぱり、かなりマズいよなあ。たとえ、僕自身はもうすぐロスに戻るとは言っても——）

それでミドリが犯罪者になったりすれば、寝覚めが悪いったらない。

「でも——あんたの言葉だけで、それができたかどうかなんてこと、あたしに判断つかないじゃないか」

ミドリが言うのももっともだ。パンドラは頷いた。

「それじゃ、こうしよう。ウイルスがデータを削除し始めたら、キミにメールを飛ばすように設定しておく」

「削除が終わったら、じゃなく？」

「終わっちゃうと、たぶんもうメールとか飛ばせなくなってるからね」

その時、パソコンは集積回路なんかが詰まった、ただの箱になっている。

なるほど、と口の中で呟きながらミドリが頷いた。

「わかったよ。それで手を打つ」

「それじゃ、キミのメールアドレスを教えてよ」

ミドリが黙り、目を瞬いた。なんだか頬が赤いようだ。がんばりすぎて、熱でも出たんだろうか。

持ち歩いている手帳にペンを添えて渡すと、几帳面な文字でアドレスを書き込んだ。手帳とペンを返すと、彼女は何か言いたそうに、パンドラの目を覗きこんだ。

やがて、小さくため息をついて立ち上がった。

「ありがとう、パンドラ。あたしたち、すっごく助かったよ」

ミドリが握手を求めるように、右手を差し出している。頭にはフリルのカチューシャ、ぽんとふくらんだパフスリーブに、ひらひらのたっぷりついたエプロンドレス。

(メイド服、板についてるよなあ)

パンドラは軽くミドリの手を握り返した。

店を出て、ミドリがメイドの衣装のまま去っていくのを見送った。思いがけないことで時間を食って、いつのまにか太陽が西に傾いている。真夏だからまだ明るいが、時計を見ると午後六時を過ぎていた。

しまった、せっかく秋葉原のメイドさんと仲良くなったのに、一緒に写真を撮影しておけば良かった。そしたらみんなに自慢できたのに！　ああああああ。

そんなことを考え、あっと気がついた。

「ミドリのファミリー・ネーム、聞きそびれちゃったな」

それどころか、自分の本名さえ名乗っていない。手帳に書かれた、メールアドレスに目を落とす。

（連絡——してみようか）

ほんの一瞬、心が動いた。

その時、スマートフォンが鳴りはじめた。ノージョーの番号からだ。パンドラははっと我に返り、夢から覚めたようにスマホを耳に当てた。

『パンドラ。悪いけど至急、戻ってきてくれないかな。明日のことでちょっと話したい』

「うん、いいよ」

『すまんな。せっかく秋葉原に遊びに行ったのに』

「いいんだ。もうけっこう回ったから」

それにと言いかけて、パンドラは口をつぐむ。ノージョーのマンションに戻ったら、例のウイルスを作らなきゃ。

ノージョーも知らない、ちょっとした犯罪。

通話を切って駅に向かおうとし——そこで、あの男を見かけた。着流しにサングラスをかけたサムライだ。今までずっとチラシを配っていたのか、道路脇に置いた段ボールの空箱を、せっせと畳んでいる。そのあたりには、受け取った客が捨てていったらしいチラシが何枚も散らばっていた。全部——白だった。緑の紙は、一枚も見当たらない。

パンドラは、心を決めてサムライに近づいていった。ニッポンＣＩＡだか、秘密結社だか知らないが、とにかく事情を知らないままでは帰れない。

「あのう」

日本語で話し掛けると、相手がびっくりしたように振り返った。

「ああ――はい」

「今日、あなたは僕に緑色の紙をくれましたよね。あれ、どういう意味だったんですか。何にも書いてなかったけど」

これ以上は考えられないほど愚直に質問すると、ぽかんとこちらを見上げていたサムライが、はっと気づいたように、箱の中の残ったチラシを手にとってぱらぱらとめくった。

「あっ、あれ、ごめんなさい！　僕、仕切り紙を配っちゃったんですね！」

「仕切り――？」

「ほら、こんなやつですよ」

サムライが、ほらほらと言いながらチラシの中から選《よ》りだしたのは、パンドラが受け取ったのと同じ緑色の紙だった。

「百枚単位で、色のついた紙を挟んであるんです。そしたら、だいたい何枚配ったか把握できるじゃないですか。色紙は全部抜いて配ったつもりだったんだけど、うっかり配っちゃったんですね。ほんと、すみません」

はいどうぞ、と言いながら、みんなに配ったのと同じ、本物の白いチラシを渡してくれる。

本当にすみませんでしたあ、と何度も繰り返しながら、サムライは去った。チラシを握りしめ、呆然としているパンドラをひとり残して。

気を取り直して、チラシを見た。

（メイド喫茶『天使の卵』当ビル四階）

メイドコスチュームの若い女性たちが、八人並んで写っている。その中に、わずかに目をつりあげて、むっとした表情のミドリを見つけた。ひとりだけ、まるで怒っているみたいだ。

なんだかあまりにミドリらしくて、パンドラは吹きだした。

（ちぇ。まいったなあ――）

もらったチラシは、丁寧に畳んで、なくさないようショルダーバッグの底に入れた。

もう会うことはないかもしれないが、大切な旅の記憶だ。


「パンドラ in 秋葉原」初出〈福田和代ＯＮ ＬＩＮＥ〉より。

著者あとがき

お待たせしました、『プロメテウス・トラップ』、文庫になって登場です！ハッカーが主人公として活躍する小説を、何作か書きましたが、この『プロメテウス・トラップ』が、私の最初のハッカー小説です。そして、初の連作短編、初の連載小説でもありました。

憧れの《ミステリマガジン》に、三か月に一度というイレギュラーな形式で連載を始めた時、私はまだ会社員で、システムエンジニアの端くれでした。

いろいろ事情がありまして、毎月きちんと連載原稿を入れる自信がなかったものですから、編集者の小塚氏に、

「さ、三か月に一本でもいいですか？」

とダメ元でお願いして、快くご了解をいただいたのです。後で他の作家さんにその話をすると、「そんな手があるのか！」と驚かれましたが、その節はありがとうございました。懐かしい思い出です。

米国への留学時代、天才ハッカーと周囲におだてられ、FBIのシステムに侵入して逮捕された「プロメテ」こと能條良明は、刑務所に三年間収監されたのち日本に戻り、そこそこ優秀な「お助けプログラマ」としてさえない生活を送る日々。ある日、謎の男から怪しい依頼を受け――。

プロメテウスとは、ご存知の通り、ギリシア神話に登場する、人間を憐れんで天界の火を盗み与えた半神の名前です。人間を無知で未熟なままにしておきたかった神々は怒り、彼を磔《はりつけ》の刑に処し、生きながら鳥に肝臓をついばませますが、不死のプロメテウスは日が昇るたびに蘇り、その拷問は英雄ヘラクレスが彼を解放するまで繰り返されるのでした。

人類のため、自分の命を懸けて神々に挑戦したプロメテウス。しかし、火を手にした人類は、それを生活に利用するだけでなく、戦争の道具にもしてしまいます。この小説のプロメテウスこと能條も、知らない間に複雑な戦いに巻き込まれていくのでした。

コンピュータ・セキュリティの専門家からお話を伺ううちに、ミステリとハッキングは、本質がとても似ていると感じるようになりました。どちらも、意外なアイデアで人の裏をかくのが醍醐味です。ハッカーとミステリ、実はとても相性がいいのです。

さて、この小説は途中から舞台をロスアンゼルスに移します。連載中はまだ会社員でしたから、「ちょっと、アメリカ行ってくるわ」というわけにもいかなかったのですが、単行本の刊行前に追加取材を敢行しました。

ロスでは車がないと取材は無理だと聞いていたので、要所、要所の取材には、あらかじめ現地に住む日本人の通訳兼運転手つきタウンカーサービスを予約して、準備はばっちりです。

FBIのロサンゼルス支局は、日本で言う県庁のような建物に入居しています。なにしろ無謀なイノシシ武者なので、アポイントもないのに覗きに行きました。

周辺道路には、9・11以降、暴走車を止めるための跳ね上げ板が組み込まれ、道路の表面には凹凸をつけて、スピードが出せないようにしています。

建物のエントランスでは空港並みの所持品チェックが行われており、鞄はもちろんX線検査を通過させ、人間も金属探知機をくぐって入館します。一般市民も出入りする建物ですが、テロ対策で厳重な警戒態勢を敷いております。

写真も撮影できません。県庁ビルの写真が欲しかったので、小説の資料としてビルの外側を写真撮影する許可が欲しいと担当者に頼みましたら、責任者の女性が警備を担当している警察官に電話をかけてくれました。しかし、実際に撮影しようとしたら「やっぱりやめてくれ」と警察官に止められたのでした。

最終的に撮影できたのは、FBIロス支局の入り口にある待合室的な設備だけです。そちらはFBIの受付にお願いしたら撮らせてくれました。作中、ロス支局のカーペットの色が出てきますが、あれは「取材が大好きな作家」と言われている私の、せめてもの意地です（笑）。

米国の空港に降り立った時からFBIまで、とにかく警備の厳しいこと。そこまでしなければテロを防げない。米国人は、少しずつ厳しくなっていく警備に、徐々に慣らされているのかもしれませんが、いつまでもあんな状態を続けていたら、そうとう気疲れするんじゃないでしょうか。

ちょっと話は逸れますが、トランプ大統領が誕生した時、「やっぱりアメリカ人はお疲れだったんだ」と思いました。トランプ現象って、いろいろ事情はあるのでしょうが、ひとつには「もう疲れちゃったよ」というアメリカ人の悲鳴の表れなんじゃないかしらん。

ロスでは、地下鉄に自転車を抱えて乗る人がいるのにも驚きました。

地下鉄の席に座っていると、駅で乗り込んできた男性が、乗客に安っぽいボールペンを猛スピードで配り始めます。「私は重い病気にかかっていて、医者にかかる費用が必要です。このペンを2ドルで買ってください」と書かれた紙きれがついていますが、周囲の様子を観察しても、誰も払う様子がありません。詐欺なんだろうなあ、しかし2ドルとはまた、こまかい詐欺だなあ、などと考えていると、次の駅に着く直前に、また同じ男性が急ぎ足で回ってきて、機械的にボールペンを回収して列車を降ります。このカラカラに乾いた感じが、いかにも海外というか。日本だと、たとえ詐欺だったとしても、もっとウェットな展開になりそうな気がします。

地下鉄の券売機前で、小銭の寸借詐欺を働こうとカモを待ち構えている少年。スーパーのフードコートで買った、ユニークな巻きずし。ビールを飲んで地下鉄に乗った私が、時差ボケも手伝い眠たくて一瞬目を閉じそうになった時、「寝ちゃだめだ！」と強い視線で知らせてきた黒人男性。キラキラの陽光の下で、ロデオドライブを散歩していたら、「素敵なジャケットだね！」と朗らかに声をかけてきた、仕立て屋のおじさん。金融街にある庶民的なギリシア料理の店でご飯を食べていたら、いきなりサイレンが鳴り始めて、外に出てみると、目の前のビルに消防車が集結しているのに、野次馬はひとりもいなかったり。

海外に出ると、なんでもないことが妙に興味深く感じられるのは、貪欲にものごとを吸収する用意ができているからでしょうか。

私がロスを訪問したのは二〇〇九年でしたが、二〇一三年にはスノーデン事件が発生し、二〇一六年にはパナマ文書事件、そして今年、トランプ大統領の誕生を後押ししたのは、ロシアによるハッキング行為ではないかともいわれています。ハッキングや情報が世界を揺り動かす時代へと、世の中は大きな変化を遂げました。

単行本として世に出したものが全てで、その後で作者が改変するのは単行本の読者に失礼だと考えているので、ふだんは文庫化の際にほとんど手を入れないのですが、そんなわけで、この本はかなり改造を施しました。

なにしろ単行本の刊行が二〇一〇年です。約七年がたち、コンピュータや人工知能、通信機器の状況と、世界情勢がすっかり変わってしまいました。

ただし、このたび文庫化のために読み返してみて、二〇一〇年の時点よりもむしろ現在のほうが、この小説のストーリーはより身近になり、リアルに感じられるようになったのではないかとも思います。

プロメテウスと親友パンドラたちの活躍を楽しんでいただければ、それ以上の喜びはありません。

そして、もしよろしければ、私の他の作品も手に取っていただければ光栄です。

二〇一七年一月末　自宅にて

本書は、二〇一〇年二月に早川書房より単行本として
刊行された作品を加筆修正し、文庫化したものです。

話題作

本格ミステリ大賞受賞
開かせていただき光栄です
―DILATED TO MEET YOU―
皆川博子

十八世紀ロンドン。解剖医ダニエルと弟子たちが不可能犯罪に挑む！　解説／有栖川有栖

薔薇密室
皆川博子

第一次大戦下ポーランド。薔薇の僧院の実験に導かれた、驚くべき美と狂気の物語とは？

〈片岡義男コレクション1〉
花模様が怖い
謎と銃弾の短篇
片岡義男／池上冬樹編

女狙撃者の軌跡を描く「狙撃者がいる」他、突如爆発する暴力と日常の謎がきらめく八篇

〈片岡義男コレクション2〉
さしむかいラブソング
彼女と別な彼の短篇
片岡義男／北上次郎編

バイク青年と彼に拾われた娘の奇妙な同居生活を描く表題作他、意外性溢れる七つの恋愛

〈片岡義男コレクション3〉
ミス・リグビーの幸福
蒼空と孤独の短篇
片岡義男

アメリカの空の下、青年探偵マッケルウェイと孤独な人々の交流を描くシリーズ全十一篇

話題作

山本周五郎賞受賞
ダック・コール
稲見一良

ドロップアウトした青年が、河原の石に鳥を描く中年男性に惹かれて夢見た六つの物語。

吉川英治文学賞受賞
死の泉
皆川博子

第二次大戦末期、ナチの産院に身を置くマルガレーテが見た地獄とは？　悪と愛の黙示録

日本推理作家協会賞受賞
沈黙の教室
折原一

いじめのあった中学校の同窓会を標的に、殺人計画が進行する。錯綜する謎とサスペンス

暗闇の教室 I百物語の夜
折原一

干上がったダム底の廃校で百物語が呼び出す怪異と殺人。『沈黙の教室』に続く入魂作！

暗闇の教室 II悪夢、ふたたび
折原一

「百物語の夜」から二十年後、ふたたび関係者を襲う悪夢。謎と眩暈にみちた戦慄の傑作

ススキノ探偵／東直己

探偵はバーにいる

札幌ススキノの便利屋探偵が巻込まれたデートクラブ殺人。北の街の軽快ハードボイルド

バーにかかってきた電話

電話の依頼者は、すでに死んでいる女の名前を名乗っていた。彼女の狙いとその正体は？

消えた少年

意気投合した映画少年が行方不明となり、担任の春子に頼まれた〈俺〉は捜索に乗り出す

探偵はひとりぼっち

オカマの友人が殺された。なぜか仲間たちも口を閉ざす中、〈俺〉は一人で調査を始める

探偵は吹雪の果てに

雪の田舎町に赴いた〈俺〉を待っていたのは巧妙な罠。死闘の果てに摑んだ意外な真実は？

原尞の作品

そして夜は甦る

高層ビル街の片隅に事務所を構える私立探偵沢崎、初登場！　記念すべき長篇デビュー作

直木賞受賞

私が殺した少女

私立探偵沢崎は不運にも誘拐事件に巻き込まれる。斯界を瞠目させた名作ハードボイルド

さらば長き眠り

ひさびさに事務所に帰ってきた沢崎を待っていたのは、元高校野球選手からの依頼だった

愚か者死すべし

事務所を閉める大晦日に、沢崎は狙撃事件に遭遇してしまう。新・沢崎シリーズ第一弾。

日本冒険小説協会賞最優秀短編賞受賞

天使たちの探偵

沢崎の短篇初登場作「少年の見た男」ほか、未成年がからむ六つの事件を描く連作短篇集

次世代型作家のリアル・フィクション

マルドゥック・スクランブル
The 1st Compression——圧縮〔完全版〕
冲方 丁
自らの存在証明を賭けて、少女バロットとネズミ型万能兵器ウフコックの闘いが始まる。

マルドゥック・スクランブル
The 2nd Combustion——燃焼〔完全版〕
冲方 丁
ボイルドの圧倒的暴力に敗北し、ウフコックと乖離したバロットは〝楽園〟に向かう……

マルドゥック・スクランブル
The 3rd Exhaust——排気〔完全版〕
冲方 丁
バロットはカードに、ウフコックは銃に全てを賭けた。喪失と安息、そして超克の完結篇

マルドゥック・ヴェロシティ1〔新装版〕
冲方 丁
過去の罪に悩むボイルドとネズミ型兵器ウフコック。その魂の訣別までを描く続篇開幕！

マルドゥック・ヴェロシティ2〔新装版〕
冲方 丁
都市政財界、法曹界までを巻きこむ巨大な陰謀のなか、ボイルドを待ち受ける凄絶な運命

ハーモニー〔新版〕

伊藤計劃

Cover Illustration redjuice

二一世紀後半、人類は大規模な福祉厚生社会を築きあげていた。医療分子の発達により病気がほぼ放逐され、見せかけの優しさや倫理が横溢する〝ユートピア〟。そんな社会に倦んだ三人の少女は餓死することを選択した——それから十三年。死ねなかった少女・霧慧トァンは、世界を襲う大混乱の陰に、ただひとり死んだはずの少女の影を見る——『虐殺器官』の著者が描く、ユートピアの臨界点。

ハヤカワ文庫

華竜の宮（上・下）

上田早夕里

海底隆起で多くの陸地が水没した25世紀。陸上民はわずかな土地と海上都市で高度な情報社会を維持し、海上民は〈魚舟〉と呼ばれる生物船を駆り生活していた。青澄誠司は日本の外交官としてさまざまな組織と共存するために交渉を重ねてきたが、この星が近い将来再度もたらす過酷な試練は、彼の理念とあらゆる生命の運命を根底から脅かす――。第32回日本SF大賞受賞作。

解説／渡邊利道

ハヤカワ文庫

Gene Mapper -full build-

藤井太洋

拡張現実技術が社会に浸透し遺伝子設計された蒸留作物が食卓の主役である近未来。遺伝子デザイナーの林田は、L&B社の黒川から、自分が遺伝子設計をした稲が遺伝子崩壊した可能性があるとの連絡を受け、原因究明にあたる。ハッカーのキタムラの協力を得た林田は、黒川と共に稲の謎を追うためホーチミンを目指すが――電子書籍の個人出版がベストセラーとなった話題作の増補改稿完全版。

ハヤカワ文庫

know

野﨑まど

超情報化対策として、人造の脳葉〈電子葉〉の移植が義務化された二〇八一年の日本・京都。情報庁で働く官僚の御野・連レルは、あるコードの中に恩師であり稀代の研究者、道終・常イチが残した暗号を発見する。その啓示に誘われた先で待っていたのは、一人の少女だった。道終の真意もわからぬまま、御野はすべてを知るため彼女と行動をともにする。それは世界が変わる四日間の始まりだった。

ハヤカワ文庫